故事会

2024·156

合订本

U0100839

上海故事会文化传媒有限公司

上海文化出版社

图书在版编目（ＣＩＰ）数据

2024 年《故事会》合订本 . 156 期 /《故事会》编辑
部编 . -- 上海：上海文化出版社，2024.4
ISBN 978-7-5535-2936-3

Ⅰ . ① 2… Ⅱ . ① 故… Ⅲ . ① 故事 - 作品集 - 中国 -
当代 Ⅳ . ① I247.81

中国国家版本馆 CIP 数据核字 (2024) 第 053963 号

书　　名：2024年《故事会》合订本156期

主　　编：夏一鸣
副 主 编：吕　佳　朱　虹
责任编辑：孟文玉
发稿编辑：吕　佳　朱　虹　丁娴瑶　陶云韫　王　琦
　　　　　曹晴雯　赵媛佳　田　芳　孟文玉
装帧设计：王怡斐
责任督印：张　凯

出　　版：上海文化出版社
出　　品：上海故事会文化传媒有限公司
　　　　　(201101　上海市闵行区号景路159弄A座3楼　www.storychina.cn)
发　　行：上海文艺出版社发行中心
　　　　　(上海市闵行区号景路159弄A座2楼206室)
印　　刷：浙江广育爱多印务有限公司
开　　本：787×1092毫米　1/32
印　　张：9
版　　次：2024年4月第1版
印　　次：2024年4月第1次印刷
书　　号：978-7-5535-2936-3/I·1139
定　　价：25.00元

故事会　大众文化出版基地
® www.storychina.cn
上海故事会文化传媒有限公司　出品(01181)

想看更多故事?
扫码下载故事会 App

上海故事会文化传媒有限公司所有图书可办理邮购，免收邮费（挂号除外）
汇款地址：上海市闵行区号景路 159 弄 A 座 2 楼 206 室（201101）
收 款 人：上海故事会文化传媒有限公司出版发行部
联系电话：021-53204159
如发现本书有质量问题，请与印刷厂质量科联系　Tel.0571-22805820

787

CONTENTS

2023
SEMIMONTHLY
11月下半月刊

扫二维码，可听全本故事。

开门八件事，扫码听故事。一本可读、可讲、可传、可听的全媒体杂志。

故事会

绿版·下半月刊

社 长·主 编 夏一鸣
副社长 张凯
副主编 朱虹 吕佳
本期责任编辑 田 芳
电子邮箱 greygrass527@126.com

发稿编辑

朱 虹 王琦 赵媛佳
美术编辑 郭瑾玮 王怡斐
红版编辑部电话 021-5320 4060
绿版编辑部电话 021-5320 4048
地址 上海市闵行区号景路 159 弄A座3楼
邮编 201101

主管·主办 上海文艺出版总社
出版单位 《故事会》编辑部
发行范围 公开

├─ 出版发行部 ─┤

发行业务 021-5320 4165
发行经理 钮 颖
媒介合作 021-5320 4090
广告业务 021-5320 4161
新媒体广告 021-5320 4191

├─ 融媒体中心 ─┤

《故事会》微博 @故事会
《故事会》微信 story63
故事中国网 www.storychina.cn
《故事会》网店
shop36332989.taobao.com

故事会公众号　　故事会小程序

国外发行 中国图书贸易总公司
印刷 上海四维数字图文有限公司
发行 中国邮政集团公司报刊发行局总发行
国内代号 4-225 定价 8.00元

（本栏插图：包丰一）

出轨的原因

一个女人向大师请教，想知道丈夫出轨的原因。大师递过来一块蛋糕让她先吃了，等她吃完，大师问："你还想吃吗？"女人想也不想地回答："想。"

谁知大师话题一转，问道："现在你知道老公为什么出轨了吗？"

女人说："我懂了。因为我贪得无厌，永远不知道满足吧。"

大师摇摇头说："错了！是因为你贪吃，长得太胖了！"

（蜡笔小心）

谁的卡

小王接到一个电话，对方自称银行的工作人员，还说："先生，我们刚才查询到您的卡在境外消费十万元……"

小王打断对方问："你确定是我的卡？"

对方肯定地回答："名字和信息都对！"

小王说："那能麻烦你拍个照片发过来吗？我想发个朋友圈炫耀一下！"

（发际线突出）

有口难辩

有只猫和一条狗结婚了，后来闹离婚。法官问它们："你们为什么要闹离婚呀？"狗说："自从结婚后，猫很少进家，而且行为有点诡异。"

猫听了连连叫冤道："冤枉啊，我只是去追老鼠！"

狗更不乐意了，对法官说："你听听！它要不是嫌弃我，不想和我过了，怎么可能去追老鼠？"

（凹凸曼）

吃米线

对恋人去吃米线。男人一进门就对老板说:"来四大碗米线!"

女人跟在身后,赶忙说:"叫那么多干吗?我吃一碗就够了!"

男人一听,拍了拍脑袋,说:"哦,还有你呢!老板,那来五大碗!"

（淡淡淡蓝）

分手的原因

喝酸奶时,男孩想到女友爱节俭,便舔起了酸奶盖子,没想到女友看见后,却提出了分手。

男孩不解地问:"舔盖子怎么了?我这不是节俭吗?"

女友回答:"你看看,这么浅的瓶盖你都舔不干净,可见不是真的节俭!"

（苏格拉没有底）

买珠宝

一位富商和妻子一起去珠宝店,他们看了许多首饰,终于看上了两件。店主想推销其中一件昂贵的首饰,就趁富商走开接电话的时候,悄悄地对富商妻子说:"你还是多花一点你丈夫的钱吧,不然,他会给小老婆花的。"

话音刚落,只见富商妻子微微一笑,冷冷地说道:"我就是他的小老婆!"

（笑熬糨糊）

网约车新政

老妈看到刚出台的网约车新政,对女儿说:"以后啊,你出门前都要好好收拾收拾,不要不洗头出门,特别是你要叫网约车的时候。"

女儿有些不解,就问:"为啥要这么做啊?"

老妈说:"你看,新政不仅要求司机有本地户口、本地车牌,开的还得是2.0L或者1.8T以上排量的车。这条件,平时介绍对象都不容易碰得到,现在网约车平台都给你筛好了。"

（郑宗不正宗）

偷穿老公的鞋

丽丽和王大嫂聊天时，王大嫂说结婚那天，娘家人让她做一件事，做了就能让老公一辈子听自己的话。丽丽好奇地问："是什么事儿啊？"王大嫂说："晚上我趁老公睡着了，偷偷地穿上他的鞋子，在屋里走了两圈。"

丽丽迫不及待地问："那你做了之后，老公听你的话了吗？"王大嫂叹了口气，说："听没听先不说，我因为穿了他的臭鞋，被传染了严重的脚气！"

（马里奥的奥利奥）

修照片

一对情侣要拍婚纱照。女孩问工作人员："我的门牙有点龅，你们修照片时可以修掉吗？"工作人员说："可以。"她的男友在旁边不怀好意地笑，女孩继续问工作人员："如果缺了颗门牙可以补吗？"

工作人员蒙了，不知道是什么意思，这时，只见女孩白了男友一眼，说："因为等一下我会让他少颗门牙……"

（溜溜球）

夸夸我

五岁的女儿让爸爸帮她做件事。爸爸说："我很累，没力气了。要不你夸我两句，那样我就又有劲了。"

女儿想了想，大叫了爸爸一声。爸爸高声地应了，等待女儿夸奖自己，谁知女儿继续说："你家姐姐长得可真漂亮啊……"（流浪地球）

喜欢一个人

大军在微信上向女神表白，但女神告诉他，自己喜欢一个人。大军很难过，又很想知道是谁俘获了女神的芳心，就问："是谁？"可女神仍然回答："我喜欢一个人。"

大军丈二和尚摸不着头脑，问："到底是谁啊？"

女神生气地回复道："姐喜欢单身！一个人！"（小情歌）

差　评

有个人在一家网店买了一款手机壳，收到货后，他给商品打了差评，还评论说："黑心卖家，店里的手机壳特别差，我买来送给女朋友当情人节礼物，当天她就跟我分手了！"

卖家回复他："三块九还包邮的手机壳，您拿来当情人节礼物？冲您对我们店产品质量的这份信任，这个差评我认了！"
（胖胖糖）

面　试

强子今天去面试销售员职位。面试官递给他一台笔记本电脑，说："来，试着把这个卖给我。"强子接过笔记本电脑夹在腋下，走出面试会场，骑着电动车回家去了。

强子刚到家，面试官就给他打来电话："马上把电脑给我送回来！"

强子说："没问题，只要给我2000块钱，它就是你的了。"

面试官说："好，你面试通过了！"
（章鱼三）

没有见过你

有一天，弟弟问姐姐："你是不是妈妈生的？"姐姐说："是呀！"

弟弟天真地看着姐姐，说："不是吧？我怎么没在妈妈的肚子里见过你呀？"
（九宫格吃火锅）

不同的字条

杰克是个聪明调皮的孩子。这天，他到学校食堂吃午餐，看到桌子的一头有一大堆苹果，放苹果的托盘上贴着一张字条："只能拿一个。上帝在看着你。"

杰克又往前走，看到桌子的另一端有一大堆巧克力饼干，那儿并没有贴字条。杰克眼珠一转，快速写了一张字条，贴在旁边："想要多少拿多少，因为上帝正看着苹果呢。"
（樱桃小肉丸）

本栏目欢迎来稿。请把有新鲜感、有精彩细节的笑话佳作尽快投寄给我们。来稿一经采用，即致稿费，最高稿费为一则100元。本期责任编辑电子信箱：greygrass527@126.com。

□ 冯骥才

大回姓回，人高马大，手大脚大嘴大耳朵大，人叫他大回。

叫惯了大回，反倒没人知道他的名字。

大回是能人，专攻垂钓。手里一根竹竿子，就是钓鱼竿；一个使针敲成的钩，就是鱼钩；一根纳鞋底子用的上了蜡的细线绳，就是鱼线；还有一片鸽子的羽毛拴在线绳上，就是鱼漂。只凭这几样再普通不过的东西，他蹲在坑边，顶多七天，能把坑里几千条鱼钓光了，连鱼秧子也逃不掉。

甭管水里的鱼多杂，他想要哪种就专上哪种鱼；他还能钓完公鱼钓母鱼，一对对地往上钓。他钓的大鱼比他还沉，钓的小鱼比鱼钩还小。

人说钓鱼凭的是运气，他凭的是能耐。

钓鲫鱼用的红虫子，又小又细，好赛线头，而且只有一层薄皮儿，里边一兜儿血红的水。要想把鱼钩穿进去，那可不易，弄不好钩尖一斜，一股红水出来，单剩下一层皮儿了。可人家大回把红虫子全放在嘴里，在腮帮子那里存着。用的时候，手指捏着鱼钩，张开嘴把钩往里边一挂，保管把那小红虫漂漂亮亮穿在鱼钩上。就这手活，谁会？

他无论钓什么都有绝招，比方钓王八。

钓鱼时钩到王八，都是竿儿弯，线不动，很容易疑惑是不是钩上了水下边的石块。心里急，一使劲，线断了！大回不急，稳稳绷住。停了会儿，见线一走，认准那是王八在爬，就更不急着提竿。

尤其大王八，被鱼钩钩住之后，便用两只前爪子抓住了草，假若用力提竿，竿不折线断。每到这时候，大回便从腰间摸出一个铜环，从鱼竿的底把套进去，穿过鱼竿一松手，铜环便顺着鱼线溜下去。

水底下的王八正吃着劲儿，忽见一个锃亮的东西直朝自己的脑袋飞来，不知是嘛，扬起前爪子一挡，这便松开下边的草。嘿，就势把它舒舒服服地提上来！

这招这法，还在哪儿见过？

天津卫人过年有个风俗，便是放生，就是把一条活鲤鱼放到河里。为的是行善，求好报。放鱼时，要在鱼的背鳍上拴一根红绳，做个记号。倘若第二年把这鱼打上来，就再拴一根红绳。第三年照样还拴一根。据说这种背上拴着三根红绳的鲤鱼，放到河里，可以跳龙门。一切人间的福禄寿财，就全招来了。

可是鲤鱼到处有，拴红绳的鱼无处弄到。鱼要是给鱼钩钩过一次，就变得又灵又贼。拴一根红绳的鲤鱼在鱼市上偶尔还能看见，拴两根红绳的鲤鱼看不见，拴三根红绳的连撒网打鱼的也没瞧见过。你想花大价钱买，他会笑着说："你有本事把河淘干了，我就有本事把它弄上来。"

怎么办？找大回。天津卫八大家都是一进腊月，就跟大回订这种三根红绳的鲤鱼了。

大回站在河边，看好鱼道。鱼道就是鱼在水里常走的路，大回有双神眼，能一眼看到水里。他瞧准鲤鱼常待的地界，把一个面团扔下去。这面团比栗子大，小鱼吃不进嘴，大鱼一口一个。

但这面团里边决不下钩，纯粹是扔到河里喂鱼，一天扔一个。开头，那贼乎乎的大鱼冒着危险试着吃，一吃没事，第二天再来一个，胆儿便渐渐大起来，以后见了面团张嘴就吞。半个月二十天后，大回心想差不多了，用鱼钩钩个面团扔下去。错不了——一条拴红绳的大鲤鱼就结结实实绷住了。

可是这法子最多只能钓到拴两根红绳的鲤鱼。三根红绳的鲤鱼决不上钩。这三根绳的鲤鱼已经被人钓到三次，就是吃屎也不敢再吃面团了。使嘛法子？就用小孩的屁屁做鱼食！大回不是把鱼琢磨透了？

南门外那些水坑，哪个坑里有嘛鱼，哪个坑里的鱼大小，哪个坑的鱼有多少条，他心里全一清二楚。他能把坑里的鱼全钓绝了，但他也决不把任何一个坑里的鱼钓绝了。钓绝了，他玩嘛？

故而，小鱼不钓，等它长大；母鱼不钓，等它涁子。远近钓者就称他"鱼绝后"，这可不是骂他，是夸他。

这外号并不好——

辛亥革命后的第三年，夏至后转一天。大回钓了一天鱼，人困马乏。多半辈子，整天站在坑边河边，风吹日晒，身子里的油耗得差不多了。他在鼓楼北的聚合成饭庄，吃饱肚子喝足酒，提着一篓子鱼摇摇晃晃回家，走不动就靠墙睡会儿。他家在北城根，这一段路不近，他走走停停直到午夜，迷迷糊糊就趴在大街上了。

这时，街上走过来一辆拉东西的马车，赶车人在车上睡着了。但就是醒着也瞧不见他——凑巧这段路的几盏街灯给风吹灭了。这真是该活死不了，该死活不了。马车从大回身上轧过去时，车夫那老家伙睡得太死，居然也没觉出来。转天

天亮了才叫人发现，大回给车轧成一个片儿了，赛张纸似的贴在地面上。奇怪的是，人被轧瘪了，鱼篓子却没轧着，里边的鱼还都活着。等巡警一追查，更奇怪的是，那车上拉的东西，竟然是一车鱼！这事叫人听了一怔一惊，脖子后边冒出凉气来。

有人说，这事坏就坏在他那个外号上了，"鱼绝后"就是叫"鱼"把他"绝后"了。但也有人说，这是上天的报应，他一辈子钓的鱼实在太多了，龙王爷叫他去以命抵命。

可事情传到东城里的文人裴文锦——裴五爷那里，人家念书的人说的话就另一个味儿了。人家说：能人全都死在能耐上。

（推荐者：偶　然）

（发稿编辑：朱　虹）

（题图、插图：孙小片）

前些天，阿P去邻居老孙家赴宴。老孙女儿考上大学，为此举办升学宴，阿P大方地随了五百块钱的礼。吃饱喝足回到家，阿P跟老婆小兰说："看老孙家那热闹劲儿，咱家也办，毕竟小P也升学了嘛。"

小兰犹豫了："老孙女儿学习好，考了五百多分，上了个不错的本科；可小P才考了二百多分，只能上个专科学校，有啥可庆祝的？"

但阿P想法不一样，这是儿子的人生转折点，值得纪念；最重要的是，能回收一些之前散出去的份子钱，升学宴一定要办！拗不过阿P，小兰只好张罗宴席的事，阿P则通知亲朋好友。

日子一到，朋友邻居都来了，大家随的礼都是五百块钱朝上，阿P的朋友张亮还随了一千块，可这老孙居然只随礼二百块！阿P不乐意了，可当着众人的面不好拉下脸，于是他开玩笑地说："老孙，手头紧了？都是朋友，手头不宽绰拿啥钱啊，人到就行了。"

老孙一愣，装出一脸无辜的样子："说啥呢？我能没钱？我女儿考了五百多分，你不是拿了五百吗？你家小P考了二百多分，我拿二百，有啥不对吗？宴会是给孩子办的，就要以孩子为标准嘛，我老家的习俗就是这样的，超过二百不是打你阿P的脸吗？我可是为你考虑……"

阿P一听，气炸了肺，心意

阿P破规矩

□ 刘振涛

多少不计，可话说得夹枪带棒的，谁受得了？但是如果自己当众发火，那就落了下乘。阿P冷静下来，拍着老孙的肩膀，勉强笑着说："有道理，家乡的规矩不能破，一会儿可要吃好喝好。"

阿P把小兰拉到旁边和她一说，小兰也很生气："以后别和这种人来往就是了，这次就算了吧。"

阿P脖子一梗："他埋汰我没啥，可贬低我儿子就是不行，这面子我一定要找回来！"

说起来容易，可具体咋做呢？阿P皱眉苦思，突然，他灵光一闪，一拍大腿：有了！你有规矩？我也有，用我的规矩破你的规矩！

阿P急忙把小P叫到跟前，一番耳语后，小P却面露难色："爸，这样不好吧？"

阿P拍了一下儿子的头："小子，等你步入社会，你就知道，什么人该给面子，什么人不该留面子。听我的，看我眼色行事！"

安排好，阿P便来到桌前开始敬酒，他按着张亮的肩膀，对儿子说："小P，把茅台打开，这是你张叔，也是你'一千叔'，你得敬一杯。"

小P过来，给张亮倒了满满一杯："张叔好，给您敬酒了。"

张亮站起身，喜笑颜开，接过酒杯一口干了："这茅台得千把块吧？好酒！好侄子！"

阿P依次介绍着每一个人，小P也给每位都敬了酒。当轮到老孙时，阿P介绍说："这是你孙叔，哦，也是'二百叔'，人家女儿可是考上了本科哦。"

小P忙冲老孙一鞠躬："二百叔好，您稍等一下。"说完，小P跑去拿了一瓶二锅头回来，给老孙倒了满满一杯。

这下，大伙儿都明白了阿P的意思，这是让老孙下不来台啊！果然，老孙脸色一沉："啥意思啊？"

阿P满脸堆笑说："老孙啊，别介意，这是我们老家的风俗，敬酒是按照礼金数额来敬的，五百以上是茅台，依次往下我就不说了，您是二百的标准，所以就是二锅头了。"

大伙儿本来就对老孙的所作所为看不上眼，这下都开心地笑了，张亮还暗暗地对阿P伸大拇指！

老孙脸色微微发红，可众目睽睽之下不好发作，他尴尬地端起杯子，一饮而尽。阿P忙笑嘻嘻地说了句："哇，老孙好酒量。"

敬完一轮酒，阿P又让小P给大伙儿敬烟。轮到老孙时，阿P

呵斥小P："不懂事，你孙叔很重视习俗礼节的，那'华子'是给叔伯大爷抽的，你孙叔是二百的标准，咱不能坏了规矩，还不赶紧换烟？"

小P赶紧拿出一包八块钱的红塔山，抽出一支，双手递给老孙。

老孙顿时涨红了脸，人家抽"华子"，给他的却是八块钱的烟，赤裸裸的报复啊！老孙刚要抬屁股走人，却被阿P一把按住："坐下坐下，小辈给点烟，长辈不用起身。"

这下，老孙想走也走不了了，脸已经丢了，他不知道阿P还有啥花活，可马上再掏钱补齐，更丢脸！他没想到阿P现事现报，都不隔夜，于是如坐针毡，后悔占那点儿便宜了，这三百不该省啊……

阿P看在眼里，一阵舒坦：你让我下不来台，我就让你难堪，还想拿捏我阿P？不自量力！

其实阿P也知道差不多了，适可而止才是处世之道，他开口缓解尴尬："分数不代表能力，虽说我家小P分数低，但有特长啊，小P，上绝活！"

话音刚落，小P便推来了一张活动桌子和

烤箱，上面放的家伙什一看就是做面点用的东西，一下吸引了众人的目光。张亮反应快："大侄子这是要现场弄蛋糕？"

阿P得意地一挺胸脯："猜对了，让我儿子给大伙儿做个蛋糕助兴。我儿子做的蛋糕可不一般，无可复制，蝎子拉屎独一份。"

老孙终于逮到机会，揶揄道："蛋糕谁没吃过？还独一份，还能做出花来？"

阿P笑了笑，没理他。

没过多久，小P做的蛋糕出炉了，又经过他眼花缭乱的一番制作后，大伙儿惊呆了："天呐，小P这手艺……这、这谁敢吃啊？吃一口都是暴殄天物啊！"

桌上，三层蛋糕如一座大山，

松林翠柏，重峦叠嶂，一条巨龙欲冲入云霄状，盘旋在山巅。

张亮吃惊地说："大侄子这绝活，放在哪家蛋糕店，都是高级师傅啊，就算不上大学，直接去应聘，都会被疯抢啊！"

阿P得意地站起来："所以说嘛，分数高低，不代表以后就业的能力，我儿子报的专业就是中西面点，给大伙儿普及一下，他将来从事的行业是西点，人家不叫师傅，叫裱——花——师，那可是整个西点房的灵魂，工资都是按年薪算的，懂了吧？"

所有人都在给蛋糕拍照，老孙也两眼放光，他突然想到什么，犹犹豫豫地开口道："阿P兄弟，下周我女儿要过18岁生日，我想给她办个成人礼。每次过生日，这丫头都对蛋糕不满意，今天小P这绝活我服了，我想聘请小P下周到我家现场制作蛋糕，这是预订金。"说着，他掏出三百块钱，不由分说塞到了阿P手里。

阿P一愣，很快脑子转过来了，老孙被儿子的绝活征服了是一方面，另一方面他是变相地把这三百块还回来了呀！

阿P喜出望外，高分怎样？本科又能怎样？学霸未必有出息，学渣未必不能混得风生水起，有一技傍身，走遍天下都不怕！

阿P对着张亮眨眨眼，意思是说，看见没？我阿P把这老孙治老实了吧？

可张亮会错意了，猛给小P加分："以后我大侄子可是大师级别的西点师傅，哦不，裱花师了，想要现场观摩他做蛋糕，花钱都不一定看得到，下周我必须得去热闹热闹，拍个视频啥的。"

大伙儿也觉得是这个理，看那桌上的蛋糕简直就是艺术品，让人大开眼界，都不约而同地说下周要去瞧热闹。

这下，老孙激动得连连冲大伙儿抱拳，说着感谢捧场之类的话……

阿P正得意呢，当看到老孙满脸堆笑，他心里"咯噔"一下：大伙儿都去，我能空着手吗？

阿P一阵肉疼，看来这钱没捂热乎又要拿出去，可又想到儿子下周要一展风采，得有多少人来恭维自己啊，我这当爹的岂能不到场？想到这儿，阿P立刻满面春风，吹起了口哨。

（发稿编辑：王 琦）

（题图、插图：顾子易）

◆ 烫染的尽头是黑长直，医美的尽头是养生，消费的尽头是断舍离，口红的尽头是裸色，时尚的尽头是黑白灰，世间的这一切终究是大道至简。

◆ 国人对一道菜好吃的最高评价是好下饭，对甜品的最高评价是不甜，批评一个甜品会说太甜了，夸外面的饭好吃会说跟家里的味一样，夸家里做饭好吃会说跟饭店里做的一样。

◆ 你之所以会产生密集恐惧，是因为那些东西本来就不美，你怕的才不是密集，是丑陋。不信你想想，一百元的人民币一沓沓地在你面前堆成山，你是逃开还是拥抱？

◆ 学问之美，在于使人一头雾水；女人之美，在于傻得天真无畏；男人之美，在于说谎说得白日见鬼。

（推荐者：小 檐）

神奇大发现

尴尬癌犯了

◆ 某日，几个男同事挤在办公室里看冬奥会女子冰壶决赛，不停地为两队的精彩表现鼓掌、喝彩。这时，一个女同事推门而入，看到他们围在电视机前，不屑地说："真搞不懂你们男人，连个吸尘器广告也看得这么津津有味！"

◆ 三爷喝酒大醉，不省人事，被送到医院急救。医生给他洗胃，可他嘴里一直喊着儿子的名字："海亮啊海亮啊！" 医生听了忍不住说："都差点喝死了，还'海量'哪……"

◆ 送了一年多的快递，昨天我终于坐上了经理的位子。记得经理是这么和我说的："阿龙啊，我这个破椅子你拿去坐吧，我换了个沙发。"

（推荐者：黄金屋）

一句话笑翻你

◆ 情绪不挂在脸上，难道挂在墙上吗？我又不是蒙娜丽莎。

◆ 整个办公室里，除了我们又便宜又好用，其他都是又贵又脆弱的东西。

◆ 给三千干三千的活，那叫出卖劳动力；给三千干一千五的活，才叫挣钱。

◆ 再也不去逛商场了，刚刚看到我的工资被挂在一条裙子上。

◆ 努力不一定被看见，但是一休息就会被看见；加班不一定被看见，但是迟到一定会被看见。

◆ 早上出门我是完整的，晚上回家像是被找回的零钱。

◆ 世间三大谎言：成绩中游偏上的学生最有出息，微胖才是最好的身材，女孩被剩下是因为条件太优秀了。

◆ 女生之间何必那么计较，反正过几十年都是要一起去跳广场舞的。

◆ 朋友和刺客的唯一区别就是，刺客在背后捅你一刀，你回头痛苦地说："啊，你是？"而损友背后捅你一刀，你回头会惊讶地说："啊，是你！"

（推荐者：一 一）

脑洞清奇只服你

◆ 夏天都穿裙子短裤的，我怎么才能与众不同呢？**神回复**：很简单，买两个创可贴，一个膝盖贴一个，绝对引人注目。

◆ 成功了就是王总，不成功就是王某，不说了，运钞车来了。**神回复**：你安安静静地做个老王不好吗？

◆ 去昆明出差，快到家了才想起忘了给女朋友带当地特产，怎么办？**神回复**：在小区门口药店买一盒云南白药气雾剂。

◆ 为什么我的前男友还在关注我呢？**神回复**：他是想看看以后能不能吃吃回头草。

◆ 为什么我的脸长得这么大，身子这么宽呢？**神回复**：因为你是被父母拉扯大的。

◆ 同样是女人，为什么女朋友好哄，丈母娘难哄？**神回复**：哄别人的老婆，不挨揍就便宜你了！

（推荐者：青草青青）（本栏插图：孙小片）

抢生意

□ 张 玮

李霞住的村子以佛桃出名，家家户户都种有佛桃树。可今年行情不好，佛桃成熟后却滞销，一连好几天都见不着主动上门的客户，李霞十分心急。同村的其他种桃户也遇到了类似的问题，为了能尽早把桃卖出去，大家都在纷纷寻找买桃的客户。

这天早晨，李霞摘下来一百多箱佛桃，原本是要给城里的一个客户送过去的，没想到那个客户打来电话说，他临时有急事要到省城去，桃暂时就不让李霞送了，什么时候送，他再打电话告知。

李霞接完电话就急了，这么多桃可不好处理。她着急地走出桃行，

发现一个四十多岁的汉子，正东瞅西瞧地朝她走来。看到她，那汉子立刻问，刘家喜的桃行在哪里，他是来买佛桃的。李霞一听这话，心里一动，不由得动起了歪心思。她想，这人既然打听刘家喜的桃行，显然对这里的情况不熟悉，不管三七二十一，先把他叫进自家的桃行，把桃卖了再说。

这么一想，李霞当即说道："你问巧了，跟着我来就是了……"说着，她领着来人走向自家的桃行。

那人边走边告诉李霞，他和刘家喜是小学同学，已经好多年未见面了，听说他种了不少佛桃，就慕名前来购买。

进了桃行，李霞领那人看了桃子，还特意让他品尝了一个大佛桃。那人很满意，把停在路边的车开过来，一下就要了一百箱。算完账，

那人问为什么没看到刘家喜。李霞告诉他，刘家喜是她男人，外出联系客户去了。那人也没多说，开车就走了。

其实，这刘家喜是李霞家附近的一个种桃户，李霞截了刘家喜的客户，也是迫不得已，她也感到这么做很不地道。她男人一回到家里，她就把这情况告诉了他。男人有些着急，告诉她，自己在回来的路上，碰到刘家喜正站在一个路口，好像在等什么人，看到自己还热情地说，现在卖桃难，如果谁家联系到了几个客户，就要互相照顾，让给他人一个。

"你看看，人家说得多好呀。你倒好，半路上还抢人家的生意！要是人家的桃摘下来了，卖不了咋办？这事要是传出去，看你还怎么见人！"男人的话让李霞也担心起来，特别是听说刘家喜还站在路边等人，这更让她忐忑不安起来。不行，与其让刘家喜发现了找上门来兴师问罪，不如自己主动去认个错。

这么一想，李霞便当即去找刘家喜了。远远地，她看见刘家喜果然伸着脖子站在马路边，还在等什么人。李霞立即上前，跟他道歉。

刘家喜一听，好像有些发蒙："什么，你把我的客户给截走了？

到底怎么回事？"李霞把来龙去脉说了一遍。刚说完，她兜里的手机响了，原来是她男人打来的。男人在电话里告诉她一个好消息，他在城里的舅舅刚刚打来电话说，联系来一个工厂的大客户，要买二百箱佛桃，还说价格好商量，过几个小时就到。

手机里的通话声被一旁的刘家喜听了个仔仔细细。听完，他歪着头问："李霞妹子，你说咋办吧，你家等会儿来了大客户，可我的桃……你是不知道，我刚摘了一百多箱桃，等着那客户来买哩……"

李霞知道自己做了错事，张嘴说道："你放心，我家的客户来了就让他去收你家的桃，我将功补过。"刘家喜一听立刻追问道："你说话算数？"

李霞大大咧咧地说："我都犯那么大错误了，还能说话不算数？"刘家喜一听，露出笑容来，并且连连说道："好、好、好，我可在桃行里等着，你一定要兑现诺言哟……"李霞点点头，先回去了。

几个小时后，舅舅果然领着几个人来到了李霞的桃行。李霞也不食言，领着来人就去刘家喜的桃行。舅舅在一旁直犯糊涂："你们不是三天两头跟我说，自家桃行里

18

的佛桃难卖嘛，咋又替人家卖起桃来了？"李霞在一旁支支吾吾地搪塞说："以后再慢慢跟你说，舅舅你先别管了……"

舅舅领来的客户不愧为大厂子来的人，不光要的桃多，价格也高，这让李霞后悔不已。她从刘家喜的桃行里回来后，对男人说了这情况，她男人也是觉得很可惜。

几天后的一个早晨，李霞正在桃行里吃早饭，忽然发现，那天来买她家桃的刘家喜的小学同学又来了。一走进桃行，他就告诉李霞，今天又是来买她家桃的。原来，他开着一家店铺，把佛桃买回去后，他以更高的价格把桃卖了出去，而且销售得很快。他笑呵呵地对李霞说："你家的佛桃好吃，顾客都很喜欢，我自然是再来买一些了。"

李霞不好意思地说："真是对不起，让你见笑了，我这里根本不是刘家喜的桃行……是我为了卖自家的桃欺骗了你。你还是到刘家喜的桃行去买吧，我这里不是你要找的地方。"

"其实我早就知道你这里不是刘家喜的桃行。"那人一听，竟"嘿嘿"笑着说，"刘家喜的媳妇我见过，哪会是你呀？"

李霞迷糊了，问："那你怎么

还……"

来人解释说，他那天确实是来买佛桃的，但不是与刘家喜约好的。前些年他和刘家喜一块儿共过事，了解刘家喜为人爱占小便宜，如果没有特殊情况，他是不会去买刘家喜的桃的。

"这么说那天他在路边等的客户不是你？"李霞着急地问一句。

"我根本就没联系他，他怎么会等我呢？我之所以打出他的旗号，是因为我对这个地方不熟悉，怕我这生人被欺负。"

想不到晚上李霞的男人回家，还给她带回来另外的消息：那天舅舅带人来买桃的时候，刘家喜的桃根本没有提前摘下来，而是找了人帮忙抢摘的。男人还说："对了，那天，刘家喜站在马路边根本不是在等客户，而是在等他读高中的丫头从城里坐车回家……"

（发稿编辑：王　琦）

（题图：佐　夫）

□ 莫炳生

故事发生在20世纪90年代。何贵是个普通工人，这天，他下班后骑着自行车回家，路过了火车站前的广场。

广场平时人不多，这几天却分外热闹，因为有福利机构在搞刮奖活动。奖品从锅碗瓢盆到床单被罩、彩电、自行车乃至小汽车，什么都有，当然更多的是"谢谢参与"。

这几天，厂子里的工友们都在说刮奖的事。何贵对此并不关心，可昨天，同车间的侯文骑着那辆花两块钱刮来的自行车进了厂区，何贵才相信中奖是真的。他虽羡慕，却不相信自己也会被天上掉下的馅饼砸中。

广场上人山人海，有很多卖彩票的工作人员，每个人面前都排着长长的队伍。广播喇叭里不断传出主持人声调夸张的中奖报告，满地都是刮开的没有中奖的彩票。

何贵一脚着地支着车子，远远地看了一会儿，正要转身离开，却猛地发现一只大红蜻蜓落在他把着车把的右手衣袖上。何贵甩了一下胳膊，蜻蜓飞走了，不等他把车子蹬起来，那蜻蜓又飞回了原处；何贵再甩了一次，结果蜻蜓在空中盘旋一圈，又落回原处。

太奇怪了，这片广场平时确实有很多蜻蜓飞来飞去，今天这只怎么就盯上他的衣袖了？

何贵大脑中突然灵光一闪："蜻蜓"，莫非就是"请停"？在刮奖现场停下还能干什么，当然是刮奖啊！

何贵不再犹豫，将自行车停好，挤进人群，掏出两元钱买了一张彩票，迫不及待地刮开，果然不负所望，虽然只是末等奖，一个塑料盆，却让何贵信心大增。于是他一手拿着塑料盆，一手又把刚发的200元工资掏出来，直接买了100张彩票，挤出人群，来到放自行车的地方，席地而坐刮起了彩票。

尽管他信心满满，可100张彩票中，除了又刮出一个塑料盆，其他全是"谢谢参与"。望着眼前一堆刮开的彩票，何贵好生郁闷，他无奈地将两个塑料盆夹在车后架上，推车走出了车站广场。

老婆下岗在家，孩子上高中，处处都需要钱，200元钱是他一个月的工资，就这么打了水漂。何贵一路都在想着回家怎么向老婆解释，老婆虽通情达理，但一个月的工资没了，终究说不过去。他走着走着，不知不觉走到了"闻香来"小吃店，突然想借酒浇愁了。

何贵没什么酒量，平时二两酒就打发了，今天因为有心事，一个炒豆芽就送下去三两老白干。喝完酒，何贵出了门才发现，夹在车后架上的塑料盆不知啥时候丢了，正

好眼不见心不烦，他推起自行车，脚步踉跄地往家走去。

见何贵喝了酒，老婆忙伺候他躺在床上，何贵却怎么也睡不着。他起身喝水，猛然见到餐桌上有一盒没开封的彩票，便问老婆这是怎么回事。老婆说："在家闲着没事，有个姐妹介绍我去彩票点打工，卖出一张彩票能提一毛钱呢！今天我卖出了两整盒，还剩一盒，明天接着卖。"

在酒精的刺激下，何贵兴奋地把纸盒撕开，趴在桌子上刮起了彩票。老婆见状急忙上前制止，连呼："一张就是两元钱，你不能这么浪费啊！"何贵瞪着发红的眼睛道："我怎么就刮不得？自己老婆卖彩票，我刮几张怎么了？你上一边待着去，我要刮自行车，刮彩电，刮小汽车！"说着，他把上前制止他的老婆推倒在地，不顾老婆的哭闹，继续刮起来。

何贵醉眼蒙眬，每刮完一张，看着"谢谢参与"几个字，他都骂一声扔掉。眼见一盒500张彩票就要刮完，看着桌上地下的一堆堆废彩票，何贵猛地酒醒了，自己这是怎么了？500张彩票，那可是1000元钱哪！因为喝了点酒就如

此败家，不怪老婆寻死觅活，现在自己都恨不得打自己一顿。

看着盒子里剩下的十几张彩票，老婆冲他喊："你倒是刮呀，刮呀！"何贵不敢吭声，任由老婆哭骂。

第二天，何贵去上班，老婆东拼西凑地补上了他刮彩票的钱，又接着去卖彩票。

晚上回到家，何贵见老婆正伤心地嘤嘤哭着，心虚地想上前安慰几句，没等张嘴，老婆却一把抱住他，放声大哭起来："都怪我不好啊，都怪我不好！是我没福气，我就是个扫把星！"

何贵被弄得一头雾水，连忙问出了什么事，老婆抽抽搭搭地说："昨天晚上剩的那十三张彩票，今天早上拿去卖，里面真的有一辆小汽车呀！我要是不拦着你，那小汽车肯定是咱家的了，十几万块就这么没了呀！"

何贵一肚子的苦却说不出口。老婆固然阻止他刮彩票了，可昨天如果他再多喝一两酒，恐怕也不会在那关键的时候清醒过来住了手，看来"富贵在天"这句话真不是假的。

第二天吃午饭的时候，工友们凑在一起闲聊，大伙儿都说侯文运气好，花两元钱就刮到了一辆自行车，吵着让他请客。侯文苦笑着说："大伙儿都知道我刮到了自行车，可你们谁知道，我那自行车是花了800元钱买来的呀！"

大伙儿疑惑不已，侯文解释说："那天下班路过火车站广场，我本来没想着去刮什么奖，结果一只红蜻蜓落在我的衣袖上不肯飞走，我以为这是老天在暗示我，就买起彩票来。开始是一张一张地买，后来是一打一打地买，一口气把我从姐姐那儿借来的800元买房钱花光，我才中了这么一辆价值200多块的自行车。"

听了侯文的话，何贵心里暗暗称奇，为什么他和侯文的经历如此相似？

这时候，一个工友从外面走了进来，说："看来是要下雨啦，外面的蜻蜓飞得好低！前天厂里搞福利，我帮着卸葡萄，弄了一身葡萄汁，刚刚骑车来的路上，简直被蜻蜓包围了。"

听了这话，何贵和侯文恍然大悟，不由得偷偷看了眼各自的衣袖——前天卸车，他俩也去了……

（发稿编辑：赵媛佳）

（题图：豆 薇）

我们年少时

□于洪霞

林莉是一名自由搏击运动员，她沉默寡言、出手凶悍，在许多省级的专业赛事上取得了不俗的成绩。

这天，远在家乡的初中同学李刚忽然打来电话，邀请林莉参加自己的婚礼。林莉有些意外，推说自己训练繁忙，礼金奉上，婚礼就无法参加了。

李刚郑重地说道："婚期定在'五一'，我特意看了，那时候你没比赛。你一定要来。"

林莉更纳闷了，两人读书时并没有太多交集，没理由迁就自己决定婚期呀！

李刚沉默片刻，有些难为情地说："你还记得赵静吗？其实我的新娘就是她。这是我们俩共同的想法……"

林莉大吃一惊，眼前浮现出一个臃肿泼辣的女孩。她的眼神冰冷起来，淡淡地说道："我不会去的，祝你们幸福。"

不等李刚说话，林莉果断挂了电话。她久久不能平静，那段不堪回首的往事涌上心头。

读初中时，林莉是个阳光开朗的女孩儿。有天课间，林莉和同学结伴上完厕所，正要出门，就见隔壁班一个叫赵静的女生捂着肚子，询问谁有多余的手纸。林莉掏掏口袋，见还剩些，就大方地递了过去，赵静却嫌弃地说："就这么点儿呀？"

林莉开玩笑道："你多大屁股呀，这些还不够用？"话音刚落，赵静忽然变了脸色，猛地甩了林莉一记耳光，随后又扑过来，撕扯她的头发。林莉被打蒙了，奋力反抗着，加上同学在旁边拉架，好不容易才挣脱出来，往外跑去。林莉边跑边郁闷地说："这女生疯了吧？简直莫名其妙！"

同学却担心道："这个赵静出了名的能打架，这事儿恐怕没完。"

林莉忐忑不安地挨到中午放学，一路上东张西望，没发现赵静的影子，不由得松了口气。可她下午到教室刚坐下不久，赵静就气势汹汹地出现在门口，朝林莉喊道："你出来！"

林莉虽然害怕，但也知道逃避不是办法，强作镇定地走出门。只见赵静猛地一扬手，一把沙子朝林莉扑面而来，迷住了她的眼睛，在她捂脸的时候，赵静抓住她，疯狂地踢了起来。

林莉班上的同学纷纷上前拉架，不料赵静从怀里掏出一把片刀来，喝道："谁敢多管闲事，我哥饶不了他！"大家闻声纷纷退后。赵静的哥哥老虎儿，号称"八大金刚"之首，是附近小有名气的混混。

这时，班长李刚从走廊尽头跑过来，上前推开赵静，大声斥责道："你干什么呢？"

赵静忽然涨红了脸，结结巴巴地说道："她……她喊我外号。"

林莉狼狈地爬起来，抽泣着辩解："我什么时候喊你外号了？"

"在厕所时你讽刺我屁股大！"

林莉这才隐隐想起来，好像确实有人管赵静叫"赵大屁股"，可自己根本没往这方面想呀！

李刚生气地说："身材不好还介意别人说，那你就多锻炼少吃点，靠拳头堵别人嘴算什么本事？"赵静直直地看着他，眼窝慢慢红了，指着林莉恶狠狠地说道："今天先饶过你，以后别再犯到我手上！"

林莉走回教室，趴在桌子上哭了起来。下午第二节课课间时，一个男生忽然跑进来大声说道："赵大屁股她哥带着几个人在校门口晃悠呢，不知道是不是冲林莉来的。"

林莉顿时吓坏了，觉得天都要塌了。放学后，她忐忑不安地走出校门，果然见五六个小混混飞扬跋扈地站在那儿抽着烟，带头的长得和赵静有几分相似。

林莉的心提到了嗓子眼，硬着头皮打算从旁边溜走，不料这时又过来一群人，为首的"黄毛"对林莉大声说道："老妹儿别怕，有哥在，什么八大金刚、九大猩猩的，全都不好使！"

林莉被弄得一头雾水，不知说什么好。那头老虎儿等人听到了挑衅的话，摩拳擦掌地走过来，两伙人没说几句话就打了起来。黄毛人多势众，很快就占了上风，老虎儿带着同党落荒而逃，却被路过的汽车撞飞了出去。黄毛人等见状一哄而散，跑得不见了踪影。

很快，林莉和赵静都被叫到了办公室，校长正和三名警察在说话。校长严厉地询问了林莉和赵静打架的前因后果，最后质问林莉找来帮忙的人是谁。

林莉根本不认识对方，想交代也交代不出来；赵静也非常委屈，坚称自己没有找哥哥来堵林莉。校长气恼地说道："不说也没关系，警察会查清楚的。你们找人在校门前聚众打架，导致有人被车撞得骨折进了医院，社会影响极坏，学校决定给予你们记大过处分，明天全校通报批评！"

在一千多双眼睛火辣辣的盯视下，林莉和赵静接受了通报批评。蒙受了不白之冤，林莉躲在家里不肯上学，

父亲只好托人把她转到了省城。她变得沉默寡言，开始练习搏击，并一步步走上了职业运动员的道路。然而午夜梦回时，她总忘不了赵静带给她的伤害。

回想起往事，林莉的眼神渐渐变得坚定起来，她暗暗做了个决定。

婚礼当天，林莉戴着墨镜进入酒店，找了个不起眼的角落坐下来。

新人上场后，林莉忍不住大吃一惊——李刚只是胖了点，脸上还有十年前的影子，但他旁边那位身材婀娜的新娘，让林莉无论如何也没办法和赵静联系起来。

一张老照片出现在大屏幕上，

正是年少时的赵静。她扭头看着曾经的自己，讲起了爱情故事："我读初中时就喜欢上了李刚。那时候我特别自卑，身材不好，总被别人叫外号，也因此打了很多架。是李刚告诉我，身材不好就少吃多运动，这句话改变了我。我开始学习健美操、练瑜伽，身材好了，那些因为自卑带来的戾气也消失了。我曾经伤害过一位无辜的女孩，可惜今天没能把她邀请到现场，当面向她道歉。"

看着满脸真诚的赵静，林莉鬼使神差地站起来，跳上台，习惯性地活动着肢体，向一对新人跑去。李刚认出了她，紧张地挡在赵静前面："别……"

林莉笑了："想哪去了，姐现在打人要收费的好吗？"

李刚尴尬地搓着手，将赵静让了出来。赵静泪眼盈盈地扑过来紧紧抱住林莉，反复说着"对不起"。

林莉忽然释怀了，轻轻拍着赵静的后背说道："至于吗，把我找来就是为了这个？"

赵静抹了抹眼角说道："这些年，我一直担心在李刚心里不如你……"

林莉翻着白眼打断她："这都哪跟哪呀，我和他根本不搭界！"

赵静看着李刚，对林莉说："你转学走后不久，案子就破了。和我哥打架的那些人是李刚叫来的，他怕你吃亏。那天我哥真不是来堵你的，他们就是闲得慌，满街找事儿。"

李刚的脸红了，诚恳地对赵静说："没想到你对我帮林莉这事耿耿于怀。我对林莉真的只有普通同班同学的情谊，那天只不过是热血上了头，觉得作为班长应该帮帮同学，没想到……"他顿了顿，又对林莉说："后来事情闹大了，我没敢站出来承认，害你受了处分，等我想通了站出来，你已经转学了。因为这事，我一直很愧疚……"

林莉做出恍然大悟的样子："敢情我该打的不是赵静，而是你啊，看来下次得找机会跟你过过招！"

李刚不由得有些下不来台，正支支吾吾时，林莉又笑了："你也该去练练了，看看你比初中时胖了多少，配得上我们貌美如花的赵静吗？现在在我这省冠军门下报名学搏击，给你打八折哦！"

李刚和赵静听完一愣，随即和林莉笑作了一团。那些年少时的伤痕不觉间烟消云散，他们好久没笑得这么开心了。

（发稿编辑：赵嫒佳）

（题图、插图：陶　健）

青皮争霸

□叶凌云

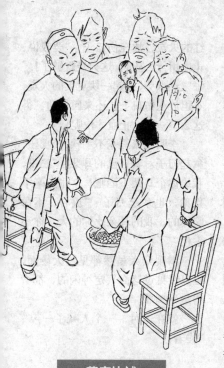

烈，一般的小青皮们都不敢妄想，只有最有实力的大青皮才敢染指。

这天，原本在这条街上收保护费的大青皮张三，收到了另一个大青皮李四的挑战书。李四表示，日本人来了之后，市场萧条，兄弟们吃不上饭了，自己要占这条街，不服就比画比画，认怂就滚蛋！张三大怒，当即应战。

到了傍晚，洋货场各店铺早早收摊，张三和李四各带着一群手下来到大街上，气势汹汹。张三先开口："文比还是武比？"文比就是自残，武比就是让对方打自己。

因为警察前几天刚刚宣布，日本人为了表示自己带来了新秩序，凡是打架斗殴的统统严办，所以李四觉得武比容易引来警察，当即表

荒唐比试

抗日战争时期，日本人占领了天津卫，但天津卫街头的青皮混混们还得混饭吃。青皮们想吃饭，就得有地盘，收保护费。而他们争地盘的方式，可谓独树一帜，那就是比狠，也就是挨打和自残，要么是躺在地上让对方随便打，要么就是看谁对自己更狠一点。

说起来，天津卫最繁华的洋货场一条街，是青皮们心目中的皇冠之地。谁占了这条街，谁就能日进斗金，飞黄腾达。也正因为竞争激

示："文比！"

两人各坐在一把椅子上，面前放着火盆、刀子和烈酒。李四作为挑战者，率先动手，一拱手，抄起刀来就插在大腿上，顿时血流如注。张三冷哼一声，毫不迟疑，也是一刀插下去，比李四插得还深一些。

李四拔出刀子，笑道："得消消毒，否则容易没命啊！"说着拿起烈酒来直接倒在伤口上，旁边的人都倒吸一口凉气。张三哈哈大笑："没错，是得消消毒！"他也把烈酒倒在伤口上。

李四伸手从火盆里抓出一块通

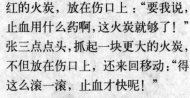

红的火炭，放在伤口上："要我说，止血用什么药啊，这火炭就够了！"张三点点头，抓起一块更大的火炭，不但放在伤口上，还来回移动："得这么滚一滚，止血才快呢！"

李四见张三毫不手软，咬咬牙，拿起刀子对着自己的耳朵："三哥，我给你个耳朵下酒吧！"张三毫不犹豫，也拿起刀子："放心，不白吃你的，我的耳朵比你的大，你还占便宜了！"

围观众人虽然都见过大场面，但真没见过这么气定神闲的，都看得龇牙咧嘴。

就在这时，一个人喊了一声："慢着！"

一举两得

两人的刀停在耳朵边上，看向喊话之人。原来是一个退隐江湖的老青皮，人称五爷，平时扶危济困，颇有些名声，众人都对他敬重三分。五爷捻了捻胡须，说："你们俩都是硬汉，这么比下去，只怕两败俱伤。我倒有个办法，能让你们分出个胜负来。"

两人忙问什么办法，五爷笑道："自己捅自己，下手有轻重，那算不得本事。要比狠，到警察局的刑房里去比！谁能抗住打，出来后，这条街就是他的！"

两人都是一愣，青皮比狠，还真没有到刑房里去比的。就像五爷说的，自己动手，那是心里有数的；刑房里的人，下手可没轻没重啊。不过此时众目睽睽，大家都在看着，谁也不敢认怂，当下李四咬咬牙表态道："这有什么？我没问题啊！"张三也咬咬牙表了态："谁怕谁呀！就这么着！不过五爷，怎么进刑房，又怎么出来呢？"

五爷让旁人都先走，然后带他俩到自己家里，烫上酒，炒了菜，边喝边说。酒过三巡后，五爷下地，给他俩直接下了跪！两人都吓了一跳，赶紧下地来扶，问五爷这是干什么。

五爷说："实不相瞒，二位兄弟，我对不住你们，把你们架在火上烤了！"

两人都愣住了，张三说道："五爷，我就知道这里有事儿，你说吧，怎么回事？"

五爷告诉他们，自己当年当大青皮时有一个好兄弟，他儿子王平在天津部队里当军官，天津被占后，打散的部队就在河北、天津一带打游击。结果前几天，日军围剿，抓住了王平，好在王平当时突围之前，已经换了便装。他一口咬定自己就是天津卫的老百姓。但日本人不相信，把他抓进警局里，拷打审问。天津沦陷时，王平的家人都被杀了，王平也不敢说出自己的真实身份，就说自己是孤儿，在天津街上混青皮的。

五爷老泪纵横道："我老了，现在去警局说自己是青皮，人家也不信。你们二位都是天津卫有名的爷，你们到警局去，认下这个兄弟，帮他做个证吧。当然，警局不会轻易相信，挨打是免不了的，可总不至于丧命。听警局里的朋友说，日本人刚占了天津，要装大尾巴狼，装亲善，没有证据不会随便杀人的。二位斗狠总要有个结果，还能顺道做件好事，救救这孩子。"

两人目瞪口呆，半天之后，张三先开口了："好，我去认。李四，我看你直接认怂吧，那里面可不是好地方，搞不好，出来就残废了！"

李四"哼"了一声："你吓唬谁呢？老子当青皮，还怕进局子？谁还没进过！日本人来了又如何，老子骨头硬，不怕打！"

第二天，两人真的跑到警局里，说王平是自己手下的青皮，自己是来保人的。警局局长倒是认识这两个大青皮，心里先信了三分。但信归信，人是不能轻易放的，否则日本人那边没法交代。局长说："这可是个抗日分子，你们俩想好了？不怕被牵连？"

张三嘿嘿一笑："局长，他是抗日分子？拉倒吧，他在天津街头一直混青皮，你要说他趁乱骗征兵处的银圆我信，你说他抗日？他有那胆子吗？"

李四也不甘示弱："局长，我给你的孝敬可是月月不缺啊，这小子在我手底下待过，我要不来保他，显得我不义气，你就行个方便吧。"

局长板起脸来："少放屁！告诉你们，别看我是局长，现在我说了不算！副局长是日本人，他说了才算呢！抗日分子没查清之前，谁来抓谁，你们俩还是赶紧滚蛋吧！"

终极比狠

张三和李四不肯走，非要保王平出狱不可。这时，副局长来了，二话不说，就把两人都关进了牢里，然后分开审问，两人早就根据五爷提供的情况，串过口供，日本人审不出什么来，又不愿意轻易相信，就开始打了。

一打起来才知道，有了日本人的警察局，跟原来的可不一样了。原来的毕竟都是中国人，青皮们平时有孝敬，还讲点情面，日本人下手是真狠啊，两天下来，两人都是皮开肉绽，遍体鳞伤。但对两个大青皮来说，这点皮肉伤确实不算什么，两人咬紧牙关，死不改口。日本人也开始半信半疑了，但下手却越来越狠。

第三天，张三的两条腿被打断了，他嘿嘿笑着，冲偷偷给他水喝的狱卒说："这算嘛，当年我赢来洋货场的时候，两条腿都断了，还不是一样养好了！"

李四断的是胳膊和肋骨，他哼哼唧唧地看着日本人："我说太君

啊，你就是打死我也没用啊，该怎么回事就是怎么回事，我总不能骗你吧。"

第四天，日本人告诉张三："我知道你们俩都是说谎的，其实王平就是抗日分子，不是你们这帮青皮里的人。你和李四，谁先招供，我就放了谁，不招的那个，我会杀了他！"

张三心里一颤，犹豫片刻，苦笑着说："太君，我也想招供啊，可我真不会编啊！"日本人盯着张三看了很久，转身去了李四的牢房，把同样的话说了一遍。

李四装作疼痛难忍，哼哼唧唧，脑子里飞快地旋转着，直到被上了烙铁后才惨叫道："太君，你饶了我吧，人我不保了，你放我走吧！要不，你教我怎么说行不行？我真不知道咋编啊！"

日本人想不到这一招也没用，又想了一招，把张三和李四带到一起，掏出左轮手枪，放进去一颗子弹，转动了轮子，冷笑道："既然你们都不愿意说实话，那就赌赌命吧。"

他把枪指向张三："你说不说？"张三冷汗直流，却欣慰地看了李四一眼，意思是你是条汉子，我就知道你不会那么怂！李四也看

了张三一眼，咧咧嘴。

"咔嗒"一声，枪没响，日本人又拿枪口对准了李四。李四叹口气，干脆闭上了眼睛。又是"咔嗒"一声。

"咔嗒"五声后，枪居然还没响，日本人把枪对准李四，冷笑着说："你的运气不好啊！"

李四的嘴唇动了两下，缓缓抬起头来，开口道："张三，你运气好，洋货场归你了。"

一声枪响，张三全身一震，泪流满面，然后发现李四虽然吓尿了，但竟然没死。日本人"哼"了一声，转身走了，原来他装了一颗空包弹。刚占领天津，上司要求装亲善，没办法。

两天后，三个遍体鳞伤的家伙被青皮们抬出了警局，送进医院治伤。他们伤好后，五爷亲自宣布，张三和李四比狠不分胜负，洋货场一条街一人一半。又过了些日子，王平偷偷溜出天津，到南京找大部队去了。

从那之后，再也没有青皮敢跟张三和李四比狠了，他们都说，能活着从日本人刑房里出来的人，谁敢比啊！

（发稿编辑：朱 虹）

（题图、插图：刘为民）

收狼尾

□ 魏 炜

嘉靖年间，吴兴到繁城任知县。繁城近年来匪患不断，老窝就在城郊的凤凰山上，导致城郊富户家中屡屡遭殃，让吴兴十分头疼。

这天一早，班头宋五跑过来对吴兴说，孙富户正重金收狼尾巴，很多人都上山打狼了，衙役们也去了，就别升堂了吧。

原来前几天，孙富户老婆带着独生子到山下村去串亲戚，却不想独生子被恶狼叼走。孙富户急坏了，命家仆上山打狼寻子，还到县衙求助。宋五也带着衙役们进山打狼，但都一无所获。

吴兴问："孙富户开出了怎样的重赏？"宋五说："每条狼尾，四两银子。"吴兴疑惑道："收狼不好吗？怎么会收狼尾？"宋五说："一头狼一条尾巴，收狼尾和收狼

是一样的。"吴兴摇了摇头："狼是狼，狼尾是狼尾，狼和狼尾，是不一样的。"他沉思片刻，说："走，你跟我去看看。"

吴兴把自己打扮成书生模样，向着孙家走去。他很少抛头露面，再一化装，就更没人认得出了。宋五是当地人，再怎么化装都没用，只能远远地跟着。

孙家门楼边贴着一张告示，上面写着三个大字：收狼尾。门前摆着一张桌子，桌后坐着教私塾的姚先生。一个小混混拎着条毛茸茸的尾巴走过来，说道："卖狼尾。"姚先生接过那条尾巴，看了看说："你这是狗尾巴。"小混混喊道："这明

明是狼尾巴，你凭啥说是狗尾巴？为了打这头狼，我险些把命丢了！"

姚先生不慌不忙道："狼是凶猛的走兽，无所畏惧，不用夹着尾巴，所以狼尾巴很蓬松；而狗呢，经常挨打，得夹着尾巴，尾巴就会很顺溜。你自己看看，这条尾巴是不是很顺溜？"小混混还是不服气，和对方吵了起来。

孙富户听到争吵声，就出来问是怎么回事，姚先生讲了原委。孙富户摆摆手说："不能寒了乡亲们的心，就收下吧。"姚先生只得收下尾巴，付了银子。小混混高高兴兴地走了。

吴兴看到这一幕，不觉蹙眉，他走出人群，冲宋五一招手，宋五忙来到他跟前。吴兴说："走，咱们去山下村，找找狼迹。"宋五愕然地睁大眼睛："狼迹？都过去好几天了，肯定找不到了。"吴兴摇了摇头："咱们仔细搜寻，总会有所收获。"

两人来到山下村，先察看了村里的环境，又找村民打听恶狼叼走孩子的经过。宋五见吴兴紧皱眉头，忍不住问道："大人，你觉得哪里不对吗？"

吴兴说道："地点不对，时间不对，对象也不对。"宋五一愣：

"如何不对？"吴兴给他分析："据孙富户讲，他儿子是在半夜上茅厕时被恶狼叼走的。他亲戚家在村东，而凤凰山在村西，恶狼下山，自然应该从村西来，会选离得最近的猎物叼，从西向东，许多人家都养着鸡鸭鹅猪兔，狼随便一叼就能果腹，为什么还要绕远来叼人？此为地点不对。孙富户只有这么一根独苗儿，半夜能让年幼的儿子独自上茅厕？此为时间不对。孙富户的儿子才来这么一回，偏巧就被恶狼叼走了，而近几年村里又没别的小孩子被恶狼叼走，此为对象不对。"

宋五听他说得头头是道，也点点头说："要是孙富户的儿子没被恶狼叼走，他又何必说这瞎话呢？"吴兴说，这一点，他也没想明白。更让他想不明白的是，孙富户重金收狼尾，又是什么目的呢？

回城的途中，一条大狗疯了般地从一个院子里蹿出来，把吴兴撞了一个趔趄。宋五一看，那狗尾巴齐根断了，虽已跑远，身后却洒下一路血。宋五再看看那院子，正是自己一位远房表弟家，不觉骂道："陈二苗，你想钱想疯了，连自家的狗尾巴都剁！"

陈二苗听到骂声，出来一看，

忙赔上笑脸："表哥，你咋来了？一条狗尾巴四两银子，我不剁，别人也会剁啊。表哥，我得赶紧换银子去，今天先不招待你了，明天请你喝酒！"

吴兴一把拉住他说："你把狗尾巴剁了，它还活得成吗？你听它叫得多凄惨！"陈二苗说："疼劲儿过去，它就不叫了，死不了的。"说完，他撒腿就跑。

宋五一拍大腿，说："二苗说得对，我不剁，别人也会剁。大人，咱快走几步！"吴兴问干啥去，宋五说他见过城南的乱葬岗边有一群野狗，把狗尾巴都剁下来，可不就狠狠地赚上一笔了嘛。他一个人不行，得叫上众衙役一同来布网、赶狗、剁尾巴。吴兴沉思片刻，和宋

五耳语几句，便让他将自己送回衙门。随后，宋五带着几名衙役，急匆匆地出城去了。

当天夜里，宋五他们逮了八条野狗，把狗尾巴拿到孙富户家换了银子，又大快朵颐地吃了顿狗肉。第二天，这些衙役们又带上工具，喜笑颜开地出城去了。好多人看到衙役们到手的好处，也纷纷拿着工具，成群结队地出城，去找野狗。

转过天来，天亮时，城门大开，衙役们押着二十个山匪进城来。吴兴正在城门里等待，笑着问道："如何？"宋五高兴地说道："大人神机妙算，全逮到了，一个没跑！"城郊富户朱员外挤到吴兴面前，"扑通"一声跪倒在地："朱全感谢大人救下我全家！"吴兴把他扶起来："本官为任一方，定要护繁城周全！"

很快，山匪们被押上大堂，吴兴并不急于审案，而是丢下一根水火令签，命宋五带着衙役们去把孙富户抓来。不一会儿，宋五就把孙富户抓来了。孙富户大喊冤枉，吴兴一拍惊堂木，怒喝道："大胆刁民，这

些山匪，你可认得？"孙富户摇摇头。吴兴再问那些山匪，山匪也说不认得孙富户。

吴兴却不急。过了半炷香的工夫，一个捕快带着一个孙家的伙计走进大堂。伙计怀里还抱着一个孩子，正是孙富户的独生子，看到孙富户，小孩就叫了声"爹"。孙富户愣住了，一张脸痛苦地扭曲着。

吴兴冷笑一声："孙富户，你这出戏设计得极妙，可惜，有一个漏洞。"

孙富户问道："什么漏洞？"

吴兴说："你只设计了你们的戏，却忘了本官呀。"

原来，那天看到孙富户高价收狼尾，吴兴就产生了怀疑，为什么不收狼，要收狼尾巴呢？再看到小混混以狗尾巴冒充狼尾巴，而孙富户竟也收下了，吴兴就明白了，孙富户是用收狼尾巴做幌子，他真正要收的是狗尾巴！之后，吴兴跟宋五到山下村走了一趟，更觉得疑点重重。后来刚好赶上陈二苗剁狗尾巴，他说狗被剁掉尾巴，疼上几天就会好的，顿时让吴兴豁然开朗。孙富户之所以收狗尾巴，就是为了让乡亲们见财起意，剁掉狗尾巴，好让人听不出狗是因疼而叫，还是因贼而叫。如此一来，凤凰山上的山匪才好浑水摸鱼，趁机作案。

吴兴随即命宋五带着衙役们，以逮野狗之名出城，埋伏在城郊几个富户家附近。就在昨天夜里，二十个山匪冲进朱员外家劫掠，被衙役们全给抓住了。吴兴又命一名捕快乔装后带着孙家伙计，到匪寨找孙富户的儿子，留守的山匪不知其中有诈，就让孙富户的儿子跟着两人下山了。其实，孙富户正是山匪的二当家，他是山匪的眼线，策划了此次劫掠行动。

吴兴冷冷地说："富户家纷纷被劫掠，你家买狼尾巴花了大笔的银子，这才幸免于难，也是你想出的掩盖之法吧？可惜了，没用上。"随后，吴兴派宋五带着衙役们上山剿匪。

匪寨中只有几个山匪留守，看大势已去，没作抵抗，就被抓回来了。凤凰山的匪患从此根除，终是还了百姓一方净土。

（发稿编辑：朱 虹）

（题图、插图：谢 颖）

绿版编辑部电子邮箱：

朱 虹：zhong98305@sina.com

王 琦：wangqi_8656@126.com

赵媛佳：babyfuji@126.com

田 芳：greygrass527@126.com

断指缘

□查老三

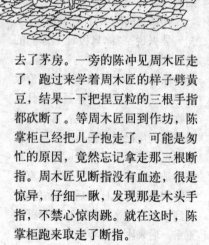

从前，有个年轻的周木匠，靠到处给人做木工为生。

最近，周木匠接了一个活，帮镇上开家具作坊的陈掌柜做一些木工活。工钱尚可，但让他不胜其烦的是陈掌柜的儿子陈冲。那孩子七八岁，特别淘气，总是在周木匠忙碌的时候来捣乱。周木匠让陈掌柜好好看管儿子，陈掌柜嘴上哼哈答应，却根本不管。周木匠很生气，决定教训一下陈冲，于是，他把陈冲弄钝的斧子磨快后，从兜里摸出一粒黄豆，用左手的三个手指捏着放在案板上，一斧子劈开，来试试斧子的锋利程度。

这样过了一段时日，这天，周木匠磨好斧子，从兜里掏出了两粒黄豆，故技重演劈开了一粒黄豆，却把另一粒黄豆扔在斧子旁，转身去了茅房。一旁的陈冲见周木匠走了，跑过来学着周木匠的样子劈黄豆，结果一下把捏豆粒的三根手指都砍断了。等周木匠回到作坊，陈掌柜已经把儿子抱走了，可能是匆忙的原因，竟然忘记拿走那三根断指。周木匠见断指没有血迹，很惊异，仔细一瞅，发现那是木头手指，不禁心惊肉跳。就在这时，陈掌柜跑来取走了断指。

几天后，一位美丽的姑娘来到作坊，对周木匠说："木匠哥哥，你还记得冲儿三根断指的样子和尺寸吗？赶紧做三根完整的手指，领工钱那天带在身上，必有大用途！"

周木匠问姑娘："你是谁？为

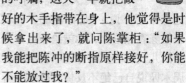

啥帮我？"

姑娘说她是陈掌柜的女儿陈香，因爱慕周木匠，才偷偷跑来给他出主意，陈香说完，匆匆走了。周木匠还有许多疑问没有解开，但他还是鬼使神差地听从了陈香的建议。

交工这天，周木匠做的家具没被挑出任何毛病，接下来就等陈掌柜给他结算工钱了。这时，陈掌柜的脸色才突然阴沉下来，他喊来儿子，问周木匠断指这笔账咋算。

周木匠说："我多次提醒你，可你却不加管束。结果他因顽劣，自己砍断了手指，怎么能全怪到我的头上？"

陈掌柜听后，咬着后槽牙说："小孩不懂事，你出门时若随手把斧子放到高处，如何会出这种事儿？"周木匠自知理亏，也就不再狡辩。陈掌柜却得理不饶人，竟然要砍断周木匠三根手指扯平此事。周木匠说："你砍断我的三根手指，我今后就做不成木匠了。能不能用别的方法？"

陈掌柜好像等的就是这句话，说："用别的方法也行，除去白做这套家具外，你另外再给我白干三年木匠活。一根手指一年。"

周木匠听到这话，下意识地摸了摸胸前，他没忘记陈香的叮嘱，这天一早就把做好的木手指带在身上，他觉得是时候拿出来了，就问陈掌柜："如果我能把陈冲的断指原样接好，你能不能放过我？"

陈掌柜根本不相信周木匠有这本事，于是说道："那就赌一把吧！你要真能把冲儿的手指接得和原来一样，你刚做好的这套家具工钱，我就按双倍给你；若是做不到，你必须给我白干十年活。"

周木匠不假思索地说："行，那咱们发誓，谁都不许反悔。"接着，二人分别发了毒誓，然后周木匠拉过陈冲的手，将三根断指从关节处一推一拉，挨个卸了下来，再从怀里掏出做好的三根木手指，像装家具卯榫似的，安装了上去。陈冲试着伸展手指，竟然灵活自如。

陈掌柜目瞪口呆，这才知道小看了周木匠，刚要转身离去，却被周木匠一把拉住。周木匠说，虽然自己赢了，但依然愿意给陈掌柜白干三年活，条件是：陈掌柜得答应把女儿陈香嫁给他。陈掌柜又喜又恼地说："我虽然娶了三房妻妾，却没生下一儿半女，哪来的女儿？"

周木匠反问道："既如此，你又是哪来的儿子呀？"

陈掌柜这才意识到，自己一时大意说漏了嘴。他想了想，说："是你说的，只要我把陈香嫁给你，你就给我白干三年活儿，我同意了，你可不许后悔。"周木匠说自己绝不反悔，陈掌柜听后，当即领周木匠去了库房。

库房里有好多木偶人，每个身上都写着名字。周木匠一眼就找到了陈香。直到这时，周木匠才明白，为啥陈掌柜让他不要后悔，原来陈香也是个木偶人。周木匠只好认了，把木偶娘子抱了回去，可他想不明白了：同是木偶人，陈冲能活，陈香为啥不能活？为啥陈香之前能活

生生地跟自己说话，现在却再也不能了呢？

一年后的一天，因为周木匠在下料时，将一块木方锯短了一点，陈掌柜看到后，硬说是周木匠故意坑他，用这块木方打破了周木匠的头。周木匠回家后，抱着木偶娘子述说委屈时，头上伤口处淌出的血，有一滴流进了陈香嘴里。突然，陈香的脸有了血色，竟像活人一样可以说话走路了。陈香告诉目瞪口呆的周木匠，这一滴血能让她活一天。周木匠听后，想往她嘴里多滴几滴血，陈香却说，她每次只能吃一滴血，多了就撑死了，然后又告诉了周木匠一个秘密——

原来，陈掌柜娶了三房妻妾，也没得一男半女，才知道问题出在自己身上。生子无望的他，便用擅长的木工活做木偶孩子。陈冲是他做的感觉最满意的木偶儿子，他常常想：这小东西若是个真孩子该多好！有一天，他情不自禁地抱着陈冲哭起来，结果流下的上百滴眼泪，全都淌进了陈冲的嘴里。陈冲竟然一下子变成了会跑会说话的真孩子，可一天后，他就变回了木偶孩子。陈掌柜沮丧地抱着陈冲哭起来，结果喝下百滴泪的陈冲又活了，这让陈掌柜意识到了复活木偶孩子

的秘密。

周木匠听到这儿，好奇地问陈香，她那天是怎么活的。

陈香说："为让冲儿活着，我爹已哭不出眼泪了，就连他的妻妾们眼泪都要哭干了，哪还有眼泪给我喝？那天是空中忽然落下一滴血，碰巧落进了我的嘴里，一滴血与百滴泪有异曲同工之妙。我每天透过库房缝隙，都能看到你在打家具，时间一长，竟不知不觉喜欢上了你！那一滴血让我活了之后，我想到的第一件事，就是跑去帮你出主意。没想到后来你竟然不在乎我是个木偶人，把我娶回家。可我每天要有一滴血才能像人一样活着，这对你太残忍了。"

周木匠摇摇头说："当初是我自愿娶你的，岂可反悔？我既然娶了你，你就是我娘子，别说每天一滴血，就是十滴，我也给你！"

陈香感动地说："即便是木偶之身，能守在你身边，我也知足了。如今你已经知道了这个秘密，打算何去何从呢？"

周木匠想了想说："我有错在先，不该害得陈冲失去三根手指。也可怜陈掌柜无子无女，把心思都寄托在了木偶身上，还不惜用血泪复活你们，也着实可怜可叹。我

愿履行诺言，完成三年约定。"

话音刚落，屋门突然被推开了，陈掌柜走了进来，说："本来我只想听听你挨打后回来怎么说我……唉，你俩只知其一不知其二呀！我已经老了，想要找个合适的木匠来继承我的家业，等我百年之后，也好有人替我照顾家眷。若不用非常手段，怎能验证一个人的脾气、性格与品质？"

周木匠一愣，问："难道这重重刁难都是考验？陈冲屡次干扰我做工，你却不加干涉，也是你的考验？"

陈掌柜点点头，说："我虽心爱冲儿，但他非人类，终难继承我的家业。你不该诱导他砍断手指，我也因此否定了你。谁想那一天，我在库房上换破碎的瓦片，划伤了手，血滴到了木偶身上。我看到香儿活了，也意外得知了她对你的心意，便设置了接下来的考验……"

听完这些话，周木匠不由得十分感叹：木偶如陈香尚能真诚待人，陈掌柜却把这赤裸裸的算计冠冕堂皇地说成考验？他实在想不明白……

（发稿编辑：田　芳）

（题图、插图：佐　夫）

智闯狼荡山

□ 无题子

清朝年间，济威镖局名震西南。掌门李济白武艺高强，人脉极广，据说，自他接管镖局以来，一镖未失。

但这天，李济白遇到了麻烦。托镖之人自称受海外华商所托，欲送千两黄金到边疆，以资军费。事关民族大义，李济白本义不容辞，但到边疆去，必经狼荡山，此地凶险，多密林，又处三省交界，难以管理，故三地官府相互推诿，狼荡山便成了"三不管"地带，匪盗猖獗，号称"狼荡山，雁难翻"。

托镖人打开箱子，请李济白过目："这千两黄金从沿海辗转，一路艰辛，全靠有识之士鼎力相助，方到此处，眼下是最后一关。"托镖人见李济白仍有犹豫，遂拔出腰间匕首，欲以命相托。江湖上有规矩，托镖人以命相托之物，镖局不可推卸。

说时迟，那时快，李济白将手中棋子抛出，精准打在那人手上，匕首应声掉落，数名手下随即上前，将其制服。

半炷香后，那人被赶出了镖局，箱子也一并送出。此后不久，城里传出了李济白的笑话：原来，他一镖未失的秘诀，是从不接有危险的镖。

一时间，传言越传越广，李济白名声扫地，济威镖局的生意也每况愈下。李济白却满不在乎，索性关了门，请来好友半山大师，二人终日在房中对弈，不亦乐乎。

半个月后，一个卖花的商人前来，想托李济白走趟镖，送一些花草到边疆。边疆荒芜，花草之物必大受追捧，李济白十分赞赏商人的眼光，便立马应承下来。

旁人不解，同样是送到边疆，为何接花草，不接黄金？李济白心中自有盘算，黄金的镖利虽远高于花草，但花草没人会劫，也就是说，这是一趟稳赚不赔的买卖。

几天后，李济白准备了二十多口大箱子，里面装满泥土，花草种在上面，分五辆马车托运。又点了两名镖头，五名镖师，趟子手若干，都是一等一的高手。整顿完，一队人浩浩荡荡，起了身，出了城。

行了数日，众人来到狼荡山，此处重峦叠嶂，危峰兀立。山体被密林覆盖，置身其中，仿若黑夜降临。子规啼鸣，音如鬼魅，叫得人心惊胆战。山间道路坎坷，行至此处，李济白一行人已是精疲力竭，便停下休整。李济白坐在树下，正欲闭目养神，忽见林间一人影晃过，他立即起身。众人见状，纷纷提刀

环顾，待定睛一看，却发现那儿只有一棵身形扭曲的槐树。李济白长舒一口气，安抚了众人，又派四人分别把守来去的路口，这才安下心来休息。

不知不觉，林间白雾渐起，西风拂过，仿佛给浅睡中的众人披了一层薄纱。李济白忽觉鼻中有异味，待睁开眼来，只觉浑身无力。再看众人，已是东倒西歪，少数几个能站起来的，也是靠着树，杵着刀，昏昏沉沉。李济白大感不妙，定是中了贼人的迷烟。

这时，四下里走出七八个蒙面大汉，将众人包围。为首的大汉面如黑漆，身似黑熊，好像一头吃人的野兽。再看他身后的大汉，个个身形魁梧，提着朴刀，凶神恶煞，像夜叉一般。李济白扶着树站起来，说道："当家的辛苦！"

黑面大汉双手抱拳："掌柜的辛苦。"

双方对了行话，众匪却不肯散去，李济白心中十分不安，只能强装镇定。

黑面大汉朝一旁的人使了个眼色，那人便跑到马车前，掀开一口箱子，抓了一把花草，送到黑面大汉面前。

"朋友所托，都是些不值钱的

花草，还望当家的行个方便。"李济白拱手作揖。

那黑面大汉却不回话，嘴角挂着诡异的笑容，踱步来到马车面前，稍稍运力，一手扎进箱子里的泥土中，像拔萝卜一般，从土里扯出一尊金佛。李济白见此情形，心凉了半截儿，瘫坐在地上。黑面大汉朗声笑道："旁人不知你的把戏，却休想瞒过我的眼睛。"

李济白顺着黑面大汉的眼神望去，看见地上的车辙子印，这才恍

然大悟，失声痛哭起来。

原来，那天李济白被托镖人的义气打动，遂接下委托。只是这千两黄金恐早被人盯上，若明着接镖，必招贼惦记。于是，李济白佯装拒接，将那人赶出，又将箱子里的黄金换成石头，送了出去。而后，托镖人依计在城里恶语中伤李济白，将李济白拒接的消息传了开来。

正当众人以为李济白肯定不接此镖的时候，他却瞒天过海，将黄金打造成金佛，藏在土里，佯装运送花草。没料到地上的车辙子印过深，被黑面大汉派出的细作识破，故在此设下埋伏。

谈笑间，众匪已将金佛全部挖出，共十八尊，每尊重五斤，合计一千余两。黑面大汉露出满意的笑容，随手抓起一尊金佛，拿在手里把玩起来，一时兴起，竟凑到嘴边，准备咬上一口。

"且慢！"李济白铆足了劲大声喊道。

黑面大汉走过来，看着地上的李济白。李济白有气无力，低声哀求道："我等不该以此手段蒙骗当家的，眼下，十八尊金佛愿拱手相让，若当家的肯赐解药，放我等过去，我愿说出金佛的秘密。"

那黑面大汉知道济威镖局高手

如云，给了解药，免不了一场恶战，便说道："两个时辰，药效自会消失，你们镖已经没了，放你们过去有何用？至于金佛的秘密，你现在没有谈价还价的本钱。"

黑面大汉抽出刀，架在李济白脖子上，一再逼问下，李济白只好道出原因。运送花草并非掩人耳目，也是一单生意。当初李济白苦苦思寻如何运送黄金，送上门来的花草镖给了他灵感，才想出这个主意，两单并为一单，一举两得。

半山大师是天下闻名的金雕大师，两人并非在房里下棋，而是将熔化的黄金做成金佛。有了半山大师的手艺加成，每座金佛价格至少提高三成，镖送到后，在当地变卖，这三成便是李济白的额外收入。

听完，黑面大汉如醍醐灌顶，赶紧转身，对众匪喊道："千万别破了金佛的品相，给我好生看管！"说完，他对李济白一拱手，带着众匪，大笑着消失在树林中。

两个时辰过去，李济白一行人相继复原，看着被掀开的箱子，众人万分沮丧。李济白默不作声，捧起掉落在地上的一撮泥土，放进箱子，吩咐众人将挖出来的花草重新种上。整顿片刻后，再次上路。

过了狼荡山，一路顺畅，很快抵达边疆，但李济白并未前往花市，而是直奔军营。见到将军，李济白朗声说道："千两黄金，顺利送达，幸不辱命！"

众人不解，李济白也不解释，只是命人取走泥土，并叮嘱分毫不得洒落；随后将泥土放入筛子，放水冲刷，黏稠的泥土被冲走后，竟露出一颗颗碎米粒大小的金沙。如此洗完二十几箱泥土后，淘出的金沙已堆成一座小山。

众人如梦初醒，原来是明修栈道，暗度陈仓！表面上，李济白将黄金打造成金佛，藏进泥土；实际上，泥土之中，才是真金所在。至于被黑面大汉抢走的金佛，不过是用等重的黄铜，由半山大师指导工匠，模仿他的手法制作，最后镀上一层金，制成了以假乱真的金佛。

真金被李济白熔成金沙，裹上一层泥浆，看起来与沙土无异，分散在二十几口大箱子的箱底，不细细翻看，很难发现其中蹊跷，这招灯下黑，可谓技高人胆大。将军和众军士听后，无不赞叹。

此后，江湖上再也没有一镖未失的李济白，济威镖局的生意却越发红火，名声远播海外。

（发稿编辑：田 芳）

（题图、插图：刘为民）

叫声爸爸好难

□杜　辉

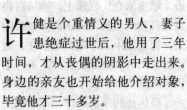

许健是个重情义的男人，妻子患绝症过世后，他用了三年时间，才从丧偶的阴影中走出来。身边的亲友也开始给他介绍对象，毕竟他才三十多岁。

很快，许健被安排和一个名叫周婕的女人相亲。两人一见如故，相谈甚欢。周婕告诉许健，她有过一段不幸的经历，丈夫是一名缉毒警察，在当卧底的过程中身份意外暴露，被贩毒团伙的人活活折磨而死，这也给周婕带来了长久的痛苦回忆。

见面后，两人互有好感，感情迅速升温，很快到了谈婚论嫁的地步，但周婕心里还有一块石头没落下。她有个八岁的女儿童童，可能和过早失去父爱有关系，童童性格孤僻，很难接近。周婕很担心许健和童童不能相处好。

很快，许健用自己的表现打消了周婕的顾虑。他第一次和童童见面，就喜欢上了这个眼睛大大、表情怯怯的小女孩。他当场就根据房间里的摆设，编起了生动的故事。童童听得入了迷，和许健也越挨越近。许健眼看时机到了，故意在关键节点处戛然而止，童童低声说了一句："我还想听……"

许健温和地说："童童，你是在跟我说话吗？那你该怎么称呼我呢？"

童童鼓足勇气，用比蚊子还低的声音，叫了一声叔叔。

从周婕家出来，许健得意地说："怎么样？现在放心了吧？叫叔叔算啥？用不了多久，我就能让童童心甘情愿地叫爸爸了！"但许健怎么也没想到，让童童叫一声叔叔容易，让她叫一声爸爸，却比登天还难。

许健和周婕结婚后，周婕工作很忙，而许健是编剧，一天到晚在家工作，照顾童童的任务就落到了他这个继父头上。他每天接送童童上下学，精心准备一日三餐，把她照顾得很好。在日复一日的相处中，童童和许健的关系越来越亲近，但让许健郁闷的是，童童对他始终以叔叔相称，两年了都没叫过一声爸爸。

这天是周末，周婕在单位加班，童童去同学家玩，说好了中午不回来吃饭，但童童和同学一言不合闹了别扭，饭也不吃了，赌气回了家。一进门，她看见许健坐在饭桌前，桌上放着两盘菜，一眼看上去红彤彤的，菜里全是辣椒。

见童童进来，许健把筷子一扔，站起身，像被撞破了什么秘密，尴尬地说："哟，我们家童童怎么回来了？是不是还没吃饭？这菜不合你口味，我再去给你炒几个！"

童童愣了愣，说："叔叔，我怎么不知道，您这么爱吃辣？"

许健干笑一声，说道："我是四川人嘛，爱吃辣是天生的。"

童童颤声说道："可、可是……"童童说不下去了。原来，她口味清淡，一点辣都不能吃，许健为了迁就她的口味，做菜时从不放辣椒，只有在自己一个人做饭时，才会放点辣椒解解馋。

童童的眼睛里渐渐有了泪光，嘴唇微微颤抖着，分明有两个字，要呼之欲出了。许健顿时激动起来，几乎屏住了呼吸。终于，童童用动情的声音，说出了那两个字："叔叔……"许健顿时像泄了气的皮球，那股沮丧劲儿就别提了。

晚上，许健有些无奈地对周婕说："我想了整整一天，才算想明白，既然童童早就接纳我了，为什么不肯叫我一声爸爸？恐怕那不是感情上的问题，而是因为她心目中爸爸的形象，是一个和犯罪分子做斗争的英雄，而我只是个手无缚鸡之力的书生，根本配不上这个称呼！"

周婕只能尽量开解许健："你做得已经够好了，我相信在童童心里，早就把你当爸爸了，她只是叫不出口罢了！"

许健却像走火入魔一样，自言

自语道："不行，迟早有一天，我要让她心甘情愿地叫我一声爸爸！"

过了没多久，许健因为见义勇为，当街擒获抢包劫匪，被捅了两刀，送进医院急救。转危为安后，许健在病床上对周婕坦陈心迹："我本来很害怕，没勇气站出来，可是一想到童童，突然间就不怕了……"

刚说到这儿，"砰"的一声，病房的门被撞开了，童童冲了进来，一头扎进许健怀里，哭得上气不接下气。许健拍着童童后背，连声说道："乖，不哭、不哭，我这不是好好的吗？"

童童呜咽着，拱在许健怀里，

喊出了两个字，声音有些闷，许健没听清，他的心跳一下加快了，有些紧张地问："童童，你叫我什么？"

童童又叫了一声，这回许健听清了，还是那个可恨的称呼：叔叔！

许健苦笑了一声，与其说是失望，不如说是绝望，看来这辈子也别指望童童叫他一声爸爸了。

不知不觉间，许健和周婕的婚姻走过了十年，童童也长成了十八岁的大姑娘。在成人礼的前一天，周婕和女儿进行了一次长谈："有件事我想告诉你，早些年我一直觉得亏欠了你许叔，想给他生个孩子，但他担心有了自己的亲生骨肉，会对你有所亏待，就拒绝了。他是这么对我说的，'我有童童这一个女儿就够了，她就是我的孩子，亲生不亲生的，又有什么两样？'"

童童呆呆地听着，脸上写满了感动，眼中盈满了泪水。周婕接着说："你已经是个大人了，应该懂得怎样去爱。明天的成人礼上，许叔准备了你最喜欢的礼物，你也把他最想要的礼物送给他，叫他一声爸爸，好吗？"

童童若有所思，轻轻点了点头。

第二天，风和日丽，童童的成人礼如期举行。在发言环节，童童迈步上台，用平静而深情的语气说道："在这个意义非凡的日子里，我特别想感谢一个人，他和我没有血缘关系，却给了我最多的爱，我想当着所有亲友长辈的面，亲口叫他一声……"

童童将目光投向台下，在场者随着她的目光，一起看向许健，许健激动得手足无措，脸都涨红了。只见童童深吸了一口气，像是用足了全身的力气，才缓缓吐出了那两个字："叔叔！"许健顿时愣住了，表情有些难堪，周婕摇了摇头，脸上写满失望，大家看向许健的目光中，有了同情的味道。

童童低下头去，哽咽着说："对不起，我还是没法战胜自己的心魔。有一个秘密，压在我心里，压了整整十二年了。那一天，放学的路上，我看到了好久没见的爸爸，他身边还跟着两个人，我好兴奋，远远冲着他叫了一声爸爸……那是我最后一次见到他……"

童童咬住嘴唇，声音微微颤抖："我没跟任何人说过这事，但我心里很清楚，是我让爸爸暴露的，是我亲手害死了他……"

这时，许健和周婕快步走上台，周婕心疼地搂住女儿，轻声安慰着："傻孩子，这怎么能怪你呢？妈妈从来没想到，你竟然背了这么重的

心理包袱，一背就是这么多年！"

许健一脸自责地说："都怪我，非逼着你叫这一声爸爸不可，我恨不得抽自己一百个大耳光！"

童童拦住了许健，含着眼泪说："我知道，您做梦都想让我叫您一声爸爸，可偏偏那两个字，牵连着我最深的噩梦，我越爱您，越不敢叫，潜意识里总觉得，那一声称呼，会给您带来灾祸……"

许健连连摇头，语无伦次地说："不不不，我就喜欢听你叫叔叔，这是全天下最好听的称呼，没有之一！"

童童破涕为笑道："还有一件事我要告诉您，叔叔这个称呼，早就专属于您了！我对其他男性长辈，都改口叫伯伯了。"

许健擦了一下眼角，说："那你当着大家的面，再叫一声，我听不够！"

童童往后退了一步，对着许健郑重其事地鞠了一躬，充满感情地喊了一声："叔叔！"

（发稿编辑：朱　虹）
（题图、插图：豆　薇）

本刊转载部分文章的稿酬已按法律规定交由中国文字著作权协会转付，敬请作者与该协会联系领取。电话：010—65978917，传真：010—65978926，E-mail: wenzhuxie@126.com。

每个人眼中的微不足道

北宋时期，欧阳修被朝廷贬到夷陵当县令。欧阳修到了之后，看见县衙里的人上班都是想来就来、想走就走，于是规定所有人早上卯时必须来点到，安排一天的事情。为了警示大家，他还在衙门的门口放了一面铜锣，每个来的人都要敲一下，证明自己来了，防止有人作弊。

一个月后，有一天，欧阳修看见衙役和一个读书人吵了起来，他赶紧制止他们，问发生了什么事。衙役说："我敲了一下铜锣，这个人

就冲出来，和我吵了起来。"欧阳修也感觉这是一件小事，就问读书人："你为什么这么生气呢？"

读书人说："大人，我就住在附近，您在衙门门口放一面铜锣，让每个人来的时候敲一下，是防止有人偷懒，这我能理解，可是，衙门这么多人，每人敲一下，很早开始就铜锣声不断，这一个多月吵得我根本无法入睡，先生教的东西也记不下来，被先生训斥。这样下去我今年的科举估计没希望了。"欧阳修大惊，赶紧向读书人道歉，让人撤了铜锣。

有时，自己以为的一点小事，却会引来别人的大动肝火，看似无理取闹，其实每个人眼中的微不足道，有可能是他人身上的滔天巨浪。

（作者：任万杰；推荐者：田宇轩）

左宗棠两次落水

左宗棠在湖南任职时，听闻林则徐正好路过，他很想拜见。

等待时，左宗棠突然落水了，这引得林则徐起身往外走到船边张望。左宗棠被救上来后对林则徐说："大人，今日落水一事，实则无奈，我怕见不上您，便想了一个落水的法子……"林则徐被他的耿直所感染，不仅与他聊到了午夜，还亲自手书一联相赠。

后来，左宗棠率军在浙江与太平

军苦战，因为缺少经济支撑，仗打得非常艰难。这时，本来要发兵金陵的李鸿章，因不愿抢老师曾国藩弟弟的功，就找了个借口挥师进了浙江。淮军一路高歌猛进，李鸿章向左宗棠邀功，左宗棠早就看出了他的真正意图，根本不领情。

一日，听说左宗棠要在下午过来犒劳淮军，李鸿章感觉很有面子，虽然已通知大军那日下午要开拔，但他下令，等见过左宗棠后再走。可等了半天，哨兵突然来报左宗棠不慎落水了。李鸿章忙问状况如何，哨兵报告说："水流湍急，正在寻找左大人。"

眼看天就要黑了，李鸿章怕贻误战机，便开拔走了。左宗棠偷偷地乐了：李鸿章，我就是不见你，你淮军再厉害，少在我面前显摆……

左宗棠两次落水，体现了他耿直的性格，想见的人想方设法见，不想见的人说啥也不见，这或许是他成功的重要原因。

（作者：程　刚；推荐者：田宇轩）

单位体检，小张和同事结伴来到医院。等待抽血时，小张坐在椅子上玩手机，同事则在几个窗口前转悠。过了一会儿，快轮到他们时，同事小声对小张说："咱去3号窗口抽血，那个护士抽血不疼。"

小张半信半疑，来到了3号窗口。不得不说，护士的技术是真的好。

小张问同事是不是认识这个护士，同事摇头："不认识。但我刚才观察过了，在3号窗口抽血的小孩都没怎么哭闹，可见护士的技术肯定很高超。"听了同事的解释，小张忍不住对他伸出了大拇指。

有次快下班时，领导交给小张和同事一项任务：给十来个客户送资料。等他们一家一家送完，早就下班了，小张原本与朋友聚餐的计划看来也要泡汤了。看到他愁眉苦脸的样子，同事安慰道："别急，我来规划一下。"他把两人要去的地方划分成了两条线路，而且标注了先后顺序，按照这个顺序走，不跑冤枉路，当小张送完最后一家，刚好就在他和朋友约定的饭店附近，简直太完美了！

在竞争激烈的当下，每个人都想做大事，当成功者。但那些把目光放在小事情上、认真地做好小事情的人，能够给家人、同事和朋友带来温暖和舒适，这样的人无疑也是成功的。

（作者：乔凯凯；推荐者：离萧天）

（本栏插图：陆小弟）

把小事做好

学写作文，从读故事开始

亨利·斯莱萨（1927—2002），美国小说家。多部作品被改编成影视作品或者广播剧。这篇《精选的目击者》就被收录在《CBS 广播推理剧场》，在 20 世纪 70 年代多次播映。

精选的目击者

戈登是个推销员。几年前，他被一个叫凯勒曼的无赖勒索。凯勒曼拍下了戈登醉酒后与年轻女孩厮混的照片，声称若戈登不给钱，便将照片发给他的妻子。戈登知道妻子的脾气，她一旦看到那些露骨的照片，一定会跟自己离婚，并夺走两个孩子的抚养权。无奈之下，戈登只得满足凯勒曼的要求。凯勒曼说只要戈登每月付给他四十美元，他就保证守口如瓶。

就这样，在过去的两年里，四十美元变成了戈登每月的固定开支之一。但是从上个月开始，凯勒曼把勒索金额上涨了十美元。他说道："如今样样东西的价格都在涨，通货膨胀之下，我仅仅涨了十美元，已经很够意思了。"

这天晚上，戈登到公园去遛狗，发觉有一个男子跟着他。果然，男子随后走近他，涨红了脸，说道："你是戈登吧？我想和你聊一下凯勒曼。"

戈登从陌生人口中听到这个名字，打了一个激灵。他端详起男子年轻而苍白的脸庞，注意到他浮肿的眼睛和焦虑的神情。戈登决定装糊涂："我不认识叫凯勒曼的人。"

男子却说道："咱们最好坐下来聊一聊，我保证你不会后悔。"

两人在一张长椅上坐下，男子自称戴夫，也是凯勒曼的勒索受害者："凯勒曼最近让我每月多交十美元，我在邮局工作，收入不高，每月交五十美元是一笔不小的负担。所以，那时我决定要跟踪凯勒曼，看看能掌握他多少情况。一周多的时间里，我跟踪他到了十多个不同的地址，遍布全市各区，可见他的勒索对象真不少。"

"所以不单单只有我们俩？"戈登嘟哝道。

戴夫说："凯勒曼那样的人渣不配活下去，我要除掉他。"

戈登说道："你疯了吗？谋杀罪比勒索罪恶劣得多。"

戴夫说："谋杀是错误的字眼，我们只是帮助清理人间罢了。每个人听到我的想法，一开始都十分拘谨，但是当我解释计划的细节后，他们就改变了主意。"

"每个人，你是什么意思？"

戴夫说："凯勒曼的勒索对象。我已经见过十二个人，你是最后一个。当我告诉他们这事多么简单之后，他们就应允了。按照我的计划来办，我们绝对不会被警察逮住，因为它甚至不会是谋杀，而只是一场意外事故。后天周五晚上，在凯勒曼造访勒索对象时，我会开车撞死他。"

戈登对此嗤之以鼻："你觉得警察是一群笨蛋？只要警方展开调查，保不准就会查出真相。"

戴夫说："这次不一样，因为有目击者。这些目击者全都是与我没有利害关系的人，他们会给出一样的说法，证明凯勒曼被我的汽车撞倒全都是因为他的过错。"

戈登站起身要离开："别再告诉我细节了，我不想掺和这件事。"

戴夫继续说："你得明白，你和其他受害者一样，是这个计划的一部分。人越多越保险。那些被凯勒曼勒索的受害者会成为现场的目击者，他们是一些值得信赖的公民，包括一位大学教授、两位医生、四名家庭主妇、一名酒保、四个商人。他们全都加入了我的计划。"

戈登问道："一场意外事故有这么多目击者？"

戴夫答道："不，其中大部分人根本不会被警察询问，但他们全都会出现在现场，只为以防万一。我们想要你也一起去。"

戈登说道："你们真是疯了。尽管痛恨凯勒曼，但那不意味着我会杀死他，所以我不会参与。"说完，他不顾戴夫的挽留，牵起狗就离开了。

次日晚上，戴夫打电话到戈登家里，想说服他，但戈登依然不为所动。最后，戴夫告诉戈登，假如他改变主意，就在明晚十一点半到卡罗尔大街和第九大道的交叉口。

很快到了周六，戈登在家里带孩子，妻子外出回来后，随手把从地铁口拿的免费报纸递给他。戈登翻开报纸，在内页里找到一篇报道《男子被汽车撞倒后不治身亡》——

"午夜时，一名男子在卡罗尔大街和第九大道交叉路口被一辆汽车撞倒后死亡，该男子名叫凯勒曼，肇事汽车的驾驶员是住在曼哈顿的戴夫，在讯问后被释放。现场的四名目击者做证说，汽车绕过街角时，凯勒曼突然走进汽车的行车路线，

随后被撞倒。"

读完报道，戈登并没有感到喜悦，而是陷入阴郁的情绪里。他痛恨凯勒曼，但对于这则死讯为何没有感到高兴呢？他剪下这篇报道，藏进抽屉里。

之后一周，戈登没有再看那张剪报，但它却萦绕在脑海中，最终，他决定再见一下戴夫。他从电话号码簿中查找到戴夫的家庭电话。在戈登的一番央求后，戴夫答应两天后见他，见面地点定在扬克酒吧。

两天后的傍晚，戈登找到扬克酒吧。戴夫在酒吧外面等候着他，他的气色比两人第一次碰面时好得多，神情也变得镇定了。时间还早，酒吧里只有三四个顾客。戈登和戴夫在吧台一头的高凳上坐下，酒保给他们端来两杯啤酒。

等酒保走开后，戴夫说道："我猜想你读过报纸，知道凯勒曼死了，对吧？"

戈登点点头，说道："报道里提到的四名目击者，他们是不是全都——"

戴夫打断道：

"当然了，我不是告诉过你这事有多么容易？警察仅仅询问四名目击者就相信了这是一次意外。"

戈登问道："假如其中某一位良心发现，揭发举报呢？你觉得人越多越保险，但人越多也可能越危险——"

戴夫咬牙切齿地说："他们不会那么做。我们消灭人渣，是帮了世界一个大忙！你不明白吗？"

戈登叫道："不！你们谋杀了一个人！我就明白这件事！只要我一直惦记着这件事，就永远无法睡个好觉。"

戴夫说："听着，朋友，假如你动一点儿告密的念头——"

戈登说道："我满脑子都是那些念头！我整个星期没有想过别的事。"

戴夫叫道："你脑子简直坏掉了！我们帮了你一个大忙，还帮你省下那么多钱，你却要把我们都供出来？"

戈登说道："我没想要你们帮忙！我从来没请求你们为我实施谋杀！我没法忘掉这件事，要过良知这一关没那么容易！"

戴夫听完，忍不住咆哮道："你这个笨蛋，愚蠢的傻瓜！"接着，他转身对酒保喊道："嘿，扬克，过来一下，这儿有点麻烦。"

酒保扬克走过来，毛茸茸的手臂上挂着一条毛巾，然后像魔术师变戏法一样，从毛巾下面伸出一把手枪。

手枪的枪口抵住戈登的胸膛，戈登下意识地举起双手要推开它，从眼角余光里，他瞥见戴夫从高凳上一跃而起，同时手枪开火了。枪声如此之响，甚至淹没了戈登临死前的最后一个念头。

接到报警后不久，警察赶到了扬克酒吧，询问各位在场的人死者是怎么中枪的。四名顾客包括电话公司的沃尔顿先生、家庭主妇切斯特太太、亚当斯医生、在邮局工作的戴夫，他们纷纷做证，是死者突然拔出手枪欲行不轨，酒保奋不顾身地出手夺枪，在两人扭打之时，手枪走火，击中了死者。

一旁的酒保扬克说道："老天，我到现在都还惊魂未定。事情就是他们说的那样。"

警方在一小时内就结束了调查，认定这是一起悲剧性的意外事故，让各位目击者离开回家了。

（编译者：无机客）

（发稿编辑：田　芳）

（题图、插图：佐　夫）

从四川宜宾到湖北宜昌这两千里的长江，被人们叫作川江。抗战时期，重庆成为陪都后，所需军粮大增，主要就从宜宾等地通过川江运来。

闯 滩

□ 梁柱生

不祥之兆

这天，天刚亮，梁老十就来到了码头边。他吃水上饭已有二十多年，作为前驾长兼号工，经验丰富。船上只要有他，就能平安到达目的地。

淡淡江雾中，泊着好几只满载食粮的木船。木船是米行的，船工只是出卖劳动力，运一趟大米到重庆，再运一船中药材回来，挣些辛苦费糊口。

梁老十手搭凉棚看了看，自己上次驾的那只新造冬瓜船空着，为什么不用？这时，长盛米行的襄理丁祀走了过来，手里提着一只绑了腿的大公鸡，身后跟着一个背着棕包的年轻人。

丁祀正值壮年，每次都作为领

江，也就是船长，负责押船。梁老十弯腰打了个招呼："领江……"

"不，这次运粮你是领江。冬瓜船被县署征去运兵，叫我负责一下，我就不跟你们去了。今天你们开舵龙子，六舱粮。"说着，丁祀把用来祭船的公鸡递给梁老十。

舵龙子是一艘旧木船，是民国初年老掌柜花七百两银子从重庆购来的，因前桅刻有一龙，故得名。舵龙子一共七个船舱，除了脚舱，其余各舱码满了袋装大米，每舱可装十吨米。

梁老十抓着公鸡正要登船，丁祀把身后的年轻人推上前说："这是我表侄大安，也想吃水上饭。老规矩，就让他从杂工干起吧。"梁老十瞅瞅大安，点了点头。

不一会儿，船工们背着棕包，陆陆续续从码头边的草寮出来，登上了舵龙子。棕包是用棕垫卷着的铺盖，船工们白天行船，晚上停泊后，将棕垫往脚舱里一铺，就能睡觉了。

见手下的十几个船工都上了船，梁老十命令大安："快去烧水！"接着，他拿刀在公鸡脖子上慢慢一拉，血一下子涌出来，一条线般滴在船头上，刀两边都见了血，正是吉兆。公鸡挣扎着叫了一声，梁老十赶紧捏住鸡嘴，不让它再发声，谁知因他的指头出汗滑溜，公鸡使劲挣脱着又叫了两声。梁老十顿时脸色大变，祭船仪式有"一声福，二声祸，三声四声船要破"的说法，他气恼地把死鸡扔到甲板上。

船工们听公鸡叫了三声，个个面色沉重，但他们跟着梁老十那么些年了，又觉得有他在，不会出事的，便放了一小挂鞭炮，出发了。

梁老十领唱着由弱到强的号子，带着船工们一齐划桡。那桡长十米，仿佛两排伸向江里的手。

不一会儿，江上起了风，众人扯起八米高的风帆，舵龙子顺风顺水地行驶在辽阔的江面上。梁老十检查了一番粮舱，都好好地锁着门。这是米行不派人押运时的常规做法，防止粮食在途中失窃，船到重庆后，接收方自有一套钥匙把锁打开。

夜行船毁

从宜宾到重庆有三大险滩——牛头滩、马面滩、阎王滩，一个比一个险，需要船工们齐心协力，一起闯滩。

午饭后，众人略加休息，舵龙子便进入了险恶江段。很快，梁老十领唱起雄壮有力的号子，内行人一听就知道，马上就要闯滩了！远远地，大安看到前面有个一泻千里的恶滩，溅珠碎玉，雷霆万钧，"轰轰"的声音仿佛无数困兽在低吼。恶滩下面是一面狰狞的石壁，木船如果不加控制，就会一头撞过去，粉身碎骨。

闯滩！梁老十的唱腔越来越高亢，船工们和着号子，劲儿往一处使，奋力推桡改变航向，避免向石壁撞去。舵龙子载重六十吨，仍仿佛一叶扁舟。大安被晃倒在甲板上，没人理会他。

水流越来越猛，高高的水浪猛泼上来，把船上的人浇了个透。此时是夏天，船工们都打着赤膊，水浇到身上倒也凉快，只有大安成了落汤鸡，显得很狼狈。

梁老十正在掌舵，发现木船吃水线变深了，四处一看，原来底舱进了一尺多深的水，于是对大安吼："愣着干啥，快去舀槽！"大安跌跌撞撞地跑过去，拿个脸盆，顶着接连不断泼过来的水浪，一盆一盆地往外舀。这时，闯滩号子越发急剧，宛如密集的战鼓。一片黄色的桡影在白浪中勇猛翻飞，活像一只力挽狂澜的巨手。终于，船头改变方向，擦着石壁前的一丛灌木，冲了过去……

后驾长喘着粗气问大安："第一次闯滩，感觉咋样？"大安心有余悸地说："太吓人了！"后驾长哈哈大笑起来："这跟阎王滩相比不值一提，你就瞧好了吧！"

第二天闯马面滩时，大安奋力舀槽，但底舱进的水更多了，梁老十只好叫其他人一起舀槽，木船再一次有惊无险地闯了过去。

这天傍晚，木船停泊后，梁老十忽然说这几天辛苦了，要犒劳一下大伙儿。安排大安留下来看船后，

梁老十带着大家到了火锅庄。船工们放开肚皮吃喝，还划起了拳，梁老十却只吃了几口东西，就急匆匆返回船上，换大安去吃饭。

众人吃饱喝足已是后半夜，个个醉醺醺地回来，打算上船睡觉，却发现舵龙子不见了。大家吓得立马酒醒了，这么大一艘木船，咋就凭空消失了？难道是梁老十独自开走了？前面就是阎王滩，就算他浑身是胆也不敢哪！

夜空挂着半边月亮，后驾长带领大家翻山越岭往下游走，天快亮时来到阎王滩，看到几只红色小船在宽阔的江面上寻觅着什么。

这红船是救生船，因为鬼怕红，所以船身桡桨都漆成红色，水手也头裹红帕，身穿红衣红裤，连吃饭的碗筷都是红的。

红船靠岸后，后驾长忙凑上去询问情况。带头的叫桡胡子，他说，从清代起，他家祖祖辈辈就在阎王滩上划红船，还从未碰到过夜闯阎王滩的；更奇的是，忙了大半夜，除了捞到几根断木头，连个人影也没见到。

后驾长仔细一看，断木头中有一根上面刻着一条龙，正是舵龙子的前桡。他把昨晚之事一说，桡胡子更不懂了："难道你们领江跟米

行有仇，故意撞沉米船同归于尽？"

后驾长想想梁老十平时的为人，摇头说："也不像啊……"

人为意外

这时，江上来了一艘上行船，是往宜宾一家酒厂运高粱的。后驾长跟船老大说明缘故，便跟着这艘船回了宜宾，来到长盛米行。掌柜的听说舵龙子在阎王滩出事，捶胸顿足道："我的船啊，我的大米啊，足足六十吨啊……"

丁祀在一旁叹了口气，心有余悸地说："幸亏我买了中央信托局保险部的运输险和运输工具险，不然就亏大了。"

不久理赔到位，掌柜的慨叹丁祀会办事，欲把他擢拔为经理，丁祀却辞职了。更让掌柜的没料到的是，附近很快新开了一家米店，店主正是丁祀。而船工们见梁老十落得这般下场，也都唏嘘不已，不再吃水上饭；大安第一次闯滩就碰上这种事，也不敢再上船，跟着大家去当了搬运工。

转眼过了几年，当地解放了。长盛米行转为公私合营，丁记米店却被完全没收。丁祀叫屈，说政府办事不公，到军管会去说理。结果一见军管会里接待他的人，他却吓得魂飞魄散：对方竟是失踪多年的梁老十！

"你……你没死？"丁祀失态地叫道。

"哼，你放心，国民党垮台了，他们不会来要你退还赔偿金，但我们要没收。"梁老十厉声道，"你为了发财，竟拿舵龙子全体船工当殉葬品，你的良心让狗吃了！"

丁祀赔笑道："你说啥子呢，他们不是好好的吗？虽说舵龙子超龄服役，但以你的技术，过滩不成问题……"

见丁祀还在狡辩，梁老十怒道：

"如果船上运的是大米，的确不成问题，但是丁老板，船上装的是大米吗？"

梁老十在川江航运多年，对吃水线很熟悉。那天他见舵龙子吃水线很深，便知运量至少有上百吨。不过他以为丁祀只是多运少报，跟重庆那边的米贩子一起坑长盛米行，所以没有点破。过了牛头滩，大安的上衣被水浪打湿，晾在前桅的绳子上，又被风吹落，梁老十捡起后，发现口袋里有张纸条，掏出一看，是丁祀为大安买的人身保险。

大安告诉梁老十："襄理说，川江行船有风险，所以他给我们每个人都买了保险。"梁老十皱眉，这事他咋不晓得？他挨个儿去问船工，也都说不知道，有人甚至都没听说过"保险"这个词儿。

再看船体，过了马面滩后吃水线更深了。就算底舱进了一些水，大米被泡湿增重，吃水线也不会这么深哪！底舱进的水大都舀了出去，但残留下来的水却浑浊不堪。

梁老十拿上一只削尖的小竹筒，来到头舱侧壁，那儿有一条裂缝儿。他把竹筒伸进去，扎到印着"长盛米行"字样的麻袋内，竹筒里流出来的不是大米，而是沙子。

梁老十明白了，丁祀用沙替换了长盛米行的六十吨大米！

舵龙子六个舱载满袋装沙子，重量差不多有一百二十吨，严重超载，闯滩时再进些水，更重，到了阎王滩，木船必定倾覆，到那时，沉船上的不是米也是米了。正巧表侄大安来找工作，丁祀干脆给他和其他船工都买了人身保险。只要他们船毁人亡，丁祀就能每人拿到一万块钱，再加上他昧下的六十吨大米，便能自己另起炉灶做东家了！

那晚回到船上叫大安去吃饭后，梁老十撬开舱门，逐一检查，发现里面码的全是沙袋。怎么办？把真相告诉大伙儿？船工们人微言轻，谁相信？装作不知继续运，即便侥幸闯过阎王滩，顺利到达重庆，咋个交差？丁祀肯定会反咬一口，说船工们半途调包，到时就是跳进长江也洗不清，倾家荡产也赔不起。只有如其所愿，将船撞沉！

于是，梁老十驾着舵龙子向阎王滩冲去，又趁着月色跳入水中。几经周折，他来到华蓥山参加了游击队，又随解放大军打回了家乡。此时，他看着瘫坐在地上的丁祀，心里想着：是时候去找船工老伙计们叙叙旧啦……

（发稿编辑：赵媛佳）

（题图、插图：谢　颖）

父母的陪伴，才是孩子成长最大的底气和自信的来源。

陈大明是个普通的上班族。这天下班回到家，看到儿子小宝正在家里翻箱倒柜地找着什么，妻子张丽则哭笑不得地告诉他，儿子明天要去摆摊，在找货呢。

原来，小宝就读的小学明天要举办个小商品交流会，孩子们可以把自己的宝贝拿去交换。陈大明有些惭愧，这些年为了还房贷和车贷，给小宝报各种培训班，夫妻俩白天拼命工作，晚上还要接私活，很少陪伴孩子，给他买的也只是一些不值钱的小玩具。

突然，陈大明想到了什么，轻声跟张丽说："你把金银首饰看紧点。新闻里说，有小孩不懂事，拿着家里的金银首饰去跟小朋友换礼物。"张丽惊诧不已，连连点头。

小宝翻了一阵子，应该是没找到合适的"货"，失望地坐在地上。陈大明突然想到储藏室里有一只箱子，里面装的都是自己小时候的玩具，或许会有合适的。很快，他找到了那只落满灰尘的箱子，打开一看，里面装满了他那个年代的玩具。他一下子就想起了小时候，那时候玩得多痛快，哪像现在的孩子这么累。

第二天一早，小宝不情不愿地提着一兜陈大明儿时的旧玩具去学校了。

到了傍晚，陈大明下班回家，一眼就看到小宝泪水涟涟的，而张

元宝换弹弓

□ 吴宏庆

丽坐在那里发呆。

他赶紧问："小宝，是东西没卖出去吗？哭什么呀？"小宝"哇"的一声大哭起来，说："不是，我卖了一把弹弓，可妈妈打我了……"

那把弹弓是陈大明的父亲给他做的，木头把，刷了清漆，虽不值钱，但还算漂亮，既然有小孩愿意换，张丽为什么要打儿子？他疑惑地看向妻子，妻子没说话，递了个东西过来，那玩意儿黄澄澄的，沉甸甸的手感告诉他，这是金元宝！

陈大明不可思议地看着妻子，妻子这才告诉他，今天接小宝回家后，看到小宝拿着个金元宝在玩，便问小宝是哪来的。小宝说是用弹弓和别人换的。张丽恼了，谁会用金子换把破弹弓呢，就问小宝是不是偷的，还打了他几下。

陈大明当然是相信儿子的，但没想到新闻里的事居然真的发生了。他赶紧拿起手机，给小宝的班主任打了电话。班主任听说后，也有些急了，让他们来学校查监控。

当晚，陈大明夫妇就赶到了学校。只见监控画面里，满操场都是小孩，他们或坐着摆摊，或三三两两地在摊子上逛着，只有小宝一个人孤零零地坐在一个角落里，面前摆着那些早已过时的玩具，没人过来和他交换。

看到这里，陈大明苦笑道："看来，小宝在学校的人缘不怎么样呀。"班主任接话说："确实，小宝的性格有些孤僻，不怎么跟别的小朋友沟通。"陈大明和张丽对视了一眼，都叹了口气。缺乏父母的陪伴，小孩哪来的自信，越不自信，就越不敢跟别人交流，性格也越孤僻。

众人继续看监控画面，只见小宝渐渐有些坐不住了，东张西望后，终于起身去逛别人的摊了。那些摊上精美的玩具让他很眼馋，可当他拿出一把弹弓想跟对方交换时，对方却都不屑地直摆手。就这样，他走走停停，不多时，就逛出了监控画面。半个多小时后，他又走入监控画面，手里的弹弓却不见了。

看来，就是在那个监控死角发生的事。可班主任根本不记得那里是什么人在摆摊，只好劝他们别急，说等天亮后再问问。

第二天，班主任打来电话，说校领导下了通知，让每个班的班主任都询问各自班级的小朋友，并同时联系家长。很快，一个女生家长说那金元宝是自己的，要不是班主任通知，自己根本不知道女儿王姗

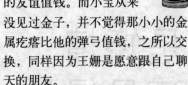

干了这事。

在学校的安排下，陈大明带着小宝和王家父女见面了。一见面，陈大明就发现王姗有些不对劲儿，这孩子的两只眼睛都藏在了长长的刘海下面，不敢直视别人，只有看到小宝的时候，才会与之对视一笑。显然，这孩子也很内向。

这时，王姗的父亲王家豪连声说道："哎呀，太感谢你们了！要不是你们主动找我，我都不知道哪天才能发现，太谢谢了！"

陈大明见他没责怪小宝，松了口气说："哪里，应该的，小孩子不懂事，还要请你原谅。"

二人一聊起来，发现居然住在同一个小区，就更亲近了。

原来，王家豪是个单亲爸爸，虽然他做生意赚了很多钱，可没时间照顾女儿，女儿也变得越来越不爱说话。当他听说女儿用一个金元宝换了把破弹弓，感到非常不可思议，他女儿当然知道金子比木头值钱，就算要换也该是换女孩子的玩具，怎么会换把弹弓呢？

不过，他一看到小宝就明白了，因为这是一个跟女儿一样孤单的孩子。奇怪的是，两个孩子竟很投缘，一聊就是半个多小时。所以，女儿尽管知道金子比木头值钱，但在她看来，还是没有她和小宝的友谊值钱。而小宝从来没见过金子，并不觉得那小小的金属疙瘩比他的弹弓值钱，之所以交换，同样因为王姗是愿意跟自己聊天的朋友。

接下来，陈大明把金元宝还给了对方，对方也把弹弓还给了他。

出了校门，陈大明正要带小宝回家，王家豪带着女儿追了上来，说："陈先生，晚上我想请你们一家吃个饭，希望我们两家以后多走动走动。"说着，他看向自己的女儿，陈大明也看了过去，只见小宝把弹弓塞到王姗手里，两个小孩都开心地笑了起来。

看到这里，陈大明用力地点头说："为了孩子，以后我们多来往。"

两个小孩明白以后可以在一起玩了，开心地牵着手在前面跑着。

王家豪对陈大明说："那把弹弓不错，以前我爸也给我做过一把。真不明白呀，那时候又穷又开心，现在有钱了，为啥小孩反而不开心了？"

陈大明朝两个小孩看了一眼，心中感慨：小孩一直都是开心的，不开心的是大人呀。

（发稿编辑：朱　虹）

（题图：陶　健）

是矫情
还是侵权

□金　顺

赵某开了一家瑜伽训练中心。因为聘请的瑜伽教练和报名的瑜伽学员全是女性，所以瑜伽中心没有设置男浴室，而女浴室共有16个无门单间，每个单间用不透明的毛玻璃窗隔开。一天晚上，有学员反映最里侧的1号单间的洗浴设备有故障。赵某了解情况后，立刻让从事卫浴售后工作的老公前来维修。

赵某和老公来到女浴室门外，听到了水流声。赵某先在门口喊了一声"有人吗"，见无人回应，才让老公走进浴室。很快，赵某老公就解决了问题，喊道："老婆，修好了！"话音刚落，就传来了女人的尖叫声，吓得赵某老公赶紧跑出来。赵某走进去，发现与1号单间同侧的3号单间里是昨天刚注册年度会员的女学员周某。

周某穿好衣服后，质问赵某为何让男人进女浴室。赵某解释了原因，然后说："我老公进去前，我特地在门外喊了一声'有人吗'，您既然在里面洗澡，当时为啥没回应呢？"周某气道："当时我在洗澡，水声本来就大，我根本听不到你的声音。你要修设备，为什么不进去检查一遍到底有没有人？"

赵某赶紧说："您先消消气！您放心，我老公绝对没有偷看您洗澡的意思。为了表示歉意，我再给您延长一个月的会员行吗？"

"不行，就冲你们随意让男人进女浴室，我就不想继续在这里练瑜伽。你们把我交的钱全退给我，而且得赔偿我精神损失费！"

赵某听后，立刻火了："你太过分了，这就是个误会，你竟要求赔偿精神损失费！"赵某老公也厉声说："真是矫情！我进去是修设备，不是偷看你洗澡，你少无病呻吟、疑神疑鬼。你要想留下，我们给你延长一个月会员；你要不想留，可以走，你交的钱会退给你，但是精神损失费我们一分也不会给！"

闹成这样，周某很快就把赵某的瑜伽训练中心告上法庭，要求解除双方签订的服务合同，并让赵某退还剩余会员费，赔偿精神损害抚慰金一万元。

赵某收到法院传票后并不担心，她觉得这事就是误会，是周某太过矫情，把事情闹大了。

法院经审理认为，周某与赵某的瑜伽训练中心成立服务合同关系，瑜伽训练中心对周某有提供安全的健身、洗浴环境的义务。事发时，瑜伽训练中心在并非危急和遇到突发事件的情况下，仅在门外询问一次"有人吗"，并未仔细查看，就让赵某老公进入浴室，途经周某洗浴的单间。虽然没有证据证明赵某老公趁机偷看周某洗澡，但浴室具有高度私密性，瑜伽训练中心的行为显然侵犯了周某的隐私权，存在过失且构成违约。此外，赵某老公进入女浴室的行为，势必会给周某带来心理上的伤害，应当承担侵权责任。故法院依法判决，解除双方签订的服务合同，瑜伽训练中心退还周某剩余的会员费，并赔偿周某精神损害抚慰金两千元。

律师点评：

本故事涉及的一个法律问题，即侵权行为的构成要件。

根据法律规定，侵权行为的构成要件包括损害事实、存在主观过错、因果关系、行为的违法性。

故事中，赵某及其老公的操作方法明显有疏忽和不当之处，主观上存在一定过错。而由于他们行为在主观上大意，也导致客观损害事实发生（尽管未造成重大后果）。由于他们的过错和给周某心理上造成一定伤害，此行为不仅明显具有违法性，且确实产生了一定损失后果，故作适当赔偿确在法理之中。

（发稿编辑：曹晴雯）

（题图：陆小弟）

当时针指向 12 点，深夜的钟声回荡在寂静的家中。妻儿熟睡，我关上房门，走到工作间，拉开抽屉拿起那些泛黄的卡片，上面的序列号还清晰可见，一串串数字仿佛是记录我这 23 年成长的专属密码。我的脑海中飞速闪过各个《石器时代》中的各个场景，记忆瞬间开启。

"你去跟表哥玩吧，妈有事得出去半天。"23 年前一个平常的下午，我妈外出有事，将我托给表哥照看。等我妈一走，表哥立刻拉

上我去了当时县城里唯一的一家网吧。走进网吧，电脑屏幕上齐刷刷一整排全是《石器时代》的画面。那个下午我在屏幕前目不暇接，看着表哥对着电脑发力，后来才知道原来是在打龙王。那一刻，我仿佛打开了新世界的大门，命运的齿轮开始转动。妈，你一定很后悔吧！

有了网吧初体验的我与那时所有的网瘾少年一样，也走上了翘课去网吧的"歧途"。到了网吧只有一件事，立刻前往尼斯大陆战斗。那时候我最喜欢骑雷龙搭配绿人

那个翘课去网吧的少年，后来怎么样了

□ 我的石器时代

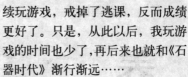

龙，能抗能打，敏不高好合击，挂英雄岛120水雷还有属性克制，挂机也非常方便。

虽然当时我的年纪在玩《石器时代》的一群人中算小的，但由于等级高，所以不少高年级的同学也慢慢注意到我，并且邀请我与他们一起组建家族。

组建家族后相约一起去网吧的次数那就更多了。为了去网吧，除了想办法翘课还需要"搞点钱"，为了点卡和家族荣耀，早饭和零食钱只能全部献祭。刚开始翘课，装作肚子痛就可以蒙混过关，后来行不通，我便直接早上不到校了。可想而知，家长被叫了几次后，我终于被我爸在网吧抓了现行，还是两次……后来，我想出了新办法：在上学前早早出门跑去网吧，包一台电脑来挂机，就让它从早上挂机挂到放学。不过那会儿经常刚挂上游戏就掉线了。

面对屡教不改的我，我爸叹了口气，语重心长地说："你可以继续玩这个游戏，保持你的爱好，但前提是不得影响成绩，只要成绩维持在班级前五，之后我一概不干涉。"压力变为动力，为了让父母不再干涉，我开始努力学习，费了很大力气，把成绩搞到了班级前三。

谁也没想到，起初逃课玩游戏的我，为了能继续玩游戏，戒掉了逃课，反而成绩更好了。只是，从此以后，我玩游戏的时间也少了，再后来也就和《石器时代》渐行渐远……

工作后，在一次偶然的同学聚会中，老同学问我还玩不玩《石器时代》，说现在那边正在招募"老石灰"。刹那间，以前的画面又在眼前回放。多年的游戏经验和热爱让我进入了项目组做策划，简直是从天而降的惊喜，23年前埋下的一颗种子在这一刻发芽了！

进公司后，我发现大家都是老玩家，冷却多年的热爱重新燃起。在项目攻坚期间，也曾有人问过我："石器IP，还有爆款潜力吗？"

说实话，人到中年了，这些都是浮云。毕竟，我们都是在尼斯大陆奋战过的少年，都曾为了一只暴龙拼尽全力，也为了一张点卡攒很久的零花钱。这不仅是我的工作，也是属于我们"老石灰"的青春！

带着当年的回忆，我希望能最大程度还原出老玩家心目中那个最初的《石器时代》——《石器时代：觉醒》已全平台上线，让我们一起重返尼斯大陆，感受最原汁原味的经典石器吧！

善堂本是大善之地，怎知却成人间地狱。善恶只在一念之间，成败也在一念之间。哪怕只有一丝的良善，也胜过无尽的黑暗。

养鸭人

□吴 嫡

1.仁善堂

古时候，京城十分繁华，各行各业的人都有，乞丐当然也不少。但乞丐也分三六九等，有聪明的，也有傻的。长毛就是个傻乞丐，因为头发胡子都长，就被叫作长毛了。据说他是从外地流浪到京城的，痴痴傻傻的，也不知道要钱，只靠着别人给口吃的苟延残喘。不过，要吃的他倒是很积极，只要看见有人给吃的，就追着人家跑。

这天，长毛看见有人赶着一辆马车给乞丐发包子，发完也不走，反而招呼几个乞丐上车，有几个傻乎乎的还真乖乖上了车。眼看马车要走了，长毛赶紧跑过去，比画着喊："包子，吃包子！"那人看了长毛一眼，拿出一个包子给长毛，回头问赶车的："还能装下吗？"赶车的有点为难："挤不下了吧。"长毛却不管不顾，嘴里喊着上车吃包子，硬是挤进车里。发包子的人笑着骂了一句"投胎鬼"，然后跟赶车的说："算了，拉上吧，这阵子缺人手。我坐在车辕上吧。"

马车一路出了城，走了很久，到了一处茂密的林子。这里离京城已经很远了，一片荒凉，林子周围有一些小房子，看起来像是猎户的住所。马车继续往林子里走，又走了一阵子，树木渐渐稀疏，在山脚下豁然开朗，一大片的空地上有个高墙围着的院子，高高的大门上写着"仁善堂"三个大字。马车开进院子里，赶车人把几个乞丐领下车。长毛一边舔着手上的油，一边四处张望着。

院子很大，里面有很多房子，长毛和新来的乞丐被安排洗漱一番，分配进了一间大房子里。大房子里有十几个人，都和长毛一样，痴痴呆呆的。一个叫阿成的人，负责管他们，按时给他们开饭，还定时带他们在院子里溜达。阿成告诉他们，这是京城富人出资修建的善堂，专门收留无家可归的可怜人。长毛就这样莫名其妙地过上了温饱生活。

长毛屋子里的人，能听懂话，但并不关心这些。过了几天，长毛跟自己屋子里的人混熟了，大家没事时也互相说说话，虽然都词不达意，但也能说个大概。大家都是来自外地的，没有京城本地人。有的是饿倒在路边被救回来的，有的是像长毛一样，被人从城里带过来的。来的时间都不长，最久的也就一年。

不过，其他屋子里的人并不是这样的。有一个屋子里养的都是残疾人，缺胳膊少腿的；还有一个屋

子里的人既不像傻子，身体也没有残疾，只有几个人，个个都脸色阴沉，可伙食却很好。长毛和室友们曾经眼馋人家的饭菜，想偷吃，结果被阿成抽了几鞭子，从此长了记性，老老实实地吃自己的饼子青菜。

还有两间屋子，里面各住了一个人，极少露面。阿成告诫他们，不许靠近那两间屋子，但是好酒好菜每天都会被送进去，看得长毛直流口水。

而整个院子最大的一间屋子里，住着一个年轻人，阿成见到这个年轻人会毕恭毕敬地叫堂主，那就是这善堂的主人了。堂主倒不像那两个屋子里的人那么神秘，没事时经常在院子里走动，不管是看见那群残疾人，还是看见长毛他们这群傻子，都笑呵呵地打招呼，有时还问问吃不吃得饱。不过他去得最多的还是只有几个人、吃得好的那间屋子，有时一待就是半天，也不知道干些什么。

除此之外，院子里还有一间空屋子，挺大的，没人住，但每天都有人打扫。有一天，长毛看见阿成端着丰盛的酒菜走进那间空屋子，然后就离开了。长毛嘴馋的老毛病又犯了，他趁人不备，溜进空屋子，

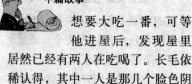

想要大吃一番，可等他进屋后，发现屋里居然已经有两人在吃喝了。长毛依稀认得，其中一人是那几个脸色阴沉之人中的一个，而他对面坐着、在陪着喝酒的正是堂主。

长毛吓住了，他知道偷吃被抓是要挨打的。堂主笑着看了看他，对匆匆赶来的阿成说："他傻，就知道馋嘴，别打太狠，教训教训就罢了。"话虽如此，那天长毛还是挨了好几鞭子，阿成一边打一边骂："吃饱喝足了给老子惹事，那酒菜是那么好吃的？等你真吃上那天，你哭都来不及！"

2. 守村人

长毛没想到自己很快就吃上酒菜了。大概七天之后，阿成把长毛和几个同屋的带到了那间空屋子里，堂主正在和两个人说话，其中一个年长，穿着长袍，一副乡绅打扮，另一个显然是随从。堂主见人来了，一指长毛他们，说："刘员外，这几个都是好人选，你看看可中意？"

那乡绅拱手站起来，对着长毛几人端详了一番，点点头说："都不错，身体健康，只是不知心地如何？"堂主一指长毛："这人心思单纯，长相端正。别看头发胡子长，只要修剪一下就好。"乡绅很高兴："多谢堂主指点，那就这位兄弟好了。"

堂主冲阿成点点头，阿成把其他人带走了，留下长毛。长毛看看这个，看看那个，不知所措。堂主拍拍他的肩膀说："长毛啊，我跟你说，这是东湾村的刘员外，他这次过来，是要替村子里找一位守村人。"

长毛抬起头，看着堂主，满脸的不解。堂主笑了笑："刘员外，你跟他说吧。"刘员外拱了拱手说："这位兄弟，老朽是东湾村的村长，也是本族的族长。我东湾村本来风调雨顺，大小平安。但这几年，村里总出些祸事，孩子游泳淹死，大人上山摔死，土地变得贫瘠……村里老人合计，说是这几年，村里原来的守村人死了后，再没出过新的守村人。为此，特意到善堂这里，请个守村人回去。你放心，村里对守村人是有规矩的，不会难为了你。"

当时，各地确实都有守村人的习俗。相传守村人是来到人间苦修的，投胎时甘愿丢弃三魂七魄中的一魂一魄，换来守村的神力。他能为村子消灾挡难，把所有的噩运担在自己身上。

这东湾村在上一个守村人去世后，接连发生了几次祸事，人们就开始联想到守村人这事上来了。刘员外作为族长，义不容辞，四处打听后，得知邻村的守村人就是从仁善堂请来的，就赶紧带着随从过来了。

长毛听完，也不说话，就那么站着。过了一会儿，阿成端着一盘酒菜来了，放在桌上。堂主举起酒杯对着长毛说："这是给你送行的酒，守村人是个好归宿，你算是走运了。"

长毛看见酒菜，也不管别的了，扑上去就大吃大嚼，吃得满脸都是，把盘子都打翻了好几个。阿成上前阻拦，长毛手脚并用地边踢打边吃。刘员外顿时脸色变了，他看着堂主说："这……这不行啊。按规矩，守村人红白喜事都是要参加的，而且不能上桌。历来守村人虽然呆傻些，但都善良胆小守规矩，像他这样的，是真傻啊，还不吓坏了别人？您帮帮忙，给换个人吧，我再多加点钱。"

阿成见长毛这样，怒不可遏，举起鞭子来就要抽，堂主摆摆手说："算了算了，他不合适，就另找人嘛，发什么火。"阿成把长毛拖回

去了，另换了一个人来，又重新上了一桌菜。这次的人十分规矩，小心翼翼地拿着碗，吃饱了就站到一边了。刘员外很满意，拿出一袋银子来交给堂主："这位兄弟我就请走了，堂主费心了。"

堂主接过银子，掂了掂，笑着说："刘员外，这事可不能随便外传，你知道的。"刘员外连连点头："肯定不给堂主找麻烦，我会对村民说是在路上捡到的人，除非其他村子有需要的，我偷偷介绍一下，绝不会让无关的人知道。"堂主微笑着

点点头。

长毛挨了鞭子后老实了，缩在屋子的墙角。其他人都围上去，问他咋了，他嘿嘿笑了："酒席，好吃。"

阿成走到堂主身边，说："这个废物，只能当替死鬼了。真是上天有路不肯走，偏要下去阎王殿。"堂主摇摇头："守村人也不是什么上天，咱们卖出去的那些守村人，最后得了善终的有几个？原来的守村人都是本村本土的，多少还有个三亲六故，香火之情。这些外面买来的守村人，等村里真出了奸情命案的，第一个顶罪的就是他们。就说这刘员外，你当真以为他是为村里打算？"

阿成诧异道："莫非另有隐情？"堂主点点头："这刘员外虽是个土财主，他那片庄园可是替朝中大佬经营的，里面歌姬、药圃无所不有，最后都是要派上用场的。听说最近那边死了个歌姬，不知哪个大佬寻欢作乐时下手重了。偏偏死的这个又没有卖身契，家人要告官。就算给钱，总还要有凶手才能结案。我估计这刘员外是听了人的指点，买个傻子回去当守村人，然后就赖在他身上吧。一个傻子又不能辩解，何况守村人全村乱窜，安排个凶杀现场还不简单？"

3. 替罪人

过了几天，一个官员模样的人来到仁善堂，堂主亲自接见。官员小声说："堂主，是福王让我来找你的。"堂主点点头说："是为令公子的事吧，听说最终判了误杀，保住了性命，可喜可贺啊。"

官员摇着头说："堂主就别寻我开心了，虽然保住了命，却要流放三千里，何喜之有？犬子确实不长进，争风吃醋误杀了人。要不是福王念我忠心耿耿，暗中相助，犬子只怕性命不保。这次我来找你，还是福王指点的。全靠堂主帮忙，犬子娇生惯养，这三千里流放，必然是有去无回呀。"

堂主想了想说："倒是有一个人，长得跟令公子有几分相似，身高体态也差不多。我让人给他易容后，半路换下来就是了。解差那边倒不用太担心，弄丢了人犯，他们也是大罪。只要有个犯人送到地方交差，他们是不会多管闲事的。"

官员犹豫了一下："那这人会不会胡说八道呢？"堂主笑了笑："肯干这事的人，不是从外面捡来的乞丐，就是家里有难，或急需用钱，或以命换命。放心吧，只是你这边要谨慎。要让你儿子改头换面，换个身份，就说是你远房的侄子投靠在你家，长得像点也正常。重要的是要深居简出，不能再胡作非为，过个几年，人们也就忘了这事了。"

官员连连点头、千恩万谢。堂主从那间人少的屋子里领出一个年轻人，跟他交代一番。当听说要流放三千里的时候，年轻人犹豫了一下。堂主淡淡地说："你爹杀了人，虽然是误杀，也是要流放的。你这年龄，我也没法帮你替下他来。要替他，得找个中年人，你替官员的儿子流放，我找人替你爹流放，公平合理。只要你熬得住，过几年赶上个大赦，就可以回家团圆了。"年轻人咬咬牙，点头答应了。堂主挥挥手，阿成又端上一桌酒菜，年轻人默默地吃了起来，吃得酒足饭饱后，跟着官员上车走了。

堂主和阿成他们都去送年轻人出门，长毛得了机会，又溜进屋去，对着剩饭剩菜一顿大嚼。饭菜剩得太少，他又跑出去，跑到那两间从不开门的

单人房，一边推门一边喊："吃好吃的，吃好吃的！"

其中一扇门被推开了，外面阳光明亮，里面却暗沉沉的，一个人站在门边的暗影处，大白天的竟然还穿着一身黑衣服，蒙着面。他看了一眼长毛，认出是院子里的傻子，一脚就把他踢飞出老远。这时堂主远远地跑过来了，边跑边喊："别杀他，还有用！"房门又关上了，里面一个阴沉的声音说道："把傻子看严点，下次我就直接动刀了。"

阿成赶在堂主前面跑过来，揪走了长毛，这一顿鞭子抽得格外狠，长毛三天都爬不起来。

过了两天，仁善堂忽然出了大事，在那间人少的屋子里，忽然有

两个人趁着夜色偷偷逃跑了。阿成发觉后，立刻跑去告诉堂主。接下来，长毛发现那两间白天从不开门的单人屋里，出来了两个一身黑衣的蒙面人，在夜色中飞快地消失了。大概一个时辰后，两人回来了，见到堂主，只做了个抹脖子的手势，堂主点点头，转身回屋了。

第二天，那个官员又来到仁善堂，这次堂主的脸色很不好看，他盯着官员，一声不吭。官员心虚地回避着他的眼神，嘴里嘟囔着："那人是意外落水，是意外。"堂主冷冷地说："你当我是傻子？流放是流放，宰白鸭是宰白鸭。那人是来跟我交换流放的，你却在半路上让解差下黑手杀了人家，你坏了我的规矩！"

官员抬头看了堂主一眼，声音大了点："什么规矩，替人流放是大罪，替人死也是大罪，有什么分别。他不死，没准什么时候就会胡说八道，只有他死了，我儿子才真正安全。我多出银子给堂主，反正他家里也没人知道他在你这里，有什么麻烦的。"

堂主的眼睛里露出了杀机："我想，除了福王也没人知道你来我这里，我要是杀了你，你猜福王会不会因为你跟我翻脸呢？"官员吓得一哆嗦，勉强笑道："堂主，你别开这样的玩笑，兄弟胆子小。我实话说了吧，福王都告诉我了，你虽在太子手下做事，却是福王的心腹，咱们以后互相帮忙的地方多着呢……"

堂主把手指放进嘴里，打了个呼哨，那两间单人屋里，蹿出两个蒙着面的人，一左一右地站在官员身边，每个人手里都拿着一把锋利的短刀。官员吓得面无人色，堂主看着他说："就冲你说的这句话，你就该死。你既然是福王心腹，该知道这两条牧鸭犬吧。他们都是福王驯养的杀手，只听我和福王的命令。你儿子流放路上落水而死的消息已经传开了，外面人不知道怎么回事，我这里的人能不明白吗？昨晚两个本来要替罪的人，听说替你儿子的人被杀了，吓得连夜逃跑，如果不是牧鸭犬追上杀了，只怕此时这仁善堂已经被官府包围了！"

官员终于撑不住了，"扑通"一声跪下了："堂主，我错了，我错了，看在福王的面子上，你别杀我啊。"堂主看着他，眼神闪烁不定，不知在想些什么。

这时，阿成匆匆跑过来说："堂主，福王有令，让你和这位大人立刻去见他。"堂主看着阿成:"福王有令?何时送来的?"阿成犹豫了一下:"堂主,这位大人确实是福王心腹,你还是请福王发落吧。"堂主看着官员,哼了一声,挥挥手,那两个蒙面人立刻回屋,紧闭房门。

在马车上,官员面对着堂主一直不敢出声,直到马车进了福王府,他才松了口气,知道自己死不了了。在福王府内堂,福王皱着眉,看着堂主,半天才问:"一切还顺利吗?"

堂主躬身行礼:"还算顺利,太子没有察觉,朝野中知道的也很少,只有一些我们有意放出的消息。"福王看看官员,对堂主说:"他这次担心儿子,确实有些过分,我知道你办事有规矩,不过他是有用之人,这次就算了吧。"

堂主淡淡地说:"王爷吩咐,在下不敢不遵从。只是咱们养的这些鸭子,各有来源,各司其职。那些四处找来的呆傻乞丐,大多卖作守村人;自己找上门来想替罪的,基本都是家里有难事的,或换钱,或换人;只有需要换命的人,才肯去当替宰的白鸭。这种事,如果不是两相情愿,必然会有临时变卦的可能。所以要讲规矩,守信用,才能经营下去;否则坏了名声,没有人来交易,靠那些呆傻乞丐来替代,必然出事,刑部的人也不是傻子。"

福王点点头说:"我知道,你做得很好。这几年,没有你挣来的银子,我很难四处笼络官员。父皇看得很紧,我敛财的渠道有限。何况,这仁善堂不仅要挣钱,将来是要作为扳倒太子的利器。等我成功之后,你就是第一功臣。这次的事,保密就好。"

堂主这才不再说什么了。

4. 宰白鸭

没多久,长毛见识了来仁善堂以来最丰盛的一桌酒席。山珍海味应有尽有,堂主照旧亲自陪席劝酒。而这次,座上宾竟然是他!

自从上次偷吃酒席误闯小屋被打后,长毛已经吃了很久的青菜饼子了。这顿丰盛的酒席让他吃得差点撑死。阿成给他洗了澡,但头发有意留着,又长又乱,挡住了大半张脸。阿成用一种像面粉的东西兑水,在他脸上揉来捏去,还调了些颜色。不一会儿,长毛的面貌就有些不同了,看着就像另一个人似的。

堂主笑着对长毛说:"我知道你未必能听懂,不过我的规矩是让人死个明白。这次宰白鸭本来是一个男人的活,他儿子被宫里的大太监看上了，要带走净身。

他家三代单传，为了救儿子，他来找我。我帮他把儿子救回来了，他情愿去当白鸭。只可惜，他昨天晚上心疾发作，竟死了。明天就要上刑场了，来不及找人了，刚好你的身高差不多，就帮我这一把吧。"

长毛的确听不懂，他只顾着吃喝，吃着吃着，整个身子一软，一翻白眼，睡过去了。堂主对阿成说："我这药能让他睡上一天一夜，而且舌头僵硬，说不出话来。明天上法场之前弄醒他就行，他刚醒过来，

又说不出话，糊里糊涂就被砍了，天衣无缝。"

第二天，京城法场要斩首一个贪污军费的官员。官场传言，其实军费是将军贪的，不过将军上面有更大的靠山，不能动。这个官员忠于将军，替将军扛了罪。究竟真假如何，人们也是众说纷纭。

眼看那官员被押上法场，长发遮面，摇摇晃晃，像受过刑，又像刚睡醒。被按在地上之后，监斩官正在看时辰，此人忽然抬起头来，高声大喊："大人，我不是死囚，我是被人易容顶包的，我是白鸭！"那监斩官吓得跳了起来，周围百姓也一片哗然。

监斩官知道众目睽睽，无法隐瞒，自己也不敢胡来，于是赶紧让人给囚犯洗脸，结果这一洗吓一跳，顿时判若两人。监斩官吓得汗流浃背，赶紧让人层层上报，这么大的事谁也不敢耽误，直接送到了皇帝那里。

皇帝大怒，让内阁会同刑部，一定要查个水落石出。结果一查才发现，民间早有这样的事，这事还有个专有称呼，叫"宰白鸭"。只是从没见过有白鸭在法场上反悔的，因为不管什么原因，他肯上法场，必然是有不可反悔的理由。但

这次长毛本不是心甘情愿上法场的，他也没得到任何好处，只是原本呆傻，在生死关头忽然奇迹般地神志清醒了！

深夜，福王在王府里焦急地踱着步子，直到堂主走进来，他才站住脚，低沉地问："怎么回事，怎么会出这种事？现在时机还不是最好，父皇的病还不重呢！"堂主说："我也想不到，这傻子怎么会忽然不傻了。不过好在咱们早有动手的准备，早动晚动，主动权还是在咱们手里。毕竟这次让官员顶罪的将军，表面上是中立的，没多少人知道是您的人。这些年，您用仁善堂帮那么多官员解决麻烦，这时该用上了。"

福王点点头说："那些得过好处的官员们我都通知了，明天上朝就一起弹劾太子。太子怎么也不会想到，他心血来潮设立的仁善堂，会成为他的坟墓。更不会想到，他一直信任的手下，其实是我的心腹。"

的确，很少有人知道堂主和福王的关系。外面人只知道堂主是太子信任的手下，帮太子办理很多外面的事。太子因为皇帝多病，在拜佛时许愿要建善堂为皇帝祈福，也是委托堂主一手操办的。然而没人

知道，堂主从小父母双亡，快饿死在路边时，是福王给了他饭吃，暗中培养他，最后把他送进了太子府中。

当太子提出要建善堂时，堂主敏锐地察觉到机会来了，他建议福王，利用这个善堂做养鸭场，既能帮自己的官员解决难题，又能收获大量金钱，最重要的是，这些事都会记在太子的头上。当皇帝病重、精力不足时，一下子翻出来，让太子彻底垮台。福王当时就明白，这个主意比自己打算偷偷练兵、密谋造反的想法要好得多。

不过，福王还有点担心："仁善堂那边，都安排好了吗？我听说那人已经招了，官兵很快就会包围仁善堂。"

堂主点点头说："王爷放心，每次有人办事，我都有册子记录，且把咱们官员的事，推到太子一党身上。这本册子我带在身上，等审讯时自然会被搜出来。我从仁善堂出来时，已经跟阿成和牧鸭犬交代过了，如果有人来抓，只管束手就擒，都推到太子身上。我假装畏罪潜逃，您再抓住我，这样我的证词才可信。"福王连连点头。

果然，当天夜里，官兵把仁善堂团团围住，一举抓获了里面所有

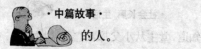

的人。

5. 揭真相

第二天早朝时，很多大臣一窝蜂地弹劾太子，说太子假借兴建善堂的名义，操纵手下，买卖人口，玩弄司法，草菅人命。皇帝大惊，不敢轻信，撑着病体，决定亲自审问。福王出列说："父皇，此事涉及太子，确实只有父皇亲自审问才妥当。好在孩儿今天早上意外抓住了畏罪潜逃的仁善堂堂主，相信父皇一审，就水落石出了。"

太子神情复杂地看着福王，叹

了口气。

皇帝宣旨，把堂主带上大殿。堂主被捆着双手，跪在大殿上。皇帝喘着气问："你可是太子的手下？仁善堂所为，究竟是你背着太子自己干的，还是太子指使的？"

堂主抬头看着皇帝说："不是我自己干的。"群臣哗然，一些支持太子的臣子更是激动地站起来要说话。皇帝一挥手，让所有人肃静，福王低头掩饰着得意的笑容。

皇帝看看太子，艰难地问："那么……是太子指使你的？"堂主摇摇头说："也不是太子指使的。"此言一出，群臣愕然，皇帝也大吃一惊，福王猛地抬起头来。

堂主平静地说："是福王指使我的。"在一片哗然声中，堂主继续说道："太子清廉，我在太子手下挣钱不多，当得到太子命令修建善堂时，福王找到我，让我帮他做事，不但能挣大钱，将来他当上皇帝，还能让我当大官。"

福王目瞪口呆，大喊："疯了，疯了，这人是个疯子！"皇帝死死盯着堂主："你说是福王指使，可有证据？"堂主动了动身子说："我身上有一本账簿，办的每一件事都有记录。给哪些人顶过罪，替哪些人宰过白鸭，时间姓名都很清楚。

刑部的案子自然有卷宗记录，只要跟这本账簿一对，自然一清二楚。万岁可以看看，这些人可都是今天弹劾太子的官员？"

侍卫上前，搜出账簿，呈到皇帝面前。皇帝打开翻了两页，双眼冒火地看着福王。福王吓得跪倒在地，拼命喊冤："父皇，冤枉啊！您想想，如果真是我指使的他，我又怎会把他抓来自投罗网呢？"

皇帝犹豫了一下，觉得很有道理。堂主大声说："万岁如果不信，可以审问那两个杀手，他们虽是穷凶极恶之徒，但头脑简单，不会撒谎。"皇帝点点头，让刑部提审两个杀手。两个杀手被带到金銮殿上，都招认是福王指使。福王大惊，仔细辨认着两人的模样，忽然惊叫起来："不对，不对，这两人长相不对。他们不是我派去的人！"话音刚落，福王就知道自己说漏了嘴。

果然，堂主立刻说道："万岁，福王已经承认他派过两个人给我了，只是他觉得这两人不是他派去的人而已。"

福王张口结舌，皇帝强压怒火："那这两个人到底是不是？"堂主说："万岁，这两人确实是福王派给我的，只是当日为了把两人从死牢里换出来，阿成给他俩做了易容，

福王看到的是易容后的样子，今天才是真实面目，所以福王才会觉得陌生。"

福王好像忽然抓住了救命稻草，大声喊："你胡说，什么杀手，什么阿成，我统统不认识！父皇，请把他说的那个阿成带上殿来，问他认不认识我！"

皇帝同意了，但刑部的人却面面相觑，有人回道："抓捕时一片混乱，有人死伤，后来乞丐们指认，那个负责做饭、易容的阿成死在混乱中了。"福王一下子瘫在地上，死死地瞪着堂主："是你，是你让这两个冒牌货杀了阿成！你怕他会揭穿你！"

堂主淡淡地说："你如果不认识阿成，怎么会这么相信阿成会帮你说话？既然你说我们都是诬陷你，他为什么不会和我们一起诬陷你？"不等福王说话，他接着说："因为你认识阿成，而且信任阿成。他和这两个杀手一样，都是你派去协助我，也是监视我的。"

福王彻底崩溃了，他不再喊冤，而是咬牙切齿地扑向堂主，但马上就被侍卫拉住了。皇帝咳嗽着，失望至极地说："福王利欲熏心，不仅草菅人命，还意图嫁祸太子，罪不容赦，与同案犯人一起押进天牢

候审。"

6. 无所憾

天牢里，福王和堂主被关在相邻的房间内。此时，福王双手抓着栏杆，恨不得咬断栏杆，冲过来把堂主咬死："你这忘恩负义的东西！太子给了你什么好处，让你如此对我？"

堂主靠在墙上，嘴里嚼着从地上捡起的一根稻草，淡淡地说："其实太子没给我什么，只是当我向他建议用善堂做养鸭场时，他拒绝了。"

福王吃惊得瞪大了眼睛："你对他也建议过？"

堂主点点头说："同样的建议，我给了你们两个人。我对太子说，这样做，可以获得巨额财富，要知道太子想对抗王爷们也是需要财力的。另外，如果支持太子的官员们有了麻烦，太子还可以帮忙解决。最关键的是，我有办法嫁祸给你。但太子拒绝了，他说，虽然交易看似心甘情愿，但到最后一定会催生很多罪恶。因为只要有权势的人需要被顶罪，就一定会想办法制造出甘愿顶罪的人。就像在刑场上喊冤的这个人，他知道这样做九死一生，但为了在我手里的孩子，也只能'心

甘情愿'。"

福王咬牙说："原来他喊冤不是意外，而是你安排的。"

堂主点点头说："皇帝的病越来越重，不能再拖了。你必须死在皇帝手里，假如他驾崩，不管太子是输是赢，杀你都会让天下人议论的。"

福王吼道："你还没回答我呢，为什么背叛我？就因为太子不同意你养鸭子？我可是救过你的命！"

堂主冷笑道："没错。在我快饿死的时候，你给了我饭吃，但你知道我为什么差点饿死在路边吗？"

福王愣住了，这个他倒从来没想过。堂主叹了口气说："因为我被人绑架了，劫匪不要赎金，而是让我爹去当白鸭。倒霉吧，本来好端端一个家，虽然穷一点，但父母双全，结果仅仅因为我爹和一个死囚长得像，就家破人亡。我爹死后，我娘又因贫病而死，我还很小，只能流落街头，差点饿死。"

福王吃惊得半天说不出话来，堂主看了他一眼，继续说道："所以你知道我有多痛恨这种事了吧。可是我知道，这种事是断不了的。不过在太子身上，我看到了一丝希望。为了这丝希望，我干了三年最

痛恨的事，虽然我已经尽力拖延每个替罪人的刑期，但毕竟还是死了几个人。虽然他们是心甘情愿的，可我知道，这种心甘情愿，其实也都是被那些有钱有势的人逼出来的。"

听到这里，福王才想起一件事，问："那两个杀手，不是我的人了，对吧？"堂主点点头说："满院子都是你的人，想瞒住也得费尽心思。你的人一年前被我毒杀了，怕被发现，不敢往外运，就埋在了那两间屋子的地下。然后我偷偷把太子手下的两个死士放进去代替。牧鸭犬深居简出，蒙着面，就算阿成也看不出来。一年前，我把计划告诉了太子，太子听说后很震惊，但事已至此，他没有再阻拦，同意派人协助我。阿成跟你联系太多，我不敢动，只能等到最后才杀。"

福王哈哈大笑起来，笑得像哭。他怎么也没想到，自己精心培养的心腹，最后竟然成了自己的掘墓人；而太子，仅仅因为比自己善良那么一点点，就糊里糊涂地胜利了！

一个月后，案子宣判了。仁善堂的那些鸭子都被释放了，堂主和两个杀手被判斩首，福王被贬为庶民。但不知为何，被判斩刑的三人一直未被行刑。

过年时，老皇帝驾崩了，太子即位成为新皇。在一个深夜，皇帝秘密地出现在天牢里，站在堂主的囚房前，身后跟着一个护卫，在灯影里影影绰绰。

皇帝告诉堂主，自己即将大赦天下，除了谋反罪外，其他罪行都在大赦之列，堂主很快就可以出狱了。堂主看着皇帝，忽然笑了："万岁，如果你真的对我还有一丝感念，就请降旨，宰白鸭之罪不在大赦之列，以此震慑天下不法之人。"

皇帝沉默了一会儿，说："你这又是何苦？朕答应你以后不会再

有这种事就是了。"

堂主摇摇头说："万岁是明君，未必子孙也是。只有杀一儆百，犯者必死，才能真正杜绝这种事。何况，我也知道，万岁对我也不是完全放心，我这种人太危险。你登上皇位，还能对我有一份善良之心，我很知足了。"

皇帝顿了顿说："你怎么知道我对你不放心？"

堂主笑了笑说："万岁对我若真放心，当年就不会在动手前的紧要关头先监视我，看我变没变心了。"他指了指皇帝身后、处在阴影中的护卫："长毛兄弟，我虽然看不见你的脸，不过我想你的头发胡子一定已经剪短了吧。你居功至伟，万岁肯定不会让你真蹲在牢里的。"

皇帝看了看身后，迟疑地说："那不算监视，他不是告诉了你，是来配合你演戏的吗？"

堂主似笑非笑道："可他一开始并没有联系我，而是假装呆傻乞丐混进来的。即使他有很多和我独处的机会，也一点儿没有表露出来。直到他假装找吃的，撞开那两间小屋，跟里面的人接上了头，确认了那两人仍是忠于你的，才肯对我表露身份。那时已经箭在弦上，我不

得不为此改变计划，毒死了原本要顶罪的白鸭，让长毛顶上，才完成了这个计划。"

皇帝叹了口气，说："既然你执意如此，我答应你。不过那两个死士，只得给你陪葬了。"

堂主冷笑道："既然是死士，死就不算什么。何况他俩也不算无辜，那天晚上我让他们追上逃跑的人后抓回来，他们怕耽误万岁的大事，自作主张杀了那两个人，应该抵命的。"

三天后，皇帝正式下了圣旨，大赦天下，唯独谋逆罪和宰白鸭罪，不在大赦之列。

（发稿编辑：朱　虹）

（题图、插图：杨宏富）

故事看过瘾了吗？轮到你出手了，给我们的中篇故事栏目投稿吧。在这个栏目里，我们欢迎这样的故事：1.题材新颖，视角独特，能引起读者的兴趣，尤其欢迎反映当代生活的作品；2.情节曲折生动，线索脉络清晰，故事性强；3.人物形象鲜活生动；4.篇幅在10000至15000字之间。热情期待您的来稿。优秀作品除了能得到优厚的稿酬，还有机会拿到千字千元的奖金。来稿可从邮局寄发，邮寄地址：上海市闵行区号景路159弄A座308室，邮编：201101；也可从网上传递。本期责任编辑信箱：greygrass527@126.com。

故事会微信号：story63，欢迎添加故事会微信，参与互动！

· 神探夏洛克 ·

油漆店惨案

　　贝克街附近有一家油漆店，店主是一对双胞胎兄弟，弟弟因一起交通事故，五年前就不能走路了，只得终日坐在轮椅上。有一天，警方接到报案说哥哥死在了油漆店里。警察打电话请夏洛克先生协助破案。他们赶到现场时，看到店里面被弄得一团糟，到处都是打翻的油漆。哥哥已经倒在一堆油漆里，没有生命迹象了。吓坏了的弟弟坐在轮椅里瑟瑟发抖，头发上、衣服上都是还在流动的油漆，弄得皮鞋的皱痕里都是。

　　弟弟惊魂未定地说："这实在太可怕了！有两个年轻人持枪到我们店里来打劫，把店里弄得一团糟。当我哥哥准备反抗时，他们居然打死了他，然后从后门逃走了。"夏洛克听完弟弟的话，冷笑了一声说："别装了！你就是凶手！是你杀了他！"

超级视觉

　　大海是生命之源，如果大海受到了污染，对所有生命都是一场灾难。

思维风暴

　　两个妻子去上坟，同哭一个墓中人，一个哭她女儿的女婿，一个哭她女儿的女婿的老丈人。这两个妻子是什么关系？

想知道答案吗?

1. 您可直接扫描下面二维码。

2. 购买 2023 年 12 月上《故事会》。

动感地带，与您不见不散！上期答案见本期 P19。

· 细节 ·

手痒痒

列车上，一个胖男人脱掉鞋子，把一只脚伸向对面的座位上。坐在那儿的农民工往边上挪了挪，胖男人把另一只脚也搭了过来。农民工刚要开口，胖男人说："老哥，你就忍一下吧。实话告诉你，我这人有个毛病，一坐车就心烦，一心烦就想没事找事。"他话音刚落，过道那边就站起来一个健壮小伙。

小伙主动和农民工换了座位，然后从自己的包里取出一副拳击手套，戴上后对农民工说："老师傅，麻烦您帮我扣紧。"见对方一脸不解，小伙又说："我这人也有个毛病，见到没事找事的手就痒痒。不过为了安全起见……"小伙话还没说完，胖男人赶忙收回双脚，穿上鞋，一脸窘态地低下了头。　　　　　（张连春）

抄袭报告

实习时，领导让我和另一个实习生分别去调研一些市场数据。一个月下来，我跑了很多厂家，终于搞到一手数据并完成了调研报告。然而上交报告后，领导却说我抄袭，我当即要求和另一个实习生当面对质。

我翻了一下对方的报告，问道："工厂产品的淘汰率是 0.3%，对吧？"他言之凿凿："对，这是工人告诉我的。"我说："不对，应该是 0.03%。"接着我打电话给工厂负责人求证。负责人的声音被我外放出来："产品淘汰率要是 0.3%，那我们早就赔死了。"挂上电话，我说："你抄我的报告，连错误也一并抄了，这是我粗心犯的一个错误。真实数据是我在工厂获取的，我当然记得。"　　（日　月）

要说难也不难

高中同学聚会时，老同学李大牛打着酒嗝讲完自己的发迹史，忽然看向我，仰着脸撇着嘴说道："老班长，我干开发没几年就当选咱们县的人大代表了，我听说你教书教了三十几年，各种先进没少拿，就是没当过县人大代表。一个县人大代表而已，有那么难吗？"

我挺直身子，微微一笑："说起当人大代表嘛，要说难也不算多难。就拿我这些年教出来的学生说吧，从县人大代表到全国人大代表，至少不下十个。"

（连 春）

物归原主

单元楼的外侧是一楼王大爷家的天井，上方是各家的厨房，平日有些不自觉的邻居会把做饭时的垃圾顺手扔到天井里。最初，王大爷在楼下喊过话，也写了告示贴在单元门口，但效果不佳。

后来王大爷默默在天井里安了个摄像头，若是看到天井里又有垃圾，他便把垃圾清理到垃圾袋里，然后调取监控看是几楼扔的，找到罪魁祸首后，再让小孙子把垃圾给那户人家送回去，并且教他这么说："这是你家丢的东西，爷爷让我给你们送回来。"如此几次，再无人往天井扔垃圾了。

（孙 明）

读书有啥用

春节回老家，我前脚刚到家，隔壁王大妈后脚就到我家来了。王大妈问我："咱们村就数你读书最好，现在在大城市工作，一个月挣多少钱啊？"我含糊其词："没多少，也就够生活。"王大妈惊讶地说："读了这么多年书，花了这么多钱，一个月就挣这么点啊？没啥用啊。不如村里大壮呢，初中毕业在工地做老板，现在挣得可多了。"

正说着，王大妈看见孙子追着一只大鹅在门口玩闹，她扯着嗓子喊："你的寒假作业写完了吗？整天就想着玩！"我笑着说："这读书也没什么用，还费那工夫写作业干啥呢？等初中毕业直接去工地就好了。"

（庞凤丽）

大 姨

早市设在惠民路，上面要求每天八点撤市，还路于民。管理任务给了我们。这工作说起来容易干起来难，天天起早不说，到点了总有几个老太太磨磨蹭蹭卖上几秤，拖着不走。没有规矩不成方圆，这可不行，我终于火了："再不按时收摊，就没收你们的秤。我说到做到！"可老太太们根本不当回事，有的还说："我可有心脏病！别吓我。"

几天下来没效果，我没好气地说："大姨，你们收摊吧！"没想到的是，老太太们立马收摊走人，以后再也没拖延过。事后，我纳闷："这是咋回事？"老太太们不好意思地笑了："多少年没人管叫大姨了，当大姨的哪能难为孩子呢！"

（春之晓晓）

（本栏插图：孙小片）

同桌的你

□ 建平实验中学 俞卓辰

捐什么呢？扎西苦思冥想。仅有的几件生日礼物早已捐完，空荡荡的置物架上，孤单地安放着一只精致的八音盒。

要捐掉它吗？这可是怡辰送的呀！

小学毕业那天，"同桌的她"突然把这只八音盒塞进扎西手中："送你的毕业礼物！"怡辰的眼睛弯弯的，很可爱。

扎西心中矛盾极了：要是不捐呢……可爱心又怎能缺席？这是初中阶段的最后一次义卖，更何况是捐给自己的家乡。多吉、次仁，你们好吗？六年前告别高原，就再没见过你们……

扎西很羡慕别的同学。他们的礼物很多，随便就能捐出几件。可自己家里的情况……爸爸走得早，不能再给妈妈增添负担了。他苦笑着。

时间过得真快啊，回想第一次义捐义卖，还是在小学。扎西和怡辰一起在喇叭里喊："欢迎光临！"扎西说藏语，怡辰说汉语，两人配合得十分默契。

台灯孤零零地亮着。扎西转动八音盒，《同桌的你》的旋律像溪水一样缓缓流淌着，轻柔舒缓，令

人陶醉……

第二天,学校操场上热闹极了。大钟刚敲了三下,广播里就传来了雷校长浑厚的嗓音:"同学们,义捐义卖活动开始!今年,我们将为远在高原、家庭有困难的同学,奉献爱心!"

扎西帅气的容貌让他全票当选为班级售货员。琳琅满目的商品堆满售货车,他特意把八音盒藏在角落。

要是被怡辰看见,不知她会怎么想……扎西心里在打鼓,或许应该尽早卖掉它!可是,如果卖不掉,也挺好的,我可以重新带它回家。

一个小女生跑来,左挑右选,猛然间,她看见了八音盒。小女生兴致勃勃地端详着它,惊喜地叫道:"真漂亮,我想要!学长,这个多少钱?"

扎西心里一紧,咬了咬牙,故意报了个高价:"呃,这个,三百元。"

"这么贵,我不买了。"

扎西长出了一口气,小心地把八音盒藏回角落。但愿怡辰别来!他祈祷着。

"扎西,你好啊!"熟悉的声音由远及近。糟糕,竟是怡辰!该怎么解释呢?见机行事吧。扎西紧张得说不出话来。

"哎呀!"怡辰看见了角落里的八音盒,随后把目光转向扎西。扎西满头大汗,垂着眼帘,不知所措。

"这个八音盒,好精致!我喜欢!五百元卖给我吧!"话音未落,怡辰把钱一把塞到扎西手上,捧着八音盒高高兴兴地走开了。

扎西只觉得恍恍惚惚间,活动就结束了。雷校长在主席台上激动地宣布:"恭喜扎西同学获得本次活动的最佳贡献奖,感谢他献出的一片爱心!"

返回教室的路上,扎西有些失落,虽然手中捧着红彤彤的奖状。

突然,他发现自己的课桌上赫然安放着一只精美的礼品盒,和小学毕业时怡辰塞给他的那个一模一样。他心里一动,急忙跑回到座位上。

他已经猜到了大半,颤抖着双手,小心翼翼地打开。只见静静地躺在盒子里的,正是他再熟悉不过的那只八音盒。

(本文系"我的青春我的梦"第四届中小学生故事会征文获奖作品选登)

(指导老师:王奕敏)

(发稿编辑:王 琦)

(题图:孙小片)

马蹄坑

□ 乔迁

立冬一过，讷谟尔河的冬天便开始了。今年的冬天来得早，往年都是小雪大雪过后，讷谟尔河才能结冰走人。早了，冰层不够厚，人走上去都危险，更别说车马了。今年立冬一过，车马都可以在讷谟尔河的冰面上畅行了。

车马在讷谟尔河的冰面上一能走，吴二赖的美日子就来了。

吴二赖领着几个小赖子连夜在冰面上凿出上百个马蹄大小的冰窟窿，美其名曰"马蹄坑"。这上百个马蹄坑分布在车马必经的两岸平缓的河道上，如果没有吴二赖他们引领，所过车马的马腿必然会陷入马蹄坑，轻则车马趴窝动弹不得，重则马腿折断寸步难行。绕路而行又误时误工，还不如花两个领路钱快速通过的好。过路的明知是吴二赖一伙使坏谋财，却也无可奈何。

吴二赖领着几个小赖子每天晚间凿马蹄坑，白天引路，得了钱财就买酒买肉，日子倒过得惬意。

这天，十几匹快马风尘仆仆地冲到岸边，打马就要过河，吴二赖领着几个小赖子立刻迎着马头拦住了他们。

为首的戴着一顶貂皮帽，勒住马头，眯着眼睛问了吴二赖一句："啥意思？"

吴二赖扫了一眼马队，十几个人个个穿着羊皮袄，一看就是有钱的主。吴二赖冲着身后的河面挥了挥手说："没我们领着，你们过不去。"

貂皮帽问："为啥？"

吴二赖一笑："全是马蹄坑。

我凿的。"

貂皮帽微怔一下，也笑："敢作敢当，也算条汉子。要钱？"

吴二赖一抱拳："没办法，多担待。"

貂皮帽一摆手，身后蹿上来一匹马，马上之人一揭羊皮袄，两把盒子炮插在腰间闪着寒光，直晃吴二赖他们的眼。

"轰"的一下，吴二赖身边的小赖子们四散奔窜，没命似的跑了。

吴二赖没动，他知道再能跑也跑不过枪子儿。

吴二赖咬着牙说："要了我的命，你们也过不去。"

貂皮帽微笑着叫了一声："好，有种！你带我们过去，钱我照给。"

吴二赖看了一眼貂皮帽，转身踏步走向河面。

过了河，一上岸，貂皮帽立刻吩咐："给钱！"

貂皮帽身边的人急了，揭开羊皮袄，拔出了盒子炮，指向吴二赖。貂皮帽一声喝："收起来，给钱！"

握着盒子炮的叫道："大哥，不能让他回去，鬼子快追上来了，他回去，一定会给鬼子带路的！"

貂皮帽沉着脸说道："咱们现在不是胡子了，是抗联，给钱，快走。"说完，他转身打马而去。

盒子炮瞪了一眼吴二赖，把枪插回腰间，掏出一袋钱扔给吴二赖，打马去撵队伍。

吴二赖呆呆地看着马队远去，没了踪影。他一把抓起钱袋，飞快地往回跑去。

吴二赖跑回岸边，对战战兢兢迎上来的小赖子们喊道："快，快，拿家伙什儿，把马蹄坑都给我连上！"

小赖子们惊叫："啥，马蹄坑都连上？车马一上不就塌了吗？"

吴二赖瞪着眼珠子骂道："哪那么多废话，赶紧连，快点！"

冰面上的马蹄坑都连好后，吴二赖掏出钱袋，扔给几个小赖子说："赶紧走，别再来了，这活儿以后也别干了。"

一个小赖子望着神色有些异常的吴二赖问："大哥，咋的了？"

吴二赖"咣"地给了小赖子一拳，吼道："滚，赶紧滚，听到没有？"

小赖子们散走片刻，一队土黄色的骑兵奔着讷谟尔河快速而来。

讷谟尔河岸边迎风而立的吴二赖，望着渐行渐近的土黄色队伍，呸了一口："都脏了老子这条河……"

（发稿编辑：王　琦）

（题图：孙小片）

马大妈 65 岁了，身体还十分硬朗。马大妈年轻时就爱骑自行车，于是孙子小伟给她买了一辆自行车，钛合金车架，十分轻便。马大妈喜欢极了，没事就骑着自行车在乡间小路上转悠。

这天，迎面开来一辆小轿车，马大妈怕发生碰撞，赶紧骑到路边停下。这时，轿车也停了，车窗摇开，伸出一个脑袋。马大妈一看，原来是村主任的老婆小花。小花得意地说："马大妈，都什么年代了，还骑自行车哪？"

马大妈最反感小花那副狗眼看人低的表情，拍着自行车说："你别小瞧了这车，是钛合金的，好几千块呢。再说了，我年纪大了，骑自行车锻炼身体。"

小花"嘿嘿"笑了两声，开车一溜烟儿似的跑了。马大妈的好心情一下被打乱，气呼呼地回了家。一到家，她就对孙子小伟说，自己要学开车。

小伟吃了一惊，说："奶奶，开车不比骑自行车，需要驾驶证的。"

"那我就考一个！"马大妈来了倔脾气，下决心要考一张驾驶证。

小伟本以为奶奶在开玩笑，谁知道她竟来真的，赶紧提醒："奶奶，考驾驶证可不是件容易的事，现在都是电脑答题，电脑这关你就过不了。"

马大妈听到电脑两个字就头疼，心说那可是高科技的玩意儿，自己这笨手笨脚的能学会吗？可再一想到小花那副嘴脸，马大妈就气不打一处来，一跺脚说："电脑就

有证的人   □ 马凤文

电脑，我就不信学不会！"

除了小伟，家里人没一个支持马大妈学车的，都觉得她一把年纪了，开车太危险。可马大妈拿定了主意，十头牛也拉不回来。小伟看奶奶整天闷闷不乐，就对爸妈说："与其让奶奶惦记着，不如就让她去考，撞上南墙就死心了。"

就这样，小伟带着奶奶到驾校报了名。报完名，马大妈整个人都精神了。小伟给奶奶准备了电脑，还有模拟考试软件，马大妈坐在电脑前练习答题。可她毕竟年纪大了，拿着鼠标的手就像长在了别人身上，根本不听使唤。

马大妈的科目一最终还是通过了，不过从报名到通过，她用了整整一年时间。接下来的实践科目更让人头疼，一个六十多岁的老人学开车，可想而知有多困难。整个驾驶证考下来，马大妈足足花了四年时间。

当拿到驾驶证的那一刻，马大妈激动极了，对小伟说："我这哪是考驾驶证啊，我这是取经啊，比唐僧还难啊！"

马大妈有了驾驶证，接下来就真刀真枪地上战场了。马大妈让小伟把他的车开出来，她要亲自驾驶。直到此时，小伟才真正后悔起来，想当初以为奶奶会知难而退，没想到这老太太却越挫越勇，四年时间不但考下了驾驶证，还把电脑玩得贼溜，这是好事，值得称赞，可真让一个六十多岁的老太太开车上路，万一出点事故自己怎么承担得起呀？

马大妈知道小伟为难，说："好孙子，你坐在旁边指挥。如果不让我到马路上开一回车，奶奶这驾驶证不是白考了吗？"

小伟没有办法，只好把开车的注意事项一遍遍地强调，马大妈连连点头，然后坐上了驾驶座。汽车刚起步，带起一阵风，路边的树"刷刷刷"朝后退去，马大妈很不适应，吓得赶紧停下来。平静半晌，马大妈终于再次发动，车刚行平稳，一辆轿车迎面而来，马大妈惊叫出声，不由自主地来个急刹车……就这样，一段不足一公里的路，马大妈开了一个多小时。等把车停下来，马大妈差点虚脱，有气无力地对小伟说："行了行了，不开了，不开了，过把开车的瘾就行了。"

马大妈还真说到做到，再也不提开车的事了。小伟问她为啥不开了，马大妈自嘲说："有了驾驶证，我就心安了，再开我心脏病要犯了，还是骑我的自行车吧。"

这天，马大妈又骑上自行车，一个人在乡间小路上转悠。忽然，她发现前方有一辆轿车停在那里，车门一开，下来一个女人，可那人刚下车就软绵绵地倒在了地上。马大妈吓了一跳，赶紧骑车过去，仔细一看，原来是村主任的老婆小花，躺在地上昏迷不醒。

马大妈叫了几声，小花也没反应。马大妈急了，不知哪来的力气，竟然把小花抱到了车上。由于没带手机，小花的手机又设了密码，马大妈无法和家人联系，她一咬牙，坐上驾驶座发动了车。此地距离乡卫生院不足五公里，马大妈救人心切，愣是开车把小花送到了卫生院。

等马大妈联系上家人，小花已经清醒过来，原来是低血糖发作。小伟赶来后，听说是奶奶开车把小花送到了卫生院，简直不敢相信，担心地问："奶奶，你没事吧？"

马大妈没有回答，而是一脸愧疚地问旁边的村主任："主任，你不会让我赔车钱吧？"

村主任连连摆手："不用，不用，我感谢您还来不及呢！"

小伟猜到是怎么回事了，来到村主任的车前仔细查看，倒是没什么破损，这说明没有发生碰撞，只是有一股焦煳味。村主任笑着说："不用找了。我看过了，你奶奶没有放下手刹，跑到医院时车轮都冒烟了……"

（发稿编辑：王 琦）

（题图、插图：孙小片）

您手中有没有得意之作？本刊辟有二十多个原创性栏目，如新传说、我的故事和中篇故事等；您读到或听到什么有趣事可以和大家一起分享吗？3分钟典藏故事、外国文学故事鉴赏和脱口秀等都是本刊推荐性栏目。热忱欢迎来稿，可从邮局寄发，也可从网上传递。邮寄地址：上海市闵行区号景路159弄A座308室，邮编：201101；如为电子邮件，可发本期责任编辑信箱：greygrass527@126.com。

三个前任

□ 胶牟儿

吴大妈有个儿子叫刘哲,最近正在努力备考公务员。吴大妈一直对儿子很放心,没想到最近却听说他正在追求曾经的高中同学蓉蓉。

吴大妈连忙给刘哲打去电话,忧心忡忡地说:"你不是要考公务员吗,谈恋爱会不会影响你备考?再说你没谈过恋爱,我怕你吃亏!"她顿了顿,又来了一句:"你知不知道那姑娘谈过几个?"

刘哲随口说道:"我听说有三个吧!"吴大妈立马不满意了:"三个前任啊?"可是刘哲却一点儿也不介意,扯开话题说了几句就挂了电话。

吴大妈向一旁的老伴抱怨道:"那姑娘谈过那么多次恋爱,绝对不适合刘哲,得想个办法断了他的念头!"

老伴很是赞同,寻思了半天说道:"那得找个能说服他的理由。不如去咱之前住的大杂院打听打听,他们好多高中同学还住在那儿呢!"吴大妈连连点头。

第二天一早,吴大妈就来到大杂院,见了刘哲好几个高中同学,然后有意无意地提起蓉蓉,打探她的情况。

奔波了一天,吴大妈收获满满地回了家,进门就嚷道:"那姑娘确实谈过三个,都是被甩的!"

老伴一听,立马抄起电话:"那我赶紧给儿子打电话,次次被甩说明这姑娘不行啊,绝对不能交往!"

吴大妈忙拦住他,说:"这姑娘行,我同意交往!"见老伴一脸的不可思议,吴大妈笑道:"格局小了不是?我跟你说,这姑娘陪初恋高考,陪第二任专升本,陪第三任考研究生,前任们全部上岸!刘哲和她谈恋爱,成不成先不说,没准能考上公务员!"

(发稿编辑:赵嫒佳)

最舒服的姿势

□ 赵功强

阿武是个导演助理。这天，表弟顺子来找他，说想在阿武的新剧中当群演。这个顺子打小好吃懒做，整天游手好闲，但念在亲戚的分上，阿武还是答应了。

这部新剧是抗战剧。阿武给顺子安排了好几个路人角色，比如爱国学生、街边小贩、黄包车车夫……没想到，顺子演了几天就对阿武说不想干了，因为拍摄时他要在片场走来走去，有时还要顶风冒雨，实在太累。

既然顺子嫌走路累，那就安排他坐着吧。接下来，阿武就让他演茶馆里的茶客、饭馆里的食客、剧场里的观众。刚开始，顺子挺满意，说风吹不到，雨淋不着，还总是坐着，挺舒服的。可才过了一周，他又说老是坐着也不行，自己的腰椎间盘突出病都犯了。

阿武想了想，那就只能安排顺子去演躺着的角色了，比如死去的士兵和百姓。顺子乐坏了，每次拍摄时，都按照导演的要求躺在地上一动不动，演得真可逼真了！谁知没过多久，顺子又来找阿武，说这躺着看上去舒服，其实对姿势有要求，不是脸朝下趴着，就是头下脚上地靠在墙角，还不能动弹，特难受。他要弄些躺姿更舒服的角色来演。

阿武忍不住火了："一个小群演，能躺着就不错了，你咋还不知足？躺姿舒服的也不是没有，比如病人、大烟客，可都是重要角色的戏码，咋轮得到你呀？"

顺子挠挠脑瓜，说："谁说我想躺床上了？躺街边也行啊，头枕着胳膊，一条腿跷在另一条腿上晃荡。"

阿武想了想，一拍脑袋说："行，明天安排你演流浪汉！"

（发稿编辑：朱 虹）

老李写得一手好字，单位里只要谁家有个红白喜事，都会央他帮忙记礼单。

帮忙没问题，但让老李苦恼的是，随着年纪越来越大，他的记忆力也越来越差。即便是熟人，猛一下打个照面，他有时也会大脑短路，一时想不起人家的名字。这让老李心里很不安——知道的还好，不知道的，人家指不定会怎样想呢！

这天，有一个同事家里办丧事，请老李帮忙记礼单。负责收钱的是综合部的小王，老李忽然灵光一闪，对小王耳语几句，再三叮嘱说："你脑子好使，到时候一定提前给我报一报随礼人的名字。"

这个办法挺奏效。只要有人来到桌前，小王立马快速报出名字。老李这下心里踏实了，不必再分心，从从容容地记着名字。

这时，又有个人往桌上放了501块钱，老李却没听到小王报名字。他下意识地抬起头，看到对面的同事，大脑瞬间又短路了，干张着嘴，名字就是蹦不出来。

见他迟迟下不下笔，对方笑了："你这个老李，不认识我了吗？老唐，唐振民！"

老李尴尬不已，不停地拍着脑袋说："哎哟，抱歉抱歉，我大脑短路了，短路了。"

老唐离开以后，老李便埋怨小王不给他报名字。

小王沉默地看着老李，半天才说："那是我岳父，我敢直呼他的名字？李叔，你这不是大脑短路，而是根本就没构成回路啊！"

（发稿编辑：赵嫒佳）

□ 孙国彦

大脑短路

一举两得

□ 许家裕

大李和王大爷是邻居，两人关系不错。这天，王大爷见大李唉声叹气的，便问他怎么了。

大李叹了口气，说："王大爷，我觉得自己这一辈子就亏在没文化上……"原来，他希望儿子学业上能有出息，将来有个好出路，就给他报了辅导班。结果刚交钱没几天，那辅导机构就被教育局查封了，这可咋办呀？

王大爷想了想，帮他出主意："听说我们小区里有个退休老教师，现在也闲着没事干。要不，你试试联系他，看能不能帮你儿子辅导？"大李听了，十分高兴，立刻联系老教师了。

过了一周，王大爷又碰到大李，问他事情怎么样了。大李沮丧地说：

"唉，别提了。老教师倒是挺热心的，可没过几天，这事居然被人举报到了教育局。老教师气得进了医院，现在他的子女再也不许他搞辅导了。"

王大爷只好安慰说："没事，总会有办法的。"

过了一阵子，王大爷拨通了大李的电话，想问问情况。只听电话那头一片嘈杂声，王大爷问大李在哪里，大李报了个地址，说："你有事过来说吧，我正忙着呢。"

王大爷到了那儿一看，那是个麻辣烫小店，开在一所大学旁边。王大爷发现大李正在店里忙得不可开交，看样子是老板。而大李的儿子正拿着作业本，向几个大学生请教。

王大爷正纳闷呢，大李走过来，苦笑着说："我想了很久，才想到这个法子。这里来往的大学生多，容易找得到人辅导我儿子功课。"

王大爷忍不住笑了："我看哪，你这就是一举两得！不仅能赚钱，孩子辅导还享受免费呢！"

（发稿编辑：朱　虹）

94

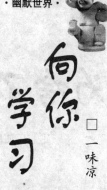

向你学习

□ 一味凉

大张是个精明的商人，靠着一些不入流的伎俩赚得盆满钵满，感情生活却一片空白。含恨而终来到地府后，他求阎王让自己下一世能与心爱的女人携手终老。

阎王没好气地说："谁没有遗憾，若都如你这般，岂不乱套？"谁知大张竟耍起赖来："那我就不去投胎了。"为了让他就范，阎王用尽了酷刑，但他就是不改口。有个鬼差凑上前，低声对阎王说："我有一计……"

阎王听后大喜，朗声对大张说道："既然你如此坚持，本王就成全你！"他拿起毛笔，在大张的命簿上唰唰写了几个字，递给鬼差。鬼差拿着命簿到大张面前晃了晃："'执子之手，与子偕老'，满意了吧？"大张连连叩谢，满心欢喜地去投胎了。

谁知这一世，大张感情生活仍是一片空白。再次来到地府后，他气愤地指责阎王言而无信。阎王笑道："我哪里言而无信了？你不是个职业棋手吗？"

大张怒道："那和你写的判词有什么关系？"

"一个天赋异禀的围棋高手，一生与棋子做伴，我写的'子'是棋子的意思，不行吗？"阎王说着，示意鬼差将命簿递给大张。

大张接过来仔细一看，这才发现在"执子之手，与子偕老"下有一行字——"注：最终解释权归地府所有"。只是这行注释写得极小，那日大张刚受过酷刑，头晕眼花地瞟了一眼，哪注意到这几个小字呀！"堂堂阎王，居然……"大张气蒙了。

阎王冷笑一声，鄙夷地看着他："这不是你前世经商时的惯用伎俩吗？本王不过是向你学习罢了！"

（发稿编辑：赵媛佳）

为啥不吃鱼

□ 丁凯丽

大华喜欢钓鱼，技术却不咋样，但他非常好面子，隔三岔五就去鱼档拍几张照片，然后发在朋友圈，当成自己的成果炫耀。

这天，大华突然提回几条鱼，对老婆小翠说："快，好好烧一烧，再炒几个菜。"原来大华的钓友们又看到他发朋友圈，便嚷嚷着要来吃鱼。大华没办法，只好去买了几条鱼。

小翠叹了口气，接过鱼。一小时后，鱼烧好了，色香味俱全。眼看钓友们快到了，大华附在小翠耳旁说了几句，小翠白了大华一眼，说："就你鬼点子多！"钓友们到了后，大家围在一起吃喝，小翠却对鱼不动筷子。一个朋友问："嫂子，你烧的鱼这么好吃，你自己咋不吃啊？"小翠笑着回答："我们家一天到晚吃大华钓的鱼，我都吃腻了，你们吃吧。"

吃完饭，钓友们离开了。大华搂住小翠，嬉皮笑脸地说："老婆，今天真是辛苦你啦！"小翠"哼"了一声，说："下不为例啊！"

又过了一阵，这天一早，大华竟然真的钓上来一条大鱼，他兴奋地打电话告诉小翠，小翠听了也很开心。

直到下午，大华才回到家，自告奋勇要烧鱼做晚餐。傍晚，大华把烧好的鱼端上桌，兴奋地说："老婆，今天没外人，放开吃吧。"

谁知小翠说："我不吃，你一个人吃吧！""为啥啊？"大华疑惑不解。

小翠气呼呼地说："你没闻到吗？这鱼都变味啦！"大华吸了吸鼻子，挠挠头说："烧的时候我也闻到了，还以为我厨艺见长，随便就烧出了臭鳜鱼的味道……"

小翠冷笑一声说："什么臭鳜鱼！你为了炫耀，居然提着鱼挨个儿去钓友家显摆，耽误了大半天，这么热的天气，鱼能不变味吗？！"

（发稿编辑：王　琦）

（本栏插图：小黑孩　顾子易）

秋季增刊 故事会 2023

CONTENTS —STORIES— SEMIMONTHLY

一本可读、可讲、可传、可听的全媒体杂志。

秋季增刊

社长、主编 夏一鸣
副社长 张凯
副主编 朱虹 吕佳
本期责任编辑 吕佳
电子邮箱 lujia411@126.com
发稿编辑
丁娴瑶 陶云韬 曹晴雯 孟文玉
美术编辑 王怡斐 郭瑾玮
红版编辑部电话 021-5320 4059
绿版编辑部电话 021-5320 4052
地址 上海市闵行区号景路159弄A座3楼
邮编 201101

主管、主办 上海文艺出版社总社
出版单位 《故事会》编辑部
发行范围 公开

· 出版发行部 ·
发行业务 021-5320 4165
发行经理 钮颖
媒介合作 021-5320 4090
广告业务 021-5320 4161
新媒体广告 021-5320 4191

· 融媒体中心 ·
《故事会》微博 @故事会
《故事会》微信 story63
故事中国网 www.storychina.cn
《故事会》网店
shop36332989.taobao.com

故事会公众号　　故事会小程序

国外发行 中国图书贸易总公司
印刷 浙江广育爱多印务有限公司
发行 中国邮政集团公司报刊发行局总发行
国内代号 4-225 定价 8.00元

爆笑家庭

（本栏插图：小黑孩）

@青山再见 小美邀请闺密来家里玩。闺密说："你不是新买了一双名牌高跟鞋吗？拿出来看看。"

小美说："我放在厨房的碗柜里了！"

闺密疑惑地问："为什么把鞋子放在那里呀？"

小美意味深长地说："这鞋是我花三千块钱买的，不能让我老公发现。他这人从来不进厨房，所以把鞋放在那里，他永远发现不了。"

@行走的表情包 春节时，乐乐收了不少压岁钱，妈妈问他："哪些长辈给了你压岁钱，你都记得吧？"

乐乐摇摇头说："不记得。"

妈妈急了："那怎么行呢？我要回礼的！"

乐乐笑了："谁给了我记不住，

但没给的那几个长辈，我可是记得很清楚。"

@兰花花 爸爸来检查八岁女儿的房间有没有收拾整齐，见她的床还没铺好，就问："你的房间，这样就算收拾好了吗？"

女儿回答："不是，爸爸，我只是打了一个草稿。"

@零零久 妈妈出差，爸爸负责带女儿。他不会打扮女儿，也不会做饭，每天带女儿下馆子。

妈妈回来后，见女儿披头散发，穿得邋里邋遢，就问她："你喜欢跟爸爸在一起，还是跟妈妈在一起啊？"

女儿说："我喜欢妈妈把我打扮得漂漂亮亮的，然后跟着爸爸下馆子！"

妈妈又问："如果只能选一个呢？"

女儿想了想，说："那还是跟爸爸下馆子吧，毕竟漂亮也不能当饭吃……"

囧人囧事

@ 人比月圆 某市车牌十分紧张，有一家4S店却打出广告语："买车帮上车牌！"一个男人便兴高采烈地在这家店里买了辆车。付完车款后，他问老板："你们什么时候帮我上车牌？"

老板说："你放心，等你车牌拿过来，我们马上帮你安上，螺丝钉免费提供！"

@ 山河无恙 大壮在超市买了一个水杯，便宜又好看，就是杯子太大了，倒一杯水，一天都喝不完。

这天，大壮又去超市买东西，发现那个杯子降价了，特价标签上写着："大号花瓶特价19元"。

@ 一觉睡回小时候 阿芬到小区快递柜取快递，她准备把包装盒拆掉后再回家。于是，她拿着快递盒走向垃圾存放处。

垃圾存放处那儿站着一个男人，他直勾勾地看着阿芬，手里还拿着一把刀。阿芬吓了一大跳，正不知所措，那人说话了："刀子借给你用，你把拆了的纸箱给我。"

@ 偷心者 放暑假，毛毛跟爸妈回乡下老家住。这天家里来客人，毛毛妈妈准备杀只鸡。她对毛毛说："你早晚也要学会杀鸡，先看妈妈示范。"说着，她翻转鸡头，把鸡毛扯了，接着挥起刀。

毛毛胆小，闭上眼没敢看。等他睁开眼，发现鸡脖子上都是血，不禁说道："一刀就把鸡杀掉了，妈妈真厉害啊！"

只见妈妈龇牙咧嘴地说："儿子，快去把创可贴给我拿来。"

@ 无事小神仙 阿伟大三了，新学期开学时，他主动当了迎新志愿者。这天，他刚忙完，在食堂买吃的，就听见两个学妹在聊天。

一个学妹说："今天迎新的学长，都没有长得帅的……"

另一个学妹接着说道："能有时间出来帮学妹搬东西的，八成都是没人要的呗！"

趣闻天下

@ 东西南北人 朋友问大刘："听说你上周去考证了，顺利吗？"

大刘说："发挥得不太好，主要是天气太热。考场明明有两台空调，监考老师就只开了一台，说怕会跳闸。"

朋友说："也不是没道理。"

大刘却嘀咕道："骗谁呢，一屋子专业人士，搞不定跳闸那点事？"

朋友问："等等，你是去考啥证来着？"

大刘说："电工证啊！"

@ 送你一颗星 学校午休时，两个同学吵了起来，都说自己下象棋最厉害。

小辉说："别吵了，我来当裁判，谁输了就买两瓶汽水，赢家一瓶，裁判一瓶。"两个同学都说好。

结果，小辉作为裁判，得了好几瓶汽水。直到这时，两个同学才反应过来，异口同声地问他："下象棋需要裁判吗？"

@ 金满门 阿强在甜品店结账时，店员随口说："你总是在这个时间来买东西哦！"

阿强说："对，我健身完习惯来买点吃的。"

店员瞥了一眼阿强拿的芝士蛋糕，脱口而出："健身完还吃蛋糕？"

阿强顿时有点尴尬，说不出话来。店员笑着指指柜台里的泡芙，说："反正都这样了，要不试试刚到货的新产品？"

@ 猫哥哥 小李是一名化学老师，平时工作挺忙的。这天是情人节，他答应给女友做顿大餐，露一手。

女友下班回来，却看到小李还在摆弄他的烧瓶和酒精灯。

女友问："你不是说给我做大餐的吗？"

小李一愣，说："这不正做着吗？别着急亲爱的，再过5分钟，盐就提炼出来了！"

妙语如珠

@ 一枕清风 美术老师当模特，让学生们画他。老师看到小明的画作，大吃一惊："你画的是我吗？"

小明说："您的嘴我故意画大了些，有句话叫嘴大吃八方，说明您能力强；您的耳朵也画大了，耳朵大有福嘛；您再看这肚子也画大了点，这叫宰相肚里能撑船……"

美术老师板着脸说："那你解释一下，我旁边的和尚、猴子和白马，是什么意思？"

@ 冲鸭 乡领导要来村里慰问，村干部交代各家各户："无论说啥，要反映出现在比以前的日子好。"

乡领导来到张老赖家，关切地问："您日子过得怎么样呀？"

张老赖想到村干部的嘱咐，说："好得很，比以前好多了！"

乡领导接着问："怎么个好法？能不能说得具体一点？"

张老赖想了想，说："原来我欠了一身外债，现在啊，只欠一屁股外债了！"

@ 云朵有点甜 有个算命先生自称"赛诸葛"，有人问他："你有什么本事，竟敢自称'赛诸葛'？"

算命先生振振有词："诸葛亮字孔明，鄙人字洞明，请问是孔大还是洞大？"

@ 吃瓜爱好者 男人在一家高级餐厅吃霸王餐。酒店经理叫来保安，威胁道："拿不出钱付账，你就留下当服务员干活抵账！"

男人笑着说："早知如此，为什么我昨天应聘的时候你不留下我呢？"

@ 蜡笔小萌 吹牛大王对大家说："我有一块手表，掉到井里二十年，捞上来的时候还在准确走时呢！"

一个听众说："这有啥？我三叔二十年前掉到水井里了，昨天爬上来还活着呢。"吹牛大王惊讶道："这怎么可能？"

听众冷笑道："不然谁在井里给你的那块手表上发条啊！"

本栏欢迎来稿，读者、作者可将有新鲜感、有精彩细节的笑话佳作投寄给我们。来稿一经采用，最高稿费为一则100元。本期责任编辑电子信箱：lujia411@126.com。

劳伦斯·M.詹尼弗（1933—2002），美国科幻小说家，活跃于20世纪60年代，著有《奴隶星球》等长篇小说。本文改编自他的同名短篇小说。

世上最古老的动机

□ 无机客 编译

菲利普是纽约市的一个"富三代"，靠着家族传承下来的财富，日子过得无忧无虑。最近，他在酒吧邂逅了一个叫弗洛拉的美女。作为一个四十好几的中年男人，他对于自己的长相一直有自知之明，但大概是他身上的成熟特质吸引了弗洛拉吧，两人不仅一见如故，几次约会后还有了鱼水之欢。

弗洛拉年轻、热情、美丽，从不向菲利普索要礼物，更难得的是，她知道菲利普是已婚身份后也不介意。她说："亲爱的，我想要的就是让你快乐，其他什么都无所谓，因为我爱你。"

弗洛拉越是这么表态，菲利普就越是想给她一个名分。菲利普和妻子结婚二十年，他厌倦了这个黄脸婆，早有了离婚的念头，但每次想到那样会被妻子分走一半财产，他就觉得肉疼，只能忍着。

这天，菲利普离开弗洛拉的公寓后，到一家酒吧里独自饮酒。他正思索该怎么办时，一名陌生男子在他旁边坐下，搭讪道："我看你眉头紧锁，似乎有很多烦恼。我或许能帮你解决烦恼。"

菲利普没好气地说："你是律师还是会计师？要沦落到来酒吧里找生意，也太惨了。"

男子说道："业内都称我为'解决师'，我曾为许多客户解决困扰，尤其是像你这样的中年已婚男客户。这是我的名片，你如果有什么要咨询的，就到这个地方来找我。"男子放下名片就离开了。

菲利普拿起名片看了看，上面印着"解决师舒斯塔克"的字样，还有一串电话号码和一个地址。他本想把名片直接扔掉，但最后还是鬼使神差地收进钱包里。这应该就是个恶作剧吧？他心里这么想着，然而又觉得不妨去咨询一下，反正造成不了什么损失。

次日，菲利普照着名片上的地址，找到一栋位于闹市区的旧楼，搭乘电梯到十层，再寻到 1012 号房。他敲了敲门，又拧动门把手，发现门没锁，于是就径直开门进入。办公室里只有一张桌子和几把椅子。酒吧里见到的那名男子坐在桌后，正在接电话。他放下电话，笑着说："菲利普先生你好，在下是解决师舒斯塔克。我的业务主要在外面进行，所以办公室就简陋了一些，请别见怪。"

菲利普在办公桌对面的椅子上坐下，忽然想到一个细节，惊讶地问道："你怎么知道我的名字？我应该没透露过啊！"

舒斯塔克说："我的背后是一个庞大的组织，有专门的情报收集部门。我们对于潜在客户的情况可以说是了解得清清楚楚，你的姓名只是最基础的信息。我们甚至知道你有什么苦恼——你想要与妻子离婚，但又不想被她分掉一半身家。你看我说得对不对？"

菲利普听得瞠目结舌："太神了！那么你们有什么解决方案？是

要帮我转移财产吗？"

舒斯塔克说："不，那样太麻烦了，我的建议是直接除掉你的妻子。你可能会想，妻子死亡后丈夫总是第一嫌疑人，万一警察查出这事就糟糕了。放心，我们掌握许多独门技术，会把死亡安排成一次意外事故，保证谁也不会察觉。如果你有所怀疑，可以了解一下我们过往的成果。"随后，他就报出两个近期过世的纽约名流的姓名。

这回菲利普惊讶得下巴都快掉了："你的意思是，他们的死都是你们——"

舒斯塔克点点头："是我们干的。当然，按照官方报告，他们都是心脏病发作导致的自然死亡。你现在明白了吧，我们采用的杀人方法十分新颖巧妙，不会留下任何破绽。"

菲利普深吸一口气，过了好久后才说道："那么你们要收多少费用呢？"

舒斯塔克说："十万美元。"

菲利普惊叫道："十万美元？太荒谬了！我没有！"

舒斯塔克的声音突然变得冷淡："菲利普先生，你忘了我们清楚你的底细吗？你的身家超过

一千万美元，十万美元对你而言只是九牛一毛。你先付五万美元，等到事成之后，再付五万美元怎么样？"

菲利普摇摇头："五万美元也太多了，万一——"

舒斯塔克用力敲了一下桌子，说："有钱人真是不爽快啊！好啦，我就破例一下，这回先干活再收钱。杀手明天就行动，你大概晚上能收到回音。你准备好现金，我到时来找你收钱，这样行了吗？"

菲利普满意地点了点头。

第二天，菲利普按照舒斯塔克的嘱咐，把一整天的行程都安排得满满的，开会、聚餐、会客……一直忙碌到晚上。虽然菲利普想到马上能摆脱妻子，内心欣喜若狂，但一点都没显露出来。他读过不少侦探小说，知道许多书中人物就是因为一时大意，露出马脚而功亏一篑。

傍晚，菲利普回到家中，果然发现妻子不在家——舒斯塔克早已说过，他们不会在客户家里动手，那样房子会变成凶宅而贬值，给客户带来损失。专业人士果然不一样，方方面面都考虑到了，他正这么想的时候，家里电话响了。

菲利普接起电话，对方自称是华盛顿的警察，在问过菲利普的身

份后，以凝重的语气说道："今天下午，从纽约到华盛顿的公路上发生了一起交通事故。很遗憾，其中的女性死者是你的夫人……"

菲利普对着电话佯装出哭声，心里却乐坏了。他的麻烦事就这么轻而易举地被解决了！过了一会儿，舒斯塔克按照约定上门收钱，菲利普将一袋子钞票递给他，还向他伸出大拇指："你们真是又专业又高明！"

送走舒斯塔克后，菲利普拿出一瓶珍藏的红酒，自斟自饮起来。然而他才喝了几口，家里大门突然打开了，菲利普的妻子气呼呼地走进来，在沙发上坐下，唠叨起来："现在的人太缺德了，竟然玩恶作剧玩到这份上。今天下午我接到一通电

话，对方说自己是医生，说我母亲出了意外，正在急救，他们从我母亲的随身物品里找到了我的联系电话。结果我跑到那家医院才发现那根本就是一场恶作剧。我还回家看了一下我母亲，她好端端地在家里看电视呢！"

菲利普见到活蹦乱跳的妻子出现在自己面前，又听完妻子的话，立刻明白自己是上了当。

这时，妻子递给菲利普一封信，说："亲爱的，我刚进来时发现这封信插在门缝里，收信人写的是你，却没有贴邮票，真怪。"

菲利普拆开信，读了起来——

菲利普：

你不用难过，因为你是我们骗到的第十八个笨蛋。你们这些有点臭钱的老男人总是这副模样，一见饵就上钩。不用去公寓或办公室找我们，那儿已经人去楼空。也别想去报警，你可是在买凶杀人时中了骗局，警察还没抓住我们，你就得先去牢里待几年。

你的朋友：弗洛拉和舒斯塔克

（发稿编辑：丁娴瑶）

（题图、插图：陆小弟）

吃大餐

□陈 坚

悠悠和小玥是好朋友。这天，悠悠突然给小玥发来微信，说自己准备去公司吃一顿大餐，吃完就离开那里，开始新的生活。

小玥不太明白，问："你不是在设计公司吗，吃什么大餐？你的意思是，你要辞职吗？"

悠悠回道："这样吧，本姑娘给你来一次前所未有的现场直播，想看吗？"

小玥虽然想看，但又有些担心："你别乱来哦。"

"放心吧，我在那里受够了，该有个说法了。"说着，悠悠拨通了小玥的视频电话，拿着手机走进了公司大门。

刚到门口，悠悠就被经理拦住了去路，她忙把手机放在了身后。

经理姓周，他一见到悠悠，就把一沓文件甩到悠悠的怀里，说：

"悠悠，上次那个案子，客户不同意你的设计方案，被打回来了，你去和老板解释。"

"周经理，我可是提供了三套备选方案，最终结果是你定的，怎么怪到我的头上？这件事怎么也轮不到我去和老板解释吧？"悠悠不服气地看着周经理。

刚到公司，悠悠就碰到这阵势，视频那边的小玥有点不知所措，就听手机里面继续传来周经理的声音："那不还是你设计有问题吗？这个锅你必须背！"说完，他头也不回地走了，接着传来悠悠发火的声音："你欺人太甚，哼！"

小玥小声地在视频那端说道：“你没事吧，悠悠？别生气了，我还第一次见你发这么大的火。”

悠悠没有回应，气鼓鼓地来到工位坐下。

隔壁桌的同事大姐伸过头来，左右看了看，神神秘秘地说：“被经理骂了？”

悠悠虎着脸，点了点头。

“也不怪你，你知道吗？经理的女朋友跟人跑了，说咱们公司收入太低，还嫌弃经理个子太矮，配不上她。”大姐捂着嘴，小声说着经理的“大瓜”，“昨天下班，你走得早，他俩就在这里大吵了一架，我们几个都看到了，你最近还是少惹经理为好。”

原来是这样啊！悠悠憋着笑，把手机摆正，轻轻地对着小玥说：“活该，这种小肚鸡肠的男人，早就该被甩了！哎呀，心情突然好起来了呢，咱们聊会儿天吧。”

就这样，两人开心地在视频里煲起了电话粥。突然，小玥想起了什么，赶紧岔开了话题：“悠悠，咱俩都聊半小时了，你上班也太不用心了，尽在那儿摸鱼，别忘了去和老板解释一下。”

“对对对，幸亏你提醒我了，视频别挂，我就放在口袋里，让你听听我们老板的声音。”说完，悠悠拿着文件向董事长办公室走去。

不一会儿，视频里传来一个中年男人的声音：“是悠悠啊，你的事，周经理和我说了。这事真不能怪他，他就是一个销售经理，专业上的问题，还是你们设计师懂，归根结底还是你的方案有欠缺。”

“董事长，我提供了三个备选方案，尤其是终稿C方案，我是力推的，可是周经理擅自做主，非要选最初的A方案不可，我也很冤。不过这个锅，我背了，只要没有给公司造成损失就好。”

“悠悠啊，你很出色，以后一定能成为首席设计师，我十分看好你。公司计划在深圳设分公司，有意向派你过去主持，你可要好好干。今天这事别放心上，加油！”

悠悠回到了工位，隔壁大姐又探过头来，热心地问道：“董事长没有为难你吧？你别太在意，你还年轻，机会很多，只要有梦想，未来肯定会有更好的发展！”

“谢谢你的心灵鸡汤，不过大姐，听你的意思，我要被辞退了？”悠悠有点莫名其妙。

大姐连忙解释道：“不是我说的，是那边几个同事说，客户不愿意跟咱们合作了，你给公司带来了巨大损失。"

悠悠猛地站起身，对着所有人喊道："是客户单方面违约，是他们放了我们公司鸽子，和我没关系，你们别在这里添油加醋了。"

整个公司都安静下来，大家面面相觑，没人说话。这时，身后传来周经理的声音："你喊什么？自己做错了事，还不让人说了？"

悠悠来到周经理面前，狠狠盯着他："你让我背锅就算了，现在又来泼凉水。行，本姑娘今天正式宣布，我不干了！"说完，她抓起桌上的包，直奔人事部，在场所有人都惊呆了。

当悠悠从公司大楼出来的时候，小玥已经在楼下等着了。小玥激动地说："悠悠，你疯了？董事长不是要提拔你去深圳分公司吗？你为啥要辞职？"

"你傻啊，听不出来吗？那是领导给我画的大饼！"

"啊？还有这种事？"

"之前我说的'吃大餐'，你还不明白是什么意思吗？"

小玥摇摇头。

"一到公司，我先背了经理甩来的一口大锅，当然，烧锅的火

是我自己发的。接下来是餐前水果——从同事那里吃了经理被劈腿的'瓜'；然后是开胃粥，也就是咱俩聊的电话粥，聊八卦算不算上班摸鱼？对了，还有客户放的鸽子，一条鱼、一只鸽子，算荤菜！"悠悠解释道，"哎哟，我差点忘了说主食了，主食就是董事长画的大饼，差点没把我噎死。"小玥听罢，恍然大悟。

悠悠接着说："噎着了没关系啊，隔壁大姐的心灵鸡汤是不是特别好喝？我呸！这些人啊，都是等着看笑话的，就怕你的饭菜不够味儿，大家都来给你添油加醋。最后经理泼的那盆冷水，权当我餐后漱口了。"

小玥叹了口气，说："那你辞职又算什么？毕竟这份工作来之不易啊！"

"算什么？算今天最后一道菜，炒他们的鱿鱼！"悠悠抬起头，看向远方，"我们是来工作的，不是来钩心斗角的，如果做得不开心，为什么要委屈自己？"

小玥点了点头，说："走，我请你吃一顿真正的大餐，庆祝你脱离苦海，开始全新的生活！"

（发稿编辑：曹晴雯）

（题图：陆小弟）

老茧

□ 响 雷

这天一早，赵大块头摸黑下了床，穿上棉衣棉裤，说是要出门。他女人慌忙点灯，屋里亮堂起来。赵大块头拔了门闩出去了，女人在屋里骂："店又不能开，就算开了，也没人敢来吃你的面，非要出去做什么！"

赵大块头停下步子，在门外压着嗓子说："废什么话，赶紧下来把门闩紧。"

赵大块头是开面馆的，他想去巷尾的米面店扛一袋面粉回来。面粉袋子快见底了，他相信，就算店暂时不能开门，总有开门的一天。按照这形势下去，面粉的价格铁定得涨。

赵大块头的拿手绝活是擀面。一根三尺长的擀面杖在他手底来来回回，八仙桌面闷闷地响，四条桌腿颤颤地抖，他臂上肌肉也在一迎一送中一鼓一鼓。等面的吃客都呆呆地看他，仿佛看一场表演。七八天不擀面，他难过啊，感到手上的老茧有无数只蚂蚁在啃咬。

赵大块头的面馆开在夫子庙南边，堂子巷顶头，门前横挂一面破旗，旗上一个字：面。赵大块头憧憬着过些时日，请人刻一块木匾，脑子里盘算好了，四个烫金大字：赵氏面馆。

赵大块头沿着石板路小心地走，两只大手相互搓着，老茧磨着老茧。他算了一下，再过十来年，这店可就是百年老店了。

巷子不长，撒泡尿的工夫就到了。赵大块头轻轻敲门，良久没人应声。他压着嗓子说："弄一袋小麦面。"打了几十年交道了，熟得不能再熟，他都不需要自我介绍。

过了一会儿，门开了一道缝，里面推出一袋面粉。

"再称两斤糯米面，过冬搓汤圆儿咧。"赵大块头说。

很快，从门缝里面塞出一只鼓鼓的小布袋子："不称了，快拎走吧。"

赵大块头把钞票塞进去，门很快闩上，里面说："快回吧，赵大块头，你不要命了？"

赵大块头扛起面粉袋子往回走。一袋面粉对他来说轻飘飘的，扛在肩上气都不喘。

走到巷中，忽然一道手电筒的光从身后射过来。赵大块头浑身一激灵，拔腿就跑。快到家了，耳后"啪"的一声响，刺穿黎明，也刺穿他的大腿。他摔倒在地，面粉袋子滚落一旁。

手电筒的光越追越近，照得他睁不开眼，看不清灯后是谁。只看见一把刺刀划破了面粉袋子，一只脚在面粉袋子上踢了两下，面粉像蚊虫似的飞舞起来。

赵大块头捂着腿上的窟窿，说："太君，这是面粉，面粉……"说着，他抓了一把捂在嘴里，示意这是可以吃的。

手电筒后面叽里咕噜不知在说什么，刺刀又往前挺了一下。赵大块头不敢再做动作了，本能地摊开两只手掌举过头顶，一个劲地说："饶命，饶命！"面粉呛得他咳嗽不止。

手电筒照过来，聚光到他的手掌心，只听一句日本话从对方口中说出："老茧这么厚，一定是拿枪的手。"

赵大块头只知道继续说："饶命，饶……"他话还没说完全，刺刀已穿过他的胸膛。

赵大块头仰面倒下去。他白眼朝上翻的时候，看见灯光晃过他家檐头，还有那面破旗。他伸出手指够了够，想，真该早些更换成木匾的。

一九三七年冬至前夕，赵大块头死在自家门前。他到死也不知道，他死于手上的老茧。

（推荐者：离萧天）

（发稿编辑：陶云韫）

（题图：陆小弟）

谁在偷看我的生活

◆ 想了想我过年回家的作用：1.圆亲戚的媒婆梦；2.让亲戚过过嘴瘾；3.当小辈们的反面教材。

◆ 很少有"这个任务今天一定要完成"的念头，但经常有"这个我今天必须吃到"的想法。

◆ 爸爸对我说，如果我能把打游戏的劲儿放在学习上就好了。我忍不住说："你以为我游戏打得很好吗？"

◆ 打工人上班时最害怕听见的四个字：过来一下。

◆ 打扫房间这件事，到最后都会变成坐在角落里翻一本什么东西。

◆ 当代年轻人现状：洗澡要放歌，吃饭要看剧，坐车要靠窗，白天在朋友面前嘻嘻哈哈，晚上却独自一人胡思乱想。

◆ 内向的人就像加载很慢的网站，这可能是最酷的网站，但人们通常不愿等那么久去打开它。

◆ 把生活当成一场游戏也挺好，因为遇到的每个"怪兽"，都可以提升自己的经验值。

（推荐者：西柚小姐）

万万没想到

◆ 要懂得从不同角度去看待生活，比如，一艘轮船的沉没，对于船上厨房里的龙虾来说，就是个奇迹。

◆ 我觉得我的邻居在跟踪我，因为她一直在电脑上搜索我的名字，我昨晚用高倍望远镜看得一清二楚。

◆ 一个男人敲响我的门，问我能不能为当地修建游泳池捐献一点。于是，我给了他一杯水。

◆ 昨晚我不小心把固体胶当唇膏递给了老婆，直到现在，她都没开口跟我说一句话。

（推荐者：大橘为重）

一句话噎死你

◆ "这个月好多明星过生日啊，光我喜欢的就有四五个！"
"怎么，他们请你去了？"

◆ "你要午睡啦？会梦见我吗？"
"中午睡觉一般不会做噩梦。"

◆ "怎样才能得到一个无条件爱我的男孩子呢？"
"生一个。"

◆ "刚考完试，好累啊，脖子疼死了。"
"是考试时伸长脖子抄别人，所以累疼了吗？"

◆ "又睡懒觉，你怎么一点时间观念都没有？"
"你睡着的时候都数着几点？"

◆ "你这么用功，也没考上清华北大啊！"
"你天天'996'，成首富了？"

◆ "你们年轻女孩读书多了都不想生孩子，那人类不得灭绝了？"
"当年恐龙灭绝也是因为母恐龙读书太多了？"

◆ "你同学的妈妈都当奶奶了！我是没那么好福气了……"
"要不从现在开始我管你叫奶奶？" （推荐者：晓　白）

驾校『社死』现场

◆ 同车学员忘记踩刹车，教练伸出头对着前面的几个人大喊："杀手来了，快闪开啊！"

◆ 我每次去驾校，教练都热情地跟我打招呼："哟，我们的赛车手来了！"

◆ "教练，喇叭在哪？""在我嘴上，嘟嘟嘟嘟……"

◆ 路边过来一个人，学员没减速反而一脚油门，那个人吓回去了。教练说："你这也是个办法，吓死他。"

◆ 我的教练经常鼓励我，对我说"加油"。后来，他开始对我说"给油"的时候，我才意识到他之前说的"加油"，意思是让我踩油门。

◆ 同车女学员跟我吐槽教练，我感同身受，声情并茂地骂了教练一大通，后来得知女学员是教练的女儿。

（推荐者：猫哥哥）

（本栏插图：陆小弟）

□ 王国玖

立字为据

村里的原支书老海因为经济问题被查了，新上任的村支书叫严刚，刚从部队退伍。上任第一天，他就被游家湾的一群人堵在了办公室，要求他年内修好路。游家湾有十几户人家，地处偏远，是村里唯一没通水泥路的居民点。

严刚给每人倒了一杯茶，微笑道："我们想到一块儿了，我上任第一件事，就是要修这条路。"

可游家湾的人不依不饶，领头人说："这种口头承诺，老海年年都向我们保证，结果呢？你如果真想把路修好，就立字为据。"

一旁的村主任老赵恼火了，说："你们也太过分了，严书记刚从部队回来，对村里的情况不太了解，

这条路是老大难，复杂得很，几届都没办下来，我们还是先商量商量再说。"老赵在村里工作了多年，经验丰富，镇里的领导私下交代过他：严刚年轻，不懂基层工作，一定要多关照他。

游家湾的人听了老赵的话，立即炸开了锅，冲着老赵你一句我一句地呛开了。严刚挥手止住大家："别闹了，我愿立下军令状！"说着，他拿出纸笔，当众写道："我严刚承诺半年内修好并硬化通往游家湾的村道，否则愿意辞去村党总支书记的职务。"

游家湾的人都不敢相信，继而纷纷伸出了大拇指。领头人拿过字据说："就冲这，我们相信严书记

一定能说到做到。好，我们回去。”

等游家湾的人走了，老赵担忧地说："你真有把握吗？"

严刚忧心忡忡地说："哪来的把握？我立下这军令状，就是逼自己。对了，赵主任，你跟我说说，这条路究竟难在哪儿？"

于是，老赵从头说了起来：通往游家湾的这条路将近两公里，修好的话最少得要五十万元，因为居民点不足二十户，达不到政府立项的要求，只能自筹资金。可村里根本拿不出钱来，只有找人捐助。以前为村里公益事业捐过款的那些乡贤与成功人士，听说是给游家湾修

路，都不肯出钱，说游家湾的大老板游勇都不出一分钱，凭什么要他们出？也是，从游家湾走出去的游勇是深圳的民营企业家，身家过亿，在全国各地做过不少公益慈善活动，唯独家门口的这条路，他硬是不肯出一分钱，想不通为什么。

说完这些，老赵接着又出主意："现在啊，找谁都解决不了问题，就看严三能不能帮你了。他和你从小就是好朋友，如今是建筑公司的大老板，说不定他会看在你俩的私交上，助你一臂之力。"

严刚是个雷厉风行的人，当即就拨打严三的电话。老赵一把拦住他："哪有你这样求人办事的？"

严刚不解："那要怎样？"

老赵说："你是装糊涂还是笑我俗？如今当村支书挺难的，想办成事，吃饭、洗脚、送礼，一样都不能马虎，否则你别向人开口。"

"我不会这一套。"严刚说完，拨通了严三的电话，直奔主题，"三哥，我想把游家湾的那条路修好，你能不能……"

没等严刚问出口，严三就打断了他的话："你不绕

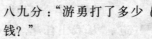

弯子，我也直来直去，这样吧，游勇出多少，我出多少，可以吧？"

话说到这份上，严刚还能说什么呢？他苦笑着说了一句"好吧"，然后挂断了电话，对一旁的老赵说："他这球踢得挺漂亮的。"

老赵说："都是这么踢的，都看着游勇。老海找过他无数次，可游勇油盐不进，一个子儿也不给。"

严刚想了想，说："我再找他试试看。"

"你怎么找他？打电话，发微信，上深圳登门拜访？"

"我打算给他写一封信。"

"要是一封信能解决问题，还能拖到今天？老海为找他，想尽了一切办法，花过不少冤枉钱，至今还是村里的一笔糊涂账。"

"不管怎样，我得试试，我今晚回家就给他写一封信。"

老赵只能暗自好笑，从此不再过问这件事。没想到半个月后，镇政府传来消息：游勇捐了四十万，用于修建通往游家湾的路。

老赵忙问严刚："你是怎么说动游勇的？你这封信不简单啊！"

严刚神秘地笑道："这可不能随便说。走，陪我去找严三。"

严三住在县城里，见严刚和老赵满脸喜色地找上门来，就猜中了八九分："游勇打了多少钱？"

老赵说："四十万。"

严三狐疑道："奇怪，之前他一分钱也不给，现在突然拿出四十万，这里面必定有蹊跷。"

老赵说："我也奇怪，但钱确实到账了，现在的钱都不走村里，直接打到镇财政所，不会错的。"

严三说："这个我知道。好吧，说话算数，我也出四十万。"

严刚忙说："不用了，有了游勇的四十万，你只需要出人工和技术就行了，你不是有建筑队吗？"

一旁的老赵急得直跺脚："这、这行吗？"

"不行我负责！"严三对严刚笑道，"其实你们当初不来找我，我也打算到时出这一把力的。"

回村的路上，老赵数落严刚："到手的钱都不要，你傻不傻？"

严刚说："能把路修好就行了，我多要钱干吗？"

"要钱的地方多着呢！再说，村里有规定，凡是争取资金的，按到位资金的百分之二十给予奖励。你想想，这八十万你能拿多少？"

严刚一惊："村里一直都这样？"

"对啊，这是公开的秘密。"

严刚一字一顿地说道："从我上任起，这一规定彻底废除！"

"好吧，你废除，以后除你外，看谁还肯帮村里争取资金！"

严刚斩钉截铁地说："这样的资金我宁愿不要！"

一个月后，通往游家湾的水泥路铺好了。镇政府出面组织了一个类似于剪彩仪式的小型庆典，一是感谢为家乡出资出力的两位企业家；二是借此扩大游家湾的影响力，因为游家湾的后面是水库和山地。有成片的茶园与果树，利用好了，是一处难得的生态休闲农庄。

剪彩仪式那天，游勇和严三都来了。轮到游勇讲话时，台下有人大声问："游总，你一直不肯给游家湾捐钱，这次为什么捐了？"

游勇先卖了个关子："游家湾是我永远的故乡，我很惭愧，之前确实一直没答应捐钱。至于为什么这次变了，我待会儿回答你，先听我说个故事吧。"台下悄无声息，游勇说："我当过几年兵，有个战友是西北人，我俩的关系特别好。退伍后我们经常联系，后来他当上了村支书。有一年，他来深圳找我，说村里的学校成了危房，要重建，问我能不能出点钱。我说先去看看吧，结果看到的情景比我想象的要糟，当时我就给这个村捐了一百万。后来，学校修好了，我战友却进了班房。他的爱人告诉我，是潜规则害了他。我很痛心，从此发誓，绝不与潜规则为伍！后来每次捐款前，我都要弄清这一点，否则一分也不捐。以前老海来找我，我就私下打听过，知道了一些村里的'秘密'，所以拒绝了。"

接下来，游勇从口袋里掏出一封信，举过头顶，说："两个月前，我收到一封挂号信，是新上任的村支书严刚寄来的。他在信中告诉我，打算修好游家湾的路，正在四处凑钱，希望我能出借四十万，还说愿意用他在县城的房子做抵押，并立下了字据。等以后游家湾的旅游业发展起来盈利了，再把这钱还给我。"说着，游勇就从信中抽出一张纸，向台下展示道："这就是他立给我的字据。如果我没看错，他是一位好干部。我愿意支持他的工作，愿意为游家湾修路捐资四十万，今后也愿意为游家湾的开发尽微薄之力。"说完，游勇当众撕碎了那张借据。

立时，台下掌声雷动……

（发稿编辑：曹晴雯）

（题图、插图：豆薇）

老王的花园

□ 方冠晴

这些年时兴到乡下养老，老王57岁，按规定从局长位子退下来，挂了闲职。该考虑养老了，他便也到乡下买了一座独栋别墅。

别墅门前有个大院子，四周围着铁栅栏。一道由花岗石铺成的小径，弯弯曲曲，由院门通往别墅大门。院内其他地方都是泥土地面，种满花花草草；迎春、牡丹、黄菊、红梅……一年四季都有花开。

老王爱花，买下别墅后，每个周末都来住两天，看着花园里花开得热闹，他就高兴。高兴没几天，他遇到一件闹心的事，旁边村庄的一个老农，不知发什么疯，到他院子外挖土。"咚咚""噗噗"，动静很大，吵得他午觉都睡不好。

老王到院子里来看，隔着栅栏，看到院外挖出的土快堆成小山，紧挨着他的院墙脚，已经挖出个一人多深的洞来。老王不高兴了："你怎么能挨着我的院墙挖洞呢？"老农斜睨他一眼，话都懒得答，继续挖自己的。这让老王生气，这样挖下去会破坏院墙脚的，他便冲出院子，要夺人家的锄头。那老农犟得很，就是不退让，两个人拉扯起来。

村子的村民小组长在不远处干活，望见了，跑过来劝架，问明情况，埋怨老农："颜伯，你不地道。

不就是你想买这别墅给女儿女婿住，结果被王局长先买去了吗？你出不起价，怎么能将气出到人家王局长头上，来挖人家墙脚呢？"

老王这才知道，颜伯原来也想买这别墅，价没谈妥。不用说，人家心里不舒坦，故意来搞破坏。

颜伯自语道："不让挖就不挖了呗。"说着，他拎着锄头从洞里跳了上来。锄刃上有个东西，打火机那么大，在阳光下金光灿灿。颜伯一把将那东西抓起来，塞进口袋。组长要看，他不让，匆匆地将挖出的泥土填进洞里，走了。

颜伯的转变这么快，这让组长有些起疑，挠着头一直望着颜伯的背影发呆。

第二天晚上，村里唱戏，颜伯是戏班子的班主。老王吃了晚饭也去凑热闹，但草台班子的戏没啥看头，他看了一会儿，没兴趣，就回去了。走到院子旁，又听到"噗噗噗"的挖土声。借着路灯光，看到颜伯光着膀子，又在他院墙外挖土，在被填的洞旁边，新挖了个洞。

老王气坏了，这颜伯没完了？他知道与这种人争吵没用，还是去找村民小组长吧。组长和好些看戏的乡亲们听说了，都不平起来："颜伯太不像话了，这边唱着戏稳住大家，那边趁没人偷偷搞破坏去了。他这样，谁还敢来我们村买别墅？"

一群五六个人一起来找颜伯。果然，颜伯还在那儿挖得起劲，一个一米见方的大洞紧挨着院墙脚。大家七嘴八舌指责颜伯，颜伯似乎自知理亏，不吭声，像白天一样，又将自己挖的洞给填了，抱起放在地上的衣服，光着膀子就走。

大家发现，颜伯抱着的衣服里，似乎包着什么东西，鼓囊囊、沉甸甸。组长问："你衣服里包着什么？"颜伯明显慌张起来，一边说没东西一边想走。组长上前将他怀里的衣服扯了一下，就听"砰"的一声，一只小瓦罐从衣服里掉出来，落到地上，摔碎了。瓦罐里装的东西滚落一地，在灯光下闪着银光。

银元宝！大家只在电视剧里和戏台上见过，一个个像饺子那么大，船形，银光熠熠，在地面上滚动。

人们都惊呆了，站在那儿看着。颜伯像怕人们抢似的，扑在地上，张开双臂护着，叫起来："这本来就是我颜家的东西，你们不能拿！"他匆匆将地上的元宝都捡起来，兜在衣服里，抱着离开了。

人们都站在原地发愣，组长醒过神来，自言自语："敢情颜伯在这里挖洞不是搞破坏，而是知道地底下有值钱的东西。他昨天还挖出一根金条呢！"

"什么？难怪他要买这别墅，还找借口说是给女儿女婿住。他女儿在城里工作，一年能回来几天？他是早就知道这别墅底下有东西！"人们炸了锅。

人群里有位大爷知道的事多，说："颜伯祖上有钱，他太爷爷算得上富甲一方。当年日本兵打过来，要他家出一百担谷子，他太爷爷不给，日本人就杀了他的太爷爷太奶奶，一把火烧了他家，他家才败落了。很有可能，他祖上当年在这儿埋了些东西。"

人们一时间议论纷纷，有人提议，将颜伯填了的洞再挖开，看个究竟。大家真的动手将填进去的松软泥土都扒出来，洞底下没发现什么东西，不过大家看出来了，洞底拐向了院子，也许是因为人们赶过来了，颜伯才没继续向前挖。

这一夜闹到很晚，第二天，老王去城里上班。五天后他回来，吓了一跳，院外堆满了新土堆，像一座座小山，不用说，颜伯又来挖洞了。而老王的院子，半个花园的花草都打蔫了，显然是缺水造成的。他记得自己离开时给花草浇过水，怎么现在蔫成这样？

老王是爱花人，赶紧去拉水管来给花草浇水。还没走近栅栏，就觉脚下一松，"噗"的一声，整个人陷进地下去。他吓得扒拉着地面想爬出来，但一扒拉，周边的泥土也陷落下来，半个花园，全塌了。

看着满目狼藉，再看看院外一个个堆成小山似的土堆，老王明白是怎么回事了。颜伯一定是将洞挖进了院子底下，他的花园底下被掏空了。

心爱的花园就这样毁了，老王再也忍不住，怒气冲冲地去找颜伯。颜伯正在家里擦拭那些银元宝，老王见了面就说："你为了挖这些元宝，毁了我的花园，你得照价赔偿！"

颜伯斜睨他一眼，不吱声。

"我跟你说话呢，你毁了我花园！"老王提高了音量。

颜伯晃晃手里的银元宝，反问："你哪只眼睛看到是我毁了你的花园？是乡亲们见我在你院子旁挖出了金条、元宝，大家眼红，也一窝蜂地去挖，是他们挖进了你院子底下。你要赔偿，喏，这元宝给你。"

颜伯扔过一只银元宝来，老王接住，怎么那么轻？他在手上掂了掂，认了出来："这是假的？"

颜伯冷笑一声："当然是假的。金条和元宝，都是我戏班子的道具。你不会以为，你的别墅底下真的埋了值钱的东西吧？"

"你——"老王发了半天愣，慢慢回过味来，"这么说，都是你搞的鬼！你故意让人们以为我的别墅底下埋了值钱的东西，引人们去挖，就是为了毁我的花园？"老王气得都结巴了，"你、你为什么要这样害人，我要报警！"

颜伯冷笑起来："爱报警就报呗。我只是在你院子外挖了几个洞罢了，能犯啥法？"

老王说："你是在引导人们瞎猜，以为我院子底下埋了值钱的东西，引导人们去挖我的院子！"

颜伯冷冷地盯着老王，问："引导人们瞎猜也犯法？那你当年为什么没被抓起来呢？"

"我？"老王愣住了。

"对呀，就是你！你当年是怎么对付我女儿颜娟的？我现在只不过还给你罢了。"

一听"颜娟"这名字，老王像受了惊吓，半天说不出话。

八年前，有个叫颜娟的新人到他们局上班，女孩长得非常漂亮。老王这人不但爱花，更爱花一样的女子。颜娟的出现，让他心里像揣了一只兔子，总找机会揩油占便宜。哪知道颜娟反应很激烈，有一次竟当众指责他。这让他没面子，也就有了怨气：你装什么圣洁，你越是装圣洁，我越是要让你清白不起来。所以，老王雇了一个和自己年纪相仿的男人，每天早上去颜娟的单人宿舍门口。一旦来了人，那人就一边假装穿外套一边往外走。久而久之，就有流言传出，说颜娟找了个年纪很大的"干爹"，说她根本不像外表看上去那么清纯。颜娟百口

你安生？

不是去我女儿门口穿衣服不犯法吗？那我到你院子外挖土就能犯法？你当年怎么做的，我都还给你，警察当年抓不了你，难道就抓得了我？你等着慢慢消受吧。"

莫辩，老王趁机来劝她："既然人们都以为你喜欢找干爹，何不跟了我？我一定不会亏待你。"颜娟最终没答应，而是选择了辞职。

颜伯怒瞪着老王，说："你当年就是这样败坏我女儿名声的。我女儿去报警，警察说，你找人去她门口穿衣服，这事不犯法，流言也不是你散布的，没法让你担责。我女儿就这样生生患了抑郁症。幸好后来她遇到了现在的丈夫，总算是把她从泥潭里拉出来了。"

老王不自在起来，人家说的是真的。他也没料到，冤家路窄，他买座别墅养老，竟让他碰到颜娟的父亲了。

颜伯越说越气，咬牙切齿道："你差点毁了我女儿，老天有眼，现在让我遇上你了，我怎么能让

老王最终没敢报警，报了警，扯出旧账就不好看了。他怏怏地回去了，这地方他也不能再住了，他请了人来修理花园，打算等花园修好后，将别墅卖掉。

但不知是谁，将老王找颜伯的过程偷偷录了视频，发到网上去了。网上很快掀起了轩然大波，好几个女性在评论区留言："我当年就是这样失身的。""我也吃过亏，告他吧，又没证据。"

什么事只要在网上闹出了动静，就不好收场。半个月后，老王的花园还没修补好，纪委的人上门来，将他带走了。

（发稿编辑：陶云韬）

（题图、插图：张恩卫）

不毛之地

□ 姚国庆

马兰英在戏校学唱花旦，毕业后，她以优异的成绩被省剧团录用了。她正沉浸在兴奋中，这时，村里有人突然来学校找她："快回去看看吧，你爹疯了。"

"疯了？"马兰英大吃一惊，忙跟着来人回了村。

回到家见了爹，马兰英才松了一口气，村民说爹疯了，其实是夸张。爹没有疯，思维还正常，只能说他的行为有些疯狂。他卖了家里的牛羊，专心致志搞"研究"。在村后坡，他用钢管和钢板，搭建了五米多高的挡风墙，要在这挡风墙下种树。

爹带马兰英去看自己的成果：墙下泛起一片绿。他说："你毕业了，我再也没后顾之忧了。瞧瞧，这棵树都齐我胸啦，咱乡啥时候有过这么高的树？开天辟地第一棵！"

看着满头白发的父亲，马兰英心疼不已。

马兰英的家乡在西北，这里条件恶劣：风沙大、烈日毒，冬天格外寒冷，几乎可以称为不毛之地。马兰英的爹是村主任，别人都想方设法离开这里，他却立下志向，一定要把这不毛之地弄得像模像样，让年轻人都回来。这些年，他学习别的戈壁滩上的种树经验，可风沙太大，树苗长不过膝盖，就被吹得东倒西歪。村里人都灰了心，不愿意跟着他"折腾"了，没想到爹竟然开始自己花钱"折腾"。

马兰英告诉爹，自己马上要跟着剧团去美国演出，可能要去几个月。爹听了，许久没有说话。

马兰英走的那天，爹一路送她，还把大衣脱下来，裹住她单薄的身体，阻挡风沙。到了一段最艰难的路，突然一阵更大的风沙袭来，爹站立不稳，朝山沟滚去。"爹！"马兰英大喊。爹的头撞上了一块尖锐的石头，鲜血直流。

马兰英嘴嚼野草，敷在爹的伤口上，嘴里不免埋怨这恶劣的天气。她说："爹，你快去卫生院包扎吧，别送我了。"

爹却死盯着她，让她很不自在。爹说："兰英啊，你这一出去，就不会回来啦……"马兰英说："不会。"爹苦笑了两声，说："你刚才抱怨这里风沙大、毒太阳厉害，唉，那不都是真心思吗？"马兰英的脸红了，爹又说："你再好好瞧瞧这片土地，养育了咱们祖祖辈辈呢。"

说了这话，爹就走了，走得那样突然。可是走到二十米开外，他又回过头来，大声说："兰英，这里的风沙、毒太阳，我还是那句话，都是宝！你瞧着吧，我会让你看到的。"

马兰英叹了口气，唉，爹就是这么固执！

马兰英来到美国，本以为演出结束就会回国，不料人生就此发生转折。她认识了当地的剧团经理，美籍华人查理。查理讲一口流利汉语，长得也一表人才。他看了一场马兰英的演出，就迷恋上了她。在接下来的合作中，马兰英也陷入了爱河。

他们打算结婚，查理带马兰英见了父母，他们唯一的要求是，马兰英在美国定居生活。马兰英的母亲早逝，她担忧爹没人照顾，就给爹打电话，讲了这里发生的事。爹沉默片刻，只说了一句话："爹祝你幸福！"

婚后第二年，马兰英生下了一个女儿，取名露西，她第一时间把好消息告诉了爹。马兰英想着，等露西大一点，就带孩子一起回老家看爹。没想到，露西两个月时突然喘不上气，送到医院才抢救过来。检查后，发现露西肺部发育不全。医生说，不必过于担心，随着年龄增长，露西是能康复的，但是，她待的环境必须严格选择，尤其要避免在大雾、沙尘等天气外出。

马兰英带孩子回老家的希望落空了。直到露西六岁，身体条件稍好一些了，马兰英和查理才带她回中国见姥爷。

可惜天公不作美，一家三口刚到老家县城，十年一遇的沙尘暴突然降临，他们只能待在宾馆里。就在这天，从村里传来噩耗：马兰英的爹去世了。

马兰英不敢相信这一切，爹还没有见过自己的外孙女呀！她悲痛欲绝，查理说："你赶紧回去看看，我陪露西待在这里。"

赶到村里，马兰英问清了爹的死因，原来仍是因为这恶劣天气。沙尘暴突然降临，外面飞沙走石，爹不放心那几棵刚长出来的小树苗，于是冒险出门，途经一片坡地，坡上的大石被风吹得滚落下来……

沙尘暴稍弱一点，马兰英就请村民帮忙埋葬了爹，就葬在爹种的那棵最高的树下。马兰英想起，爹曾指着这棵树说齐他胸了，泪水不由得滚滚而下。几年过去了，这

里许多树都扎根了，这是爹的心血呀！

马兰英决心等天气好一点，让露西来爹的坟上拜一拜。没想到，另一场悲剧竟上演了。

等着风沙减退的日子，马兰英每天都要去爹的坟头坐一会儿。不料这天，爹多年前建的挡风墙，在大风的肆虐下突然就倒了。笨重的钢铁构件一股脑儿地砸下来，马兰英眼前一黑，就什么都不知道了。

不知过了多久，马兰英醒了，她见到查理坐在床前，呀，查理的头发怎么都白了？过了好一会儿，她才明白，二十载光阴已经过去。这二十年，她竟一直昏迷着。

马兰英立刻想起了露西，露西已经长大了吧，她还好吗？查理笑眯眯地拿来一本相册，里面有露西从小到大的照片。他告诉马兰英，女儿上了著名的斯坦福大学，学的是计算机专业。马兰英看着相册中的女儿，从记忆中的小不点儿长成了戴学士帽的大姑娘，不禁喜极而泣。她紧接着问："露西在哪里？我想见见她。"

查理说："你暂时见不到她，因为她和我们隔了几万公里，她在地球的另一端。"

马兰英问："地球的另一端？

那是哪里？"

查理说："你的老家啊！"

"我老家？"马兰英吃了一惊，"她去那里做什么？"

"工作呀！"

"工作？她去我老家工作？"马兰英简直要跳起来。

查理说："她工作的地方，是一家大公司的云处理中心，据说那里每秒钟要处理几百万条信息。"

这些新名词，马兰英听不懂，也想不明白，她问："大公司去我老家设……中心？他们就不怕风沙，也不怕毒太阳？哎呀，等等，露西的肺！她怎么能适应那种环境？"

查理笑起来："她的肺早长好了，况且，你的家乡也不是原来那个样子啦！现在，它是世界上最有活力的地方之一，你知道有多少互联网企业把云处理中心放在那里！"

"为什么？"马兰英真是不明白。

"你知道这二十年里中国人做出了多了不起的成就？世界第二大经济体呢！这些就不多说了，就以你的家乡为例，你家乡的人民筑起防护林，挡住了沙子。没了沙子，那里有明朗的蓝天、干净的空气。

风和太阳都被利用起来发电了，那都是取之不尽的能源啊！廉价的电费能为云处理中心节省不少成本，那里气候寒冷，又能解决散热问题。许多计算机工程师都向往去那里工作，瞧，咱们的露西不也被吸引着去了嘛。"

听着听着，马兰英想起了爹，这不就是爹一直在追求的东西？她仿佛又听到爹当年说的："这里的风沙、毒太阳，我还是那句话，都是宝！你瞧着吧，我会让你看到的。"

查理说："爹的努力不容忽视，防护林正是从他的那片小林子开始的。"

马兰英轻唤一声："爹，你听到了吗？"她流出了两行热泪。

（发稿编辑：吕 佳）

（题图、插图：陶 健）

意外导航

□卢仁江

王小丽准备去龙门市玩几天，顺便看望大学同学兼好友李鸣。李鸣是龙门市人，大学毕业后就回到老家专心备考公务员。他开着自家的车来接王小丽，满脸喜色地说："跟你说个好消息，公考我顺利进面试啦！不过面试时间突然提前到明天了。所以你明天开我的车去龙门峡逛逛，等我面试完了再好好陪你玩几天！"

王小丽当然替老同学高兴了，说："那我先恭喜老同学了，不过车还是你自己开吧，别把面试耽误了。"李鸣笑着说："听我的，我在市区，打车很方便。龙门峡这一路上可不好叫车，你开车我打车最合适不过了。"

王小丽拗不过李鸣，只好接过了车钥匙。次日一早，王小丽便驾车赶往龙门峡景区。龙门峡离市区120公里，又没有直达的公交线路，要是没车，还真是不太方便。

根据导航仪提示，王小丽驾车开出了10公里，她突然想到一个问题：龙门峡在城市的西边还是东边？正在王小丽生疑的当儿，导航说话了："前方200米往左，是五里桥。"王小丽一听，把心放了下来：李鸣曾告诉过她，途中会经过五里桥，看来路线没错。于是，王小丽加大油门开过了五里桥，这时导航说："往右500米过小桥。"王小丽这才发现自己的车已经驶出了城区，来到了郊外。

王小丽心想：果然是郊区了，

路上连个人影都看不到了，还好有导航，不然还真不知道怎么走。导航也及时提醒："前方300米，进入小路。"王小丽按照指引把车拐上了一条小路，心想，难道景区快到了？可是，这里来往的车辆并不多。

王小丽瞥了一眼里程表，已经跑了80公里。原来才跑了三分之二的路，要赶到景区还早着呢，怪不得没什么人。她又开了约莫10公里，车子一路开进了深山密林之中。

王小丽心中"咯噔"一下：不太对劲啊，按理说这时候快到龙门峡了，怎么会这么荒凉呢？她调大了导航的音量，只听音箱里传来提示："往前800米，翻过小山坡。"王小丽恍然大悟：景区肯定在山后！她一踩油门，快速向山坡冲去。

不一会儿，汽车翻过了小山坡，然而，眼前的景况却让王小丽心惊肉跳：这儿怪石嶙峋，荒无人烟，最关键的是，前面已经没有路了！再往左右一看，一座座坟茔掩藏在草丛中，几只乌鸦在头顶盘绕，发出一声声怪叫。王小丽一阵恐惧，连忙掏出手机打李鸣的电话，然而，手机提示:用户不在服务区。看来，这儿连通信服务都不具备，肯定不是景区方向。

王小丽的心怦怦直跳，这里的路很窄，掉头原路返回都很困难。她一着急，竟呜呜地哭了起来。哭了一阵子，她突然一个激灵：不能在这儿傻等，得想法子回去！于是，王小丽给车子挂了倒车挡，看着倒车影像一点点往后倒退。

车子在小路上退着，而那个该死的导航还在一直重复着指令："往前300米，翻过小山坡……翻过小山坡……翻过小山坡……"

王小丽狠狠地啐了一口："破导航胡说八道！"然后一把关掉了导航。这时，她发现车子退到了宽一些的路上，终于可以掉头了。

掉转车头后，王小丽像逃离死亡之地一样，飞也似的开车离开了这里。当看到一个叫飞鸟屯的路牌时，终于有了手机信号。王小丽连忙给李鸣打电话，可李鸣的电话关机了。王小丽看了看时间，这才想起李鸣应该正在面试呢。

王小丽灵机一动，打电话给市民热线问路："您好，我现在人在飞鸟屯，想回龙门市区，要怎么走？"

电话那头传来人工智能冷冰冰的声音："您所在的位置是龙门

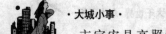

市宝安县高照镇飞鸟屯……"

还好，这次的人工智能很靠谱，王小丽遵照指示，一路开着车，终于渐渐回到了热闹的市区。

王小丽回到酒店已是中午，李鸣面试结束过来找她："龙门峡好玩吗？"

王小丽惊魂未定："别提了，你车上的导航把我带到了深山老林里，差点没把我吓死！"

李鸣很诧异："不会吧，车上的导航没问题啊，我昨天刚去4S店里更新过地图呢！"

王小丽回答："那鬼地方连信号都没有，我只能原路返回，到了飞鸟屯才有了手机信号。"

李鸣惊讶极了："飞鸟屯？你完全走反了方向！"王小丽也很纳闷："我也想着是不是走错了，可你不是说会路过五里桥吗？我是经过五里桥了呀！"

"龙门市东、西方向都有五里桥，西边的五里桥是老地名，东边的五里桥是这几年新建的，所以我们本地人说到五里桥都是指西五里桥，说新建的那个才会说'东五里桥'。地图上是有一个不分东西的漏洞，所以你被绕糊涂了。"说到这，李鸣突然满脸疑惑，"不对啊，我

去更新地图的时候，店员特意跟我说新地图已经补上这个漏洞了啊！不行，我得回4S店检查一下。"

还是王小丽多了个心眼，她问李鸣："你有没有靠谱的朋友是做维修导航的？"李鸣愣了一下，说："倒是有一个……哦！我懂你的意思了！"

李鸣来到朋友开的一家销售、维修导航仪的商店，让朋友检查他的导航仪。朋友检查了一下系统之后说："导航程序没啥问题啊！是最新的版本。"

李鸣不信："不可能，最新的系统不可能还没修正五里桥不分东西的漏洞啊！"

朋友一听，便打开导航程序的后台数据库，仔细检查之后，瞪大了双眼："老天啊！这个程序确实是最新版本，但是有人在后台修改了数据！这么说吧，在现在这个系统里，去任何地方，它导航的路线都是去老坟地！"

李鸣听了这话，一阵后怕。还好今天是打车去的面试地点，要是像往常那样开车跟导航走，那面试不是要迟到了吗？这摆明了有人要害他啊！可是谁会害他呢？

王小丽这时反而很冷静，她帮李鸣分析道："有什么人知道你昨

天会去更新导航系统呢？"

李鸣说："接到面试通知后，我们几个进面试的就拉了一个群，那面试地点大家都没去过，我就说了一句我得去 4S 店更新导航系统。我的车是品牌车，龙门市只有一家专营的 4S 店。群里一个叫周林的还问了我家车的品牌和型号。"

说到这里，李鸣眼睛一亮："肯定是周林搞的鬼！今早在面试地点看到他的时候，他的表情特别奇怪。上厕所的时候我还听到他在隔间里打电话，说什么'他怎么准时来了'……"

李鸣和王小丽连忙一起开车去了 4S 店要说法，4S 店的店员却连呼冤枉："大哥，我害你干吗啊！我真的给你更新了最新的导航系统，不信你们看监控！"

看了监控，终于破了案。在店员把导航仪放在仪器上更新系统的时候，一个鬼鬼祟祟的背包的人一直在附近晃悠。后来，趁店员走开去接待别人的时候，这个人迅速从包里掏出一台笔记本电脑，连上导航仪开始操作。前后不过十分钟，他就收好电脑，从后门溜走了。

店员看得目瞪口呆，而李鸣已经认出了这个人，他就是面试群里的周林。李鸣是笔试第一名，周林是第三名，而他们竞争的职位只录取两个人。

王小丽说要报警，李鸣说算了。他带着老同学好好玩了几天，王小丽离开龙门市不久，公考的面试成绩出来了，李鸣仍然是总成绩第一名，而周林没有被录取。

李鸣给周林打了个电话："我全都知道了，但我没有报警，因为一旦有了案底，对你的人生影响太大了。你真的很聪明，但聪明要用在正道上，你说对吗？"

电话那头，周林哽咽着，半晌都没有说出一句话。

（发稿编辑：孟文玉）

（题图、插图：豆 薇）

本文与近期热映的电影《八角笼中》，取材自同一则真实的新闻。当自媒体遇上未成年搏击手，选择流量还是良心？这个故事的结局引人深思。

铁笼里的搏击手

□朱 槿

少年拳手

多年来，"城市酒吧"吸引顾客的秘诀之一，便是酒吧的特色项目：真人搏击。酒吧中央空地有一座大铁笼，栏杆如小儿臂粗。每晚，有两个健壮的拳手进入铁笼，如狮虎般在笼内进行格斗，让人看得热血沸腾，连心脏也会跟着一起颤抖。

老丁是干自媒体的，住在城市酒吧附近。自从他来看过两次真人搏击后，就对这种氛围入了迷。

酒吧每晚七点开门，老丁常常傍晚就来占座。一天，他又早早地进了酒吧，看见有两名身材矮小的拳手正在铁笼里练习。老丁很快发现不对劲儿：这两个拳手面容稚嫩，完全不像成年人。

老丁习惯性地拿出手机，偷偷拍下了两个小拳手练拳的画面。然而，这晚直到酒吧关门，也没见到两个少年出场。凭职业嗅觉，老丁认为，这里面有能发掘的新闻！

老丁一直在酒吧附近转悠。中午，从酒吧后门跑出来两个少年，他们一路追逐打闹，到了老丁面前。老丁熟络地上前搭话："小拳手，我看过你们练习，真棒！"

两个少年腼腆地笑了，没等老丁开口，便嘻嘻哈哈地"逃走"了。

老丁明白，这两个小拳手有些"社恐"，要取得他们的信任，得慢慢来。

接下去几天，老丁每天都到酒吧后门和两个少年"偶遇"。这天，他主动向两个少年求助："能不能帮叔叔一个忙？我买了一个柜子，能帮我从楼下搬进屋子吗？叔叔家就在附近，走几分钟就到了。"

两个少年想了想，跟着老丁去搬柜子了。搬完柜子，老丁顺水推舟，说："走，请你们吃饭去。"

一听到"吃饭"，两个少年愣住了，眼神中有些惶恐，都不敢开口答应老丁的邀请。

老丁连忙解释："放心，叔叔真不是坏人，你们想吃什么，尽管说。"

两个少年对望了一眼，其中一个眼珠一转，说："叔叔，我们也不想吃其他的，就吃个炒饭吧！"

老丁乐了："想吃什么炒饭？"

一个少年说："只要是饭，什么饭都行。"

不一会儿，三个人坐在了小饭馆里。等两碗热腾腾的炒饭端上来，两个少年馋得口水都要流下来了。

老丁贴心地给他们叫了两罐可乐，两个少年的眼里都放出了光芒。

老丁偷偷地按下摄影的按钮，把两个少年馋涎欲滴、狼吞虎咽的样子全部录了进去。

有了一顿炒饭的交情，两个少年的话多了起来。老丁凭着自己做自媒体的口才，很快就把他们的老底摸清楚了。两个少年，一个叫阿山，一个叫阿水，是生活在山区的一对堂兄弟。两个人都才十二岁，经过远亲介绍，来到城市酒吧，拜酒吧老板邵师傅为师，学习拳击。邵师傅年轻时拿过两届省拳击冠军，退役后开了这间酒吧，还有一家小的安保公司，在当地颇有名气。

一夜爆红

第一个素材顺利搜集到后，老丁继续去城市酒吧偷拍。每天傍晚，是阿山和阿水固定的训练时间。通过一段时间的偷拍，老丁发现了一个恐怖的现象：邵师傅在拳台上非常严厉，比如有一天，阿山有个出拳姿势不正确，邵师傅一声暴喝，阿山吓得眼泪直流，立刻被罚做了五十个俯卧撑。阿水为小兄弟求了一声情，也被罚做了二十个引体向上。拳台下，邵师傅也非常残暴，练完拳，他手持一根粗粗的棍子，将两个少年领到旁边小屋，不一会儿，屋里传来了少年们的哭喊声。

隔着门，老丁没拍到具体画面，但少年被领进屋后的哭叫声，少年出门后胳膊和腿上大片大片的瘀青，已经让真相昭然若揭。

老丁总是提早进入酒吧，时间越来越早，渐渐地，这引起了邵师傅的警觉。

这天是星期一，下午三点半，老丁刚进酒吧，被邵师傅拦了下来。

老丁偷偷打开了微型录像设备。邵师傅客气地阻拦说："你来得也太早了，咱们还没营业。"

老丁赔笑说："你们生意好，只好提前来占座儿。"他往里面探探头，故意问："咦，那两个小孩呢？"

邵师傅没有防备，随口说："出去玩了。"老丁重重地"哦"了一声，意味深长地重复道："不上学，出去玩了。"

接下去的几天，老丁想故技重施，可城市酒吧干脆把大门锁了，不到营业时间，不让人进了。

在老丁的认知里，一个视频能不能火，往往三分靠天意，七分靠剪辑。眼见无法继续探访，老丁立刻将已有的素材精心编辑。不久，一个主题为"铁笼少年"的视频冲上了热搜。视频里，两个少年挥汗如雨，在铁笼里搏斗，他们风卷残云地扒着米饭，还配有真实录音："想家吗？""想。""想吃米饭吗？""想，来了就没吃过饱饭。""为什么不吃？""师父不让。"

之后，观众又看到两个少年在暴躁的师父手下受着各种惩罚，从小房间里传出少年们的哭叫声。结尾是：周一下午三点半，少年们不在学校，而是"出去玩了"。

视频层层递进，拍出了两个少年困兽般的处境。老丁一夜爆红，粉丝和热度随之而来。

善良的观众被打动了。雪片一样的指责飞向了邵师傅，也引起了相关部门的高度重视。城市酒吧被停业整顿；邵师傅因疑似虐待青少年，被带走调查。

派出所里，邵师傅非常激动，要求和老丁当面对质。老丁知道，这是多好的视频素材啊，马上带着录像设备去了。老丁偷偷打开摄像机，强装镇定道："凭良心说，我哪点做得不对？"

邵师傅一时没有说话。

老丁继续说："我的视频材料是完全真实的，我没有说谎。"

邵师傅气愤地说："你是没说谎，可那不是事实！"

老丁辩驳："哪句不是事实？"

邵师傅摇摇头，说："他们辍学不假，可他们生活的地方，别说上大学，五六年都没有孩子能考上高中了！当时，这两个孩子的亲戚把他们带出山，问能不能跟我学拳击，以后能有一技之长。长大了，他们可以打比赛，也可以做安保，总比以后去流水线打螺丝好吧？孩子的文化课，我也在想办法。"

老丁听了，心里顿时有些愧疚，但仍然嘴硬："你就没图个啥？难道不是把他们当成未来的摇钱树？而且你不给他们吃米饭，是他们亲口说的。馋成那样，还能作假？"

邵师傅气极反笑："为了增长肌肉和力量，运动员都是吃蛋白质更多，能大米白面敞开了吃？当然，我不是圣人，成年后他们如果打比赛，奖金我会抽一半。"

老丁有些心虚，继续说："那你拿棍子殴打他们，总是事实。"

邵师傅生气地说："那根棍子是剧烈运动后专门放松肌肉用的，是专业工具！不懂就不要乱说！"

老丁终于明白，自己把事实全搞错了。他讪讪地离开了派出所，安慰自己：不管怎样，自己的名气、流量，一夜之间暴涨，观众又怎么会知道其中的真相呢？再说，网络热点转瞬即逝，大家很快就会遗忘这些年轻的搏击手。

告别视频

几天后，老家派了一辆面包车，特意来接阿山和阿水回乡。

得知这一消息，老丁决定，要再蹭一次热点。

到了城市酒吧门口，两个少年已经站在那里。邵师傅看到拿着机器的老丁，无奈地说："你还要拍？"没等老丁开口，邵师傅摇摇头，转身默默地走进了酒吧。

老丁抓紧时间，采访两个少年："你们还有什么舍不得的吗？"

阿山的泪水夺眶而出，哽咽着说："舍不得师父。"

老丁又抛出一个尖锐的问题："如果只能选择一条路，你们想回去读书，还是去练拳？"

经过片刻犹豫，阿山和阿水同时答道："练拳，我们喜欢练拳！"

阿山哭了起来："我们不该贪吃那碗炒饭……"

阿水也哭着说："丁老师，我们不想回去……"

老丁一时无语，不知道该说什

么好。

恰在这时，老家来接兄弟俩的面包车到了。乡长和村主任从车上跳了下来。乡长一开口就埋怨："两个小祖宗唉，你们咋整个大新闻？听说把大领导都惊动了，说光打拳不上学，咱省怎么还有没落实九年义务教育的地方？俺挨了不少骂！"他指着村主任说："两个孩子交给你了，要是再不上学跑了，看俺不收拾死你！"

阿山和阿水对望了一眼，放声哭了起来。邵师傅听见哭声，也从酒吧里又走了出来。他狠狠地剜了一眼老丁的摄像头，接着，拿出两个袋子，里面是两套训练服和两副拳套，是他给两个少年当纪念品的。

邵师傅难过地说："是师父没本事！师父也想让你们上学，但你们户口没在这。师父在想办法让你们插班，马上就有眉目了，唉……"

不过短短一个月，邵师傅的两鬓斑白了。阿水抽泣着说："师父，我们还能自学打拳吗？"

邵师傅不想骗他们，勉强笑了笑："当个爱好吧，以后好好读书！"

为怕横生枝节，乡长向村主任使了个眼色。村主任连忙催促两个少年，让他们上了面包车……

这晚，老丁连夜剪辑这条视频，忙活了一个通宵。眼看上传成功，老丁这才松了一口气，睡了过去。

等老丁醒来，他发现这次的视频评论和之前截然不同——

"也许再等等，两个孩子就能在城里上学了。""为啥不让他们继续学？邵师傅人挺好的。""为了流量，恶意引导观众。这种人还是别拍视频了，适可而止吧……"

看着一条条评论，老丁陷入了沉思。

（发稿编辑：陶云韬）

（题图、插图：佐　夫）

有一个笑话，说男人无论哪个年纪都很专一，因为他们始终喜欢年轻漂亮的女人，幻想自己有着年轻的情人。但也有男人不那么想……

八点钟，伦纳德准时来到了玛莎的公寓里。

伦纳德今年五十岁了，依然能够约会三十三岁、漂亮的玛莎，可见他是一个富有魅力的男人。

两人刚见面，伦纳德便给了玛莎一个深情的吻。

玛莎却皱了皱眉头，问道："你究竟是谁？"

玛莎的怀疑，源于两个月前报纸上的那张照片：四月十七日晚，伦纳德与爱丽丝在俱乐部里拍了照片，被记者刊登在报纸上。事情过去一个月，玛莎才通过一个偶然的机会看见那张照片。

随后玛莎向他提起这件事："伦纳德，四月十七号，你怎么会和爱丽丝去俱乐部？那天晚上你难道不是和我在一起

吗？"

"你有点醉了，亲爱的。你写日记吗？"

玛莎耸耸肩："我又不是小孩子，写什么日记啊！"

"你瞧，没有记录，你可能记错了。好了，玛莎，让咱们再来喝

调包情人

点酒吧。"

搪塞并没有解决问题。玛莎确定,四月十七号,伦纳德和自己在一起。可是,他怎么可能同时出现在两个地方呢?

突然,玛莎说:"吻我。"

伦纳德犹豫了一下,吻了她。

玛莎想,他的吻确实出现了微妙的化学差异,这不再是伦纳德的吻。玛莎决定,进行自己的冒险行动——

她打开酒瓶,给伦纳德倒了满满一杯:"麻烦你去厨房,拿几个放酒杯的杯垫,好吗?"

趁伦纳德走开,玛莎迅速将事先准备好的士的宁倒进他的酒杯。士的宁是一种含有剧毒的药水,只要喝上小小一口,就能要了对方的性命。

伦纳德取回杯垫,端起自己那杯酒。"干杯!"他说着,一饮而尽。"我的天,"他苦着脸说,"这酒太难喝了!你在哪儿买的?"

玛莎心惊胆战地说:"就随便挑的。"她在心里暗道:天啊,万一他真的是伦纳德,万一自己搞错了怎么办呀?

伦纳德说:"可别再买了。"说着,他打开了第二瓶酒。

一个小时过去了,第二瓶酒喝完了,伦纳德依然神采奕奕。最后,他终于察觉到一丝异样,说:"今晚你似乎很安静,玛莎,怎么了,你有心事?"

玛莎摇摇头,说道:"最近有传闻,花一万美元,就可以在某个黑市买到机器人偶。倘若厌倦了社交,可以派自己的机器复制品去参加酒会、赴宴、应酬。"

伦纳德笑了,说:"是吗?还有这种事?"

玛莎说:"刚才,我给你喝了一杯毒酒,可你一点反应都没有,所以你不是伦纳德,你一直在对我撒谎!这八周,或者更久,真正的伦纳德,根本不在这儿。"

伦纳德反问道:"那你倒是说,我在哪儿啊?"

"那我就直说了,你和爱丽丝在一起,对吗?"

"我心爱的玛莎,"伦纳德坐回到沙发上,轻笑道,"你听到的传闻是真的。我有很多应酬要对付,正如你所知,我妻子很黏人,要求我多花时间陪陪她。我想,要是我能做个自己的复制品该多好!于是我真的那么做了,并且找了爱丽丝做情人。厌倦之后,我又找了海伦。再次厌倦之后,我又去找安妮……玛莎,我现在有六个复制品。今晚,这些机械假人在镇上各个地方'嘀嗒嘀嗒'地运行，好让六个人幸福快乐。你知道真正的我在做什么吗？真正的我？"

玛莎听了这话，瞪着惊恐的眼睛，摇了摇头。

"我躺在家里的床上，读小说。享受阅读的同时，再喝一杯热巧克力牛奶，十点熄灯睡觉。这会儿，我已经睡了一个小时。明天早上起床，我将精神焕发……"

"住口！别再说了。"玛莎惊声尖叫。

伦纳德的复制品用诚恳的语气说："玛莎，去年，我花了一万五千美元买下这个复制品，每个细节都很完美，只是变数仍然存在，那就是人的唾液，这个瑕疵让你觉察到了吻的不同。真是令人遗憾的细节！但你得知道，我还是爱你的。"

玛莎不敢相信自己的猜测竟然是真的，她快疯了。

伦纳德的复制品瞪大眼睛，低语道："没办法啊，她们都太爱我了。你不会告诉她们的，对吗，亲爱的玛莎？答应我，你不会道破真相。我老了，我很累，我只想要安静、一本书、一些牛奶与很多睡眠。"

"所以，这一年，一整年，我都是一个人，对着恐怖的机器说话！爱着一个假人！"玛莎大喊一声，抓起茶几上的破冰锤，朝那个复制品挥了过去。

玛莎歇斯底里地砸烂了他的头，砸开他的胸口。手臂失灵了，柔软的脑袋里藏着的钢铁显露出来。线路突然爆炸，铜齿轮散落在房间各处，发出"叮当"的金属声。

复制品的嘴还在继续说话："我爱你……"

玛莎挥起锤子，毫不留情地砸烂了它。一颗颗牙齿从里面掉出来，玻璃眼珠滚到地毯上。

接着，玛莎在厨房找到一个纸箱，把齿轮、电线与金属零件装进去，封好箱子。十分钟后，她叫来了公寓楼下的仆童。

"请把这个包裹，递送给榆树道十七号的伦纳德先生。"玛莎给了男孩一些小费，"现在就去，今晚必须送到。如果他已经睡了，叫醒他，告诉他，这是玛莎送给他的惊喜包裹。"

（作者：雷·布拉德伯里；翻译：时　雨；推荐者：王世全）

（发稿编辑：陶云韫）

（题图：豆　薇）

飞跃

□ 刘国芳

他在街上见到不可置信的一幕：一个人，从街的一边跳到了街的另一边。是的，他没看错，他看到那个人助跑，起跳，飞跃，然后就飞到了街的另一边。

他很惊讶，那街虽然是条小街，但从街这边到街那边，应该有将近5米的距离吧，那人随便一跃，就跳了过去。这个人也太强了吧，他跟自己说。

随后，他在街上碰到一个熟人。他跟熟人说："我刚才看到一个人，起身一跃，就从街这边跳到了街那边。"

熟人说："不可能吧？"

他说："绝对是真的，我亲眼所见。"

熟人说："这么宽，怎么跳得过去？"

他说："是呀，我也在想，这么宽，怎么跳得过去呢？"

说着，他也跳起来，先后退几步，助跑，起跳，飞跃。但他只跳到了街中心，相当于跳到一半。他不相信自己只跳了这么一点，又重新跳了一次，可结果一样，还是只跳了一半。

熟人见了，摇摇头说："你这样子，怎么跳得过去？"

他说："我什么样子？"

熟人说："你看看你，胖乎乎的，明显缺乏锻炼。"

他有些不服，又跳了一次，可这次同样没跳过去，人倒是有些气

42

喘吁吁了。

熟人摇了摇头，走了。

熟人走后，他又试了一次，仍然只是跳到了街中心。跳过之后，他开始用鞋一步一步测量街这边到街那边的距离。他的鞋是 30 厘米，一共十五步多，不难算出从街这边到街那边的距离有 4.5 米以上。这就是说，那个人飞身一跃，跳了不止 4.5 米，而他只跳了 2.3 米。他没想到自己这么弱，对自己很不满。

后来好长一段时间，他都在纠结这件事。首先，他回家拿了一把卷尺，去量了一下那条街到底有多宽。得到的结果是，那条街的宽度为 4.75 米。测量完后，他又跳了一次。他用尺量了量，这次成绩好一点，有 2.7 米，不过他还是很不满意。

这之后，他心里始终没放下这事。他在外面走着，时不时地就会突然跳起，有时碰到不宽的沟壑，也会跳过去。

一天，他去一个学校，看到有沙坑，便在那儿跳起来。他跳了好久，以至于后来很长时间，他的两条腿都痛。等腿不痛了，他又开始跳，时不时地便纵身一跃。那个有沙坑的学校，他后来经常去，然后一次一次地跳着。

一晃几年过去了。这天他又去了那学校，还是一次一次地往沙坑里跳。

有个孩子一直在边上看他，后来还问："你是体育老师吗？"

他说："不是。"

孩子说："我觉得你是体育老师。"

他说："为什么啊？"

孩子说："你跳得好远。"

"真的吗？"他有点高兴，然后认真目测了一下自己跳出的距离，真比以前跳得远很多。

这天，他忽然走到那条街上。一到这儿，他就跃跃欲试，想跳过去。他后退几步，助跑，起跳，飞跃，他竟然跳过去了！他像以前那人一样，从街这边跳到了街那边。

街边有不少人看见了他跳。有个人说："刚才看到一个人，起身一跃就从街那边跳到了街这边。"

另一个说："不可能吧？"

那人说："真的，我亲眼所见。"

又一个人说："这么宽，怎么跳得过去？"

那人说："可人家就跳过去了呀！"

他听到人家在说自己，笑了。

（发稿编辑：曹晴雯）

（题图：陶　健）

神医出错

□ 李 捷

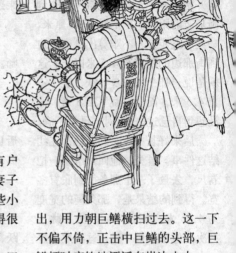

大山镇郊外有条河，河畔有户人家，户主名叫郑杰，妻子王氏。闲时，郑杰常去镇上做些小买卖补贴家用，夫妻俩日子过得很和美。

这天，郑杰去镇上卖完货，回家时已是明月高挂。他挑着空担子沿着河畔急匆匆地往家赶，走着走着，就听河中发出"哗哗"的声响。他借着月光往水里看去，顿时吓了一跳：只见一条粗大无比的黄鳝正在追赶一条小鳝鱼。巨鳝追上了小鳝鱼，一口将它的尾部叼在嘴里。小鳝鱼猛力一挣，竟然将尾巴挣断，同时跃到岸上，跌落在郑杰脚旁。那巨鳝也随之将头昂出水面，一双血红的小眼睛凶狠地瞪着郑杰。郑杰顾不得多想，将扁担从挑子中抽出，用力朝巨鳝横扫过去。这一下不偏不倚，正击中巨鳝的头部，巨鳝顿时瘫软地漂浮在岸边水中。

郑杰用扁担将断尾的小鳝鱼挑入水里，说："算你命大，去吧。"

断尾小鳝鱼在水中盘旋几圈，似在向郑杰表示谢意，然后才向远处游去。郑杰见那巨鳝仍浮在水面，寻思着可以拿到集市上卖个好价钱，便蹲下身子，将巨鳝拉上岸。这才发现，这家伙足有五尺长，比自己的小臂还粗。

王氏见丈夫带回这么大一条黄鳝，又惊又喜，赶紧端来一个大脚盆，放上水，将巨鳝放进盆里。

第二天一大早，夫妻俩将大脚盆连同巨鳝抬上板车。郑杰推着板车来到集市，不大工夫，便聚了不少围观者，都对如此巨大的鳝鱼啧啧称奇。

这时，镇上达仁堂诊所的学徒李志挤到脚盆前，蹲下身对着那巨鳝又戳又捏，然后说道："不错，身形这么大，皮却不粗糙，肉也紧实。我师父宋大夫最爱吃鳝鱼，不如你杀了，我称五斤鳝鱼肉吧。"

众人也附和道："对，对，我们也要一两斤，尝尝这味道和普通黄鳝有啥区别。"

郑杰点点头，问旁边的鱼贩借来工具，将巨鳝敲晕，然后迅速地杀了鳝鱼，剁块零卖。众人见这鳝鱼肉新鲜细嫩，纷纷踊跃购买，片刻工夫，就只剩下一个硕大的鱼头。

郑杰将鱼头放进空脚盆，推着板车回家。回到家中，他将卖得的钱交给王氏，炫耀道："怎样，值不少钱吧？还剩下个鱼头，做红烧鱼头吃吃。"

王氏笑道："没听说过吃鳝鱼头的。"

郑杰说："这鳝鱼头足有两斤多，肉不少呢，多放青椒，你爱吃辣。"

王氏放好钱，去院子里拔了两棵大葱，摘一把青椒，连同鱼头拿进厨房。不大工夫，一粗瓷碗喷香的葱烧鳝鱼头便端上了桌。郑杰馋涎欲滴，夹了一筷肉放到嘴里，鲜美嫩滑。他赶紧招呼王氏："快来吃，太美味了。"

王氏笑笑："你吃吧，我把这点纱纺完就来。"

郑杰知道妻子这是心疼自己，见鱼头上没有多少肉，让给自己吃。他就用筷子将鱼肉刮下，放到小碗里，给王氏留着，自己则啃那鱼头，吮吸头骨内的脑髓。正吃得津津有味，突然发现脑髓中有一异物，黄豆大小，乳白如酪，郑杰夹起放进嘴里，入口即化，味美至极。他想再找一粒也让妻子尝尝，却没了。正遗憾呢，就听屋外有人高呼："郑大哥，鱼头可不能吃啊！"

郑杰一看，来的是李志。李志跑得气喘吁吁，满面通红，他看到桌上的鱼头，一把拉住郑杰，问："这鱼头你吃了吗？"

郑杰说："吃了啊，怎么？"

李志跺脚道："我师父听说你把鱼头拿回家了，要我赶紧来对你说，那巨鳝叫望月鳝，肉质细嫩，味道鲜美，但脑髓奇毒无比，人吃后一天内必亡。"

李志的师父宋大夫是有名的神

医，郑杰一听这话，顿时吓得目瞪口呆，王氏更是"啊"的一声，哭了出来。李志见状，立刻明白郑杰已经吃了脑髓，忙说："快，用中指抠喉咙，吐出来。"

郑杰马上照办，吐出一大摊黄水。三人都觉得奇怪，怎么刚进肚的鱼肉都成了黄水？见郑杰再也吐不出了，李志拉着他说："走，到诊所让我师父看看。"

三人很快到诊所。宋大夫正站在门口，见郑杰来了，忙让他坐到医案旁，替他把起脉来。把完脉，宋大夫双眉紧皱，把王氏叫到里屋，说道："这望月鳝喜食腐肉，毒素积聚在头内，成年累月，化为一块黄豆大小的软骨，质地柔嫩，入口便化，人吃了必死无疑。从脉象上看，你丈夫恐怕熬不过今晚五更，你还是回去料理后事吧。"

王氏听了，犹如五雷轰顶："宋大夫，他不是已经吐出来了吗？"

宋大夫摇摇头："这毒物下肚便已散布全身。等会儿他会感觉浑身发热，持续几个时辰后，体温会突然恢复正常，同时感到饥饿无比，再过一个时辰，便会……"

王氏愣怔良久，才强忍心中酸楚，走出里屋，拉着郑杰往回走。郑杰见王氏满脸悲伤，心中已明了，故意装作不在乎地说："放心吧，我身体这么壮，再说毒物已经吐出来了，没事的。等等，我去井边打点水喝，咋这么热呢？"

王氏听他这么说，忍不住泪珠直淌。喝完水，两人默默地往家赶。到了河边，郑杰又说道："热死了，我去喝点水。"说罢，他便蹲在岸边，伸手从河里捧水喝。正喝呢，就听身后王氏一声惊呼，扭头一看，只见河中有一条断尾小鳝鱼，正奋力游向自己。它身后紧跟着一只漆黑的老乌龟，头伸得老长，嘴大张着，眼看就要咬住小鳝鱼。

郑杰奇怪道："咋又是你？"他踏入水中，一把将老龟的脖子掐住，提上岸，回头对断尾小鳝鱼挥挥手："快走吧，小心些，下次我可救不了你了。"

那断尾小鳝鱼竟好似能听懂人话，返身飞快地游走了。

回到家中，郑杰把老龟扔到木桶中，又脱光衣服，到院里冲了个冷水澡，然后躺在床上休息。

转眼到了三更，郑杰已经烧得满嘴胡话，王氏在旁一刻不停地用井水浸泡的毛巾替他擦身。突然，郑杰睁开眼，目光炯炯地看着王氏。他摸摸自己脑袋，将敷在头上的毛巾拿掉，说："老婆，我好了，一点不发热了。"

王氏赶紧摸摸他，果然，刚才还滚烫的皮肤没那么热了。王氏想起宋大夫的话，不由得泪流满面。郑杰笑道："你咋了？我好了你还哭啥，快给我做点吃的，好饿。"

王氏心想，不是有只老龟吗？那就赶紧给他炖上，吃了好……她边哭边将老龟收拾干净，炖在砂锅里，不大工夫便冒出阵阵香气。郑杰下床舀了一碗汤，刚喝一口，便皱眉道："怎么有些酸苦？"王氏奇怪，也尝了一口，却并无酸苦的感觉。

奈何没有其他吃的，郑杰只得将那碗汤"咕咚咕咚"喝下，然后夹起几块龟肉，也不管是否熟透，放进嘴里直嚼，边嚼还边说："这老龟不知活了多少年，肉太老了。"

吃饱喝足，郑杰便上床睡去。王氏哭哭啼啼地忙碌着，将一套新衣放在他枕边。这时，就听远处镇上梆敲五更，王氏见郑杰在床上一动不动，疑心他已经去了，近前一看，却见他鼻翼扇动，就推了他一把。郑杰一咕噜坐起："咋了？咦，新衣服？喔，你以为……"

王氏惊喜交加，忙把宋大夫说的话告诉了郑杰。郑杰听完，撇撇嘴，说："这老夫子，人人都说他是神医，这不照样误诊吗？看我不去拆他的台。"

王氏已是喜不自禁，忙说："算了算了，人家也是一片好心，你没事就好。"

不大工夫，天光大亮，郑杰收拾货担要出门。王氏让他休息一天，郑杰说道："我就是要到诊所门口去走几趟，让他昨天吓唬咱俩。"说罢，他挑起货担就走。

到了诊所，宋大夫一见郑杰，立即睁大双眼，起身上前，将手搭在他脉上，又看看郑杰气色，点点头说道："郑老弟，好造化啊，昨晚是不是吃了一只乌龟？"

郑杰惊呆了，宋大夫咋知道自己吃了龟肉？宋大夫继续说道："那可不是普通的龟，它有一个名号，叫灼地龟，专能克那望月鳝的毒。这龟百年难遇，喜食幼鳝，老弟能遇到，真是幸运啊！"

听宋大夫这么一说，郑杰才明白：原来是那条断尾小鳝鱼救了自己啊！

（发稿编辑：吕　佳）
（题图：佐　夫）

本刊转载部分文章的稿酬已按法律规定交由中国文字著作权协会转付，敬请作者与该协会联系领取。电话：010-65978917，传真：010-65978926，E-mail：wenzhuxie@126.com。

不仅仅是插图

尼尔森是丹麦的一位插图画家。一次，朋友来找尼尔森，他正在画一幅给小学生看的插图，就让朋友等一会儿。

朋友等了半天，焦急地问："你画了多少啊？"

尼尔森说："我只画了一个小人，还不是太满意。"

朋友惊讶地问："这么长时间，只画了一个小人？"

尼尔森回答："是啊，给孩子看的插图最不好画。"说着，他指着插图上的一个小蘑菇，"你看，画这个蘑菇时，一定要把颜色和形状都画对，不能画成毒蘑菇，不然的话，万一有孩子按照图上画的去采蘑菇，后果不堪设想。"

尼尔森又指着画上的小人，说："你再看这个小人。作画时，要注意小人的动作幅度不能太大，也不能太小。太大的话，孩子学这个动作时就容易受伤；而动作幅度太小，又会让他们学起来很拘谨。"

最后，尼尔森补充道："给孩子画的插图，各种细节都必须严谨。比如画国旗，一定要按比例缩小，绝对不可以随便。好的插图能培养孩子的爱国情怀……"

教育无小事，那不仅仅是插图，还是一块阵地，我们能做的是守住它，而不是随意破坏。

(作者：任万杰；推荐者：田宇轩)

不起眼的失误

明崇祯六年冬，明军集结三万余人至山西、河南接壤地区围攻农民军。农民军首领高迎祥想趁夜色偷袭渑池。渑池守备袁大全手下有五千人，他得到情报后，想给高迎祥打个伏击。

袁大全让手下分三个地点埋伏，设下包围圈。地点选好后，有手下问："大人，如果敌人来了，我们晚上如何相互通知？"

袁大全说："这还不简单，模仿动物叫，比如猫头鹰、青蛙。"就这样，袁大全趁夜色，人不照明，马不挂铃，早早地在来渑池必经的山坡上埋伏下来。

后半夜，几个斥候爬过来，对袁大全说："大人，贼人要来了。"袁大全兴奋地对手下说："发出信号，进入战斗状态。"

传信号的人就根据事先安排的，开始学猫头鹰和青蛙的叫声。

这叫声高迎祥也听到了，他的手下说："有动物叫，说明没埋伏，要不动物早跑了。"

高迎祥想了想，却命令手下立刻停止前进，就地准备战斗。袁大全等了半天，也没等到农民军进入包围圈，只能出击。最后双方打了个平手。

事后，手下问高迎祥怎么知道有埋伏。高迎祥说："现在是冬天，怎么会有青蛙叫呢？"

这样一个看似不起眼的失误，却葬送了袁大全最好的机会。天下难事，必作于易；天下大事，必作于细。

（作者：任万杰；推荐者：离萧天）

一家名叫"绅士西服"的店在东京银座开张，开张时声明："全场第十五天打一折"。

很多人纷纷跑去看，发现详细的活动规则是这样的：所有商品在开张第一天打九折，第二天打八折，第三天和第四天打七折……以此类推，直到第十五天打一折。

如果想以最便宜的价钱买到衣服，那么在第十五天去买就行了。问题是，自己想买的衣服不一定能留到最后一天，因为店里所有款式或尺码，每种只有二十套。

活动推出后，第一天和第二天来的客人不多，从第三天开始，客人多了起来。第五天第六天，顾客像潮水般涌到店里开始抢购，所有人都担心自己想要的衣服被抢光。

就这样，"绅士西服"虽然写明了"第十五天打一折"，但到了打六折的时候，店里的商品就已经被抢购一空了。于是，老板重新上货，开启新一轮的"第十五天打一折"活动。

很快，"绅士西服"通过这一活动而名声大噪，在短短半年内就令东京80%的职业男性穿上了他们的西装，自己也赚了个盆满钵满。

成功的营销背后，是对顾客心理的深入了解。

（作者：李克军；推荐者：一米阳光）

（本栏插图：佐 夫）

第十五天打一折

学写作文，从读故事开始

山居奇遇

□王二喵

书生楚恒生性洒脱不羁，整日游山玩水。一日行至黎山，急雨袭来，楚恒匆忙中跑进一处山洞躲避，却发现里面似乎有人。仔细一瞧，原来是个正在打坐的道士，衣衫褴褛，一动不动。

楚恒吓了一跳，伸手探探道士的鼻息，仍有微弱的呼吸，应该是被冻僵了。楚恒连忙生起火堆，又从行李中取了一件袍子替道士披上。

道士醒来后，楚恒打算继续赶路，道士说："公子仁厚，贫道无可报答，就送几句忠告吧。其一，山中多有岔路，走左不走右；其二，尽快下山，不可在山中留宿；其三，无论发生什么，不要和陌生女子攀谈。"楚恒点头称是，两人就此告别。

楚恒一路下山，果然走到岔路，左边是羊肠小道，右边是平坦大道。他本想听从道士的忠告走左不走右，但转念一想，小道泥泞难行，不知多久才能下山，还是走大路稳妥些，于是向右而行。

走了约莫一个时辰，天色越来越暗，楚恒加快脚步，可直到天黑也没下得了山。山中荒凉，偶尔有野兽的吼声传来，他正不知如何是好，忽见前面隐隐现出灯光，竟是一户人家。此时楚恒又冷又饿，哪里还顾得上不在山中留宿的忠告，立刻上前拍门。

这家人是一对父女，姓白，在山中打猎为生。楚恒央求白父留他借宿一晚，白父便将他安排在柴房，又命女儿玉茶准备饭食。

楚恒在柴房安顿好，一会儿有人敲门，是玉茶前来送饭。玉茶约莫十七八岁年纪，生得眉清目秀、唇红齿白。她放下饭菜，又拿来被褥铺床。楚恒见她貌美，言语之间不免有些轻薄，玉茶十分气恼，拂袖而去。

玉茶走后，楚恒很后悔，觉得自己太过轻狂，思来想去，决心去向玉茶道歉。白父房门紧闭，显然已睡熟，玉茶的房门虚掩，隐隐透出灯光。楚恒正要敲门，忽听里面传来轻轻的说话声。他从门缝中一看，屋里竟有两个人，一个是玉茶，另一个则是白衣少年。他们手挽手坐着，耳鬓厮磨，举止亲密。

楚恒恍然大悟：难怪玉茶对自己不理不睬，原来早有意中人。一念至此，他故意咳嗽了两声，两人被这声音吓了一跳。少年发觉有人偷看，竟吓得跳窗逃走了，只剩玉茶独自坐在原地。

楚恒闷闷不乐地回到柴房睡下。还没等睡着，忽然传来轻轻的敲门声，楚恒料定是玉茶，可打开门一看，门外是一个陌生的白衣少女，生得杏眼桃腮，姿色竟不在玉茶之下。少女见了楚恒便盈盈拜倒，说："深夜打扰，实在迫不得已，请公子不要怪罪。"

楚恒将少女让进房里，少女说："我叫阿杏，家在后山。我哥哥七郎与玉茶小姐相好，但她父亲嫌弃我家贫寒，他俩只好私下相会。今日与公子相遇也算有缘，阿杏想求公子一件事。玉茶小姐的父亲并非冥顽不化之人，只要有人好好劝说，想必他会同意女儿与我哥哥的婚事，不知公子可愿从中说合吗？"

促成姻缘本就是行善积德的好事，再加上阿杏温言软语，楚恒难以拒绝，便答应下来。阿杏满脸喜色："如此甚好，请公子随我到舍下与家兄商量一二。"

当时已近三更，月淡星疏，楚恒深一脚浅一脚地走在山间小道上，好在身边有阿杏陪着，倒也不怎么害怕。

不多时，二人便来到一幢宅子前，楚恒细细观察，见阿杏的家虽非大富大贵，也算得上是殷实门户。阿杏将楚恒带到屋里，奉上清茶和点心，随即出去找哥哥七郎。

楚恒等了片刻，阿杏返身回来，皱着眉说："哥哥不知为何还未回来，想是还陪着玉茶小姐。公子若不嫌弃，不如留宿此处，等明天哥哥回来再商议提亲之事。"楚恒此时已十分困倦，便应允下来。

阿杏将楚恒带到自己的卧房，亲自为他铺床叠被。房中挂着重重纱幔，暗香浮动，阿杏本就生得俏丽，在烛光下看去更是美得不可方物。楚恒只觉得心旌荡漾，情不自禁去握她的手，阿杏红着脸也不推拒，任楚恒将她抱在怀里……

直到第二天正午，楚恒才悠悠醒转。睁眼一看，那座宅子连同阿杏都不见了，他躺在高崖上的一棵杏树下，手脚虚软无力，身上覆满了花瓣。回忆起昨夜之事，处处透着蹊跷，楚恒想起坊间流传的精怪传说，才明白遇到了妖怪，吓得起身就跑。

一路跑回白家的小屋，见了白父，楚恒惊魂未定地将昨夜之事说了出来。白父满脸惊惧，马上起身去了玉茶居住的耳房，顿时责骂声与哭泣声传了出来。

片刻，白父出来垂泪道："小女年幼不懂事，我早就说后山那个公子不像好人，她偏不听！看来果然是妖怪了。现下小女和公子都被妖怪缠上了，这可如何是好？"

楚恒也又惊又怕，突然，他想起那个道士对自己的忠告，就对白父说："我曾在山里遇到一位高人，也许他有法子能解决此事。"说罢，他便出门寻找。

楚恒终于找到了那个山洞，里面却空空如也。他不由得长叹一声："只怪我不听道长的忠告……"话音未落，山洞中响起道士的声音："早知今日，何必当初？"

楚恒又惊又喜，忙跪下哀求："我一时糊涂，如今已得了教训。只求仙人发发慈悲，救我和白家小姐一命。"

道士叹了一声，说："也罢，我再帮你一次。你进来，将里面的东西拿去吧。"

楚恒走进山洞深处，见石壁上贴着三道符，道士说："那妖怪是山中杏树成精，将此符贴在树上，便可坏它修行。若要除根，则要掘出树根烧毁。你被它吸了精气，元神有损，此事过后务必闭门休养三年，否则后患无穷。"

楚恒千恩万谢，揭下灵符转身离去，凭着记忆一路找到那棵杏树所在的高崖。只见满树杏花盛开，似雪如霜，但楚恒不为所动，掏出灵符就向树上贴去。

第一道灵符贴上，树身便剧烈地颤抖起来；第二道灵符贴上，雪白的花瓣飘落如雨。正要贴第三道灵符,阿杏突然现身,跪地哀求:"我与公子一夜恩情,难道公子竟如此狠心,要置我于死地吗?"

楚恒怒道:"你这妖怪害我在先,现在反来怪我?"

阿杏哭着说:"我不得已借了公子一口精气,最多损三年阳寿,不会害公子性命的。"

楚恒更加生气,说:"损人阳寿还说无妨?"此时白父也已经赶到,手中带着铁斧锄头,厉声喝道:"管你什么山精树怪,我老汉今天要掘断你们的树根!"

此时,楚恒贴上了第三道灵符,阿杏像失了魂魄似的,伏在地上不动了。

就在白父和楚恒准备掘出树根的时候,玉茶慌慌张张跑了过来,见阿杏瘫倒在地,立刻扑上去抱起她大哭。阿杏自玉茶怀中抬起头来,楚恒发现她的样貌居然变了,那不是昨晚玉茶房中的少年吗?

阿杏喃喃道:"我的确不是人,是一棵修炼百年的杏树,阿杏、七郎都是我变化的分身,但我道行不够,还不能脱胎成人。我与玉茶两心相许,奈何人妖殊途……为了早日得道脱胎成人,我才吸了公子的精气……"

玉茶流着泪说:"都怪我不好,只想你早日成人,好与你成亲,谁知竟害了你……"

阿杏低声说:"是我痴心妄想,才害人害己,落得今日下场。如今能死在你的怀中,我心愿已了……"

阿杏功力受损,难以支撑人形,说完便化为青烟回到杏树内。

玉茶抱着杏树哭得肝肠寸断,央求楚恒:"他的功力已破,连人形也不能幻化了。只求公子手下留情,留下这棵杏树吧!"

事已至此,楚恒并非铁石心肠,便不再坚持掘树。白父也在一旁垂泪,不住地哀叹他那痴心的女儿。

回家之后,楚恒果然大病一场,半年多才稍稍康复。他遵从道士的嘱托,在家里静心休养。

三年过后,楚恒心里始终放不下白氏父女,便收拾行装重上黎山。他找到白氏父女的小屋,却见屋子荒废已久,两人都不见了。再寻到那棵杏树,却见杏树旁有一座小屋,屋顶烟囱里正冒出袅袅炊烟。一个老翁坐在杏树旁乘凉,屋内走出一个女子,手捧食盒,来到杏树旁奉与老翁。楚恒认出,这正是白家父女,再抬头看那杏树,满树果实累累。

(发稿编辑:孟文玉)

(题图:张恩卫)

一钱不留

□ 徐嘉青

渠阳镇上有个叫马春勋的人，平日里就爱打野味卖钱。渠阳镇靠近黄河滩，滩里是一眼望不到边的草地，里面藏有不少野兔。马春勋自制了一把土猎枪，隔三差五就到滩里转转，回来时保准拎着好几只野兔，拿到集市上卖了，每次都能换回百八十块钱。

打野味挣钱容易，马春勋的胃口也就越来越大了，一开始是十天半月去一次，打上三五只野兔，后来他两三天就去打一回野味，一次能打十来只。

这天下午，马春勋跟老婆夏花正在翻院子里的菜地，猛然间他一抬头，看见后墙根那儿卧着一只野兔。他"嘿嘿"一乐，心里暗道："我原本说今儿个不打吧，它偏偏送上门儿了，不打白不打！"

为了保险起见，马春勋想让夏花搭把手，他指着后墙根对夏花说："你看到那只野兔了没？"

夏花顺着他手指的方向一看，摇了摇头说："哪儿有野兔？"

马春勋气恼地说："就在前面，恁大一只兔子，你是真看不见还是假看不见？"他索性不再理睬夏花，拎着铁锹、猫着腰出了菜地，蹑手蹑脚地向前走去。

那野兔一点也不警觉，马春勋距离它也就一把铁锹那么远了，它愣是没有发现，三瓣嘴依然一张一合地吃着青草。马春勋心里一阵窃喜，举起手中的铁锹，准备一下子把野兔拍在那儿。他这边铁锹刚往下落，那野兔竟然回过头，冲着他龇牙笑了笑，猛地往前一纵，让他一铁锹拍了个空。

马春勋向前一看，野兔停在不远处，他再次蹑手蹑脚走了过去，举起铁锹刚准备落下来，野兔又是一纵躲开了。

这下可把马春勋惹恼了，他扭身回屋，将土猎枪拎了出来，顺便将装霰弹的袋子也挂在了腰带上。他装好霰弹，站在院子中间，瞄准了那只野兔。他觉得凭自己的枪法，野兔肯定跑不了。谁知枪声响起后，烟雾散去，马春勋一看，那野兔竟在不远处好好的，还昂起头，眯缝着眼睛，冲着他笑！

马春勋又装好霰弹，这次野兔没有等他再开枪，就一蹦一跳地跑向了大门，马春勋拎着枪在后面紧紧追赶。野兔出了大门，顺着街道往前跑，他就在后面跟着。街上有人见状，觉得奇怪，好声好气地问他这是干啥。马春勋头也不回地说："打野兔！"问话的人纳闷道："大街上哪儿有野兔？"

马春勋没听清那人的话，他撵着野兔出了镇子，一路向滩地跑去。慢慢地，他进入滩地有好几里地了，那野兔终于停住不走了。

马春勋擦了把脸上的汗，一边端枪瞄准，一边恨恨地说："你接着跑啊，上天我赶到凌霄殿，下地我撵到鬼门关！"

马春勋瞄准好，就听"砰"的一声枪响，野兔当即翻身倒地。马春勋刚想去把野兔捡起来，突然，又有一只野兔从旁边的草丛里跑了出来。他心里暗喜，赶紧装好霰弹，"砰"一声响，这只野兔也倒在了地上。说也奇怪，刚打完这只，紧接着又跑出来一只野兔，他照样装弹瞄准打中。

就这样，马春勋每打倒一只野兔，草丛中就会又钻出一只来，直到他带来的霰弹全部打光，面前的野兔也堆起了老高。马春勋思忖着咋把这些野兔弄回家去。他四下打量，发现草丛里竟然有一只大号的蛇皮袋。真是想啥来啥！他将野兔一只只装进蛇皮袋，袋子被塞得满满登登。马春勋弯下腰，使出吃奶的劲，勉强将蛇皮袋扛了起来，慢慢地往家走。

这时候，天已经彻底黑了下来，滩里的风甚是猛烈，马春勋背着重物，不一会儿的工夫就出了一身汗，倒也不觉得冷。他越往前面走，越觉得蛇皮袋沉重，有心扔掉一些野兔，但一想到赶明儿能卖不少钱，就又咬牙硬撑着往前走。也不知道走了多长时间，他总算走出了滩地，能看到前面镇子里的灯光了。

正在这时，前面有车子的灯光，还有人在喊着马春勋的名字。他一听是夏花的声音，就连忙应声说："我在这儿呢！"

车子很快驶到了跟前，夏花领着几个人从车上跳了下来，她一看到马春勋，就埋汰说："不让你去，你偏要去，我在后面拉都拉不住！"

马春勋笑着说："我今儿个可发财了，打了一口袋的野兔。"

夏花几个人没接马春勋的话茬儿，七手八脚将蛇皮袋放到了车里，调转方向往家驶去。

一回到家，马春勋就病倒了，为啥？他在滩里出了一身重汗，又被冷风刮透，没被人接着时是靠一股气撑着，等见着人，这股气就散了，自然也就病倒了。

马春勋这一病可了不得，镇子上的小诊所看了根本就不见好，只得送到大医院，在大医院里住了一个多月才算好转。

出院回家后，马春勋还没忘记自个儿打的一蛇皮袋野兔，就问夏花野兔卖了多少钱。夏花一听，眼神里闪过一丝犹豫。马春勋不依不饶，她这才说道："卖啥钱呢！你扛回来的哪是野兔，那就是一口袋的泥块儿！"

马春勋哪里肯信，夏花说："现在袋子连泥块儿还在那儿放着呢，要不你自己去看！"

马春勋到了院子里一看，就在窗户下面放着一只向外翻着的蛇皮袋，里面满满登登装着泥块儿。

目睹这情景，马春勋脑袋"嗡"的一声，差一点就栽倒在地。他回到屋子里，冲着夏花说："你把住院单给我拿过来。"

夏花不明就里，去里屋拿来单子。马春勋从柜子里翻出个本子来，他将本子打开后看了半天，又看了看住院单上面的数儿，叹了口气，说："唉，以后不能再打野兔了。"

原来，本子上记的是马春勋这几年打野兔挣的钱。这个数字跟他住院花的钱可是分毫不差哩！

（发稿编辑：吕　佳）

（题图：佐　夫）

王不留行，是一种中药材，有活血化瘀的功效……

□亦农

王不留行

隋朝末年，天下大乱。秦王李世民率领唐军与杨广率领的隋军展开决战。战事陷入胶着状态已近半月，双方势均力敌，伤亡惨重。

这天，李世民正在大帐中眉头紧锁，一筹莫展：手下兵将伤者无数，士气低落，照此下去，谁输谁赢万难料定。这时，士兵来报，说一山野村夫求见，欲要献宝。李世民问，所献何宝。士兵答："他要见到王才肯说。"

"让他进来说话。"

随后，一个农夫挑着两捆干野草，被领着走进军营。他走过一座座布满尘灰的帐篷，看到将士们个个神情茫然，全身裹着浸血的纱布，惨不忍睹。

农夫名叫吴行，家就在太行山下，爷爷和父亲都是有名的中医。吴行从小跟着爷爷和父亲进山采药，山里的中草药他几乎闭着眼睛都能认。

说起来，吴行父亲的医术比爷爷更胜一筹，其声名远扬，一直传到了杨广的耳朵里。杨广以惜才用才的名义将他请入军中，可是不久他竟丢了性命。据说是因为杨广误服吴行父亲开的中药，差点儿没命，杨广一怒之下就杀了他。消息传来，吴行大惊，他不相信父亲会犯这样的错，一定是那杨广草菅人命！

吴行发誓要给父亲报仇，但一介山野村夫，手里只有一把割药草的镰刀。宫门深似海，杨广身居深宫，里外都有重兵把守，还有武林高手保驾，要近他身，难啊！爷爷便劝他："留得青山在，不怕没柴烧。只要你活着，总有机会。"

机会终于来了。秦王李世民和隋炀帝决战于此地，对峙数月，难分伯仲，均伤亡惨重。此时双方就像天平的两端，或许只需一根羽毛，落在哪边，哪边就能获胜。

吴行打算去帮秦王，爷爷不同意。在吴行决定去见秦王前夕，爷爷对他说："此番你去，一定能帮到他，但只怕也会因此丧命。"

吴行不解："怎么会丧命？杨广又不能进到秦军帐中来杀我！"

爷爷轻叹一声，没再言语。

此时，吴行被带到秦王面前。李世民上下打量他："你要献宝，宝从何来？"吴行指了指自己挑着的两捆干野草："这个便是。"

李世民笑了："若缺银两，我可以让你全家不饿肚子，但如果骗本王，可知道后果？"

"小人知道。此草非一般野草，是能治疗刀枪外伤的特效药材。"

李世民眉头一挑，半信半疑。

旁边的军师徐懋功道："行与不行，一试便知。"

吴行把野草的种子取出，研碎成粉末，撒在士兵流血不止的伤口上，余下茎叶煎浓汁温服，一个时辰过后，伤员就减轻了疼痛。秦王大喜，紧急传令让士兵悄悄到田野山间采来此草，如法炮制。几天后，秦营伤兵大都康复如初，李世民重整旗鼓，向杨广大营冲击。

一战而胜，再战而大胜。最终，杨广溃不成军，大败而逃。

吴行去见秦王，要告辞返乡。李世民这才问道："为什么要帮我？"吴行答道："您是天下共知的贤王，我们百姓拥护能带来太平日子的贤王。"

李世民早已派人调查过吴行的身份，他说："你的父亲是名医，杨广杀了他，你要替父报仇？"

吴行跪拜："替父报仇不假，替天下百姓实现心愿，也不假。"

李世民大笑，欲酬以重金，吴行说："我本乡野小民，能解决温饱足矣，太多银子于我无益。"

李世民又道："留在军中，高官得做，厚禄得享，如何？"

吴行道："山野小民，闲散惯了，实在无福消受。"

"我帐下女侍，个个貌若桃花，

你可选一个为妻。"

"小民已有妻室，不敢再有非分之想。王能放小民归乡里，便是最大奖赏。"

李世民紧执吴行双手，再三道谢，还忍不住掉了两滴眼泪，亲自送出。吴行出得秦王大营，长吁一口气：帮秦王打败杨广，也算替父报了血海深仇。吴行一身轻松地走在太行山下，穿过丛林，越过山涧，爬过山沟，跨过溪流……远远看到自己的村庄，七八座民房小院闲卧在半山坡上。

最前面的一户，矮墙柴扉，格外亲切。此时，爷爷正站在村口古槐下，手搭凉棚向这边张望，或许他已经看到自己了。

"爷爷，我回——"吴行朝爷爷挥手。

突然，吴行身体猛然一颤，嘴巴大张，再也无法吸进一口太行山清新自由的空气。

一瞬间，吴行感觉万物静止，猛地一头栽倒在地。他的后心插着一支长箭，箭头深深插进身体，只留箭尾在外面微微颤动。

吴行并不知道，在他前脚离开秦王军营之后，秦王帐内发生的一幕——

"杨广无道，民怨沸腾。山野草民也愿来相帮。本王爱民如子，苍天都会眷顾。"李世民沾沾自喜。

军师徐懋功面沉似水，微微拱手："王，你得杀一个人了。"

"谁？"

"那个年轻的农夫。"徐懋功甚至不愿说出吴行的名字。

"为什么？他帮了我呀！"

"秦王您因获得宝药而取得胜利，若敌人也获得这宝药呢？"

李世民连连摇头："杨广杀了他父亲，他们有不共戴天之仇，他不可能既帮了我，又跑去帮杨广。我也试探过他，他一不爱财，二不爱权，三不爱色，还有什么能收买他？"

徐懋功说："人心隔肚皮，谁能说得清？究竟是一个人性命重要，还是王的江山社稷重要？请王三思！"

李世民低头沉思片刻，重重叹口气："谁让我是王呢，我欲留吴行，奈何王不留吴行啊！"

太行山下，爷爷踉踉跄跄赶过来，看到吴行趴在草丛中，背上的箭伤处还在往外渗着鲜血，把他身边的草都染红了。爷爷抓起那把染血的草，竟然就是吴行拿去献给秦王李世民的药草。

村民们闻讯赶来，七手八脚地把吴行的尸体抬回他家院中，而那院子中央，早已摆着一口崭新的棺材……

后来，李世民登基。数年后，李世民全国巡游，行至太行山。时值盛夏，有一位老山民在山坡上采药。李世民唤他来，问他采的什么药。老山民答："此种草药，果皮尚未开裂时采割，晒干，打下种子，再晒干……有活血通经、下乳消肿、利尿通淋之功效。"

李世民问："此药草何名？"

老山民答："荒野杂草，无名儿。"

李世民若有所思，问道："你可听说过一个叫吴行的年轻人？"

"他是我的孙子。数年前山中采药，不幸身亡。"

李世民微微一愣，追问："吴行可有了嗣？"

"尚无妻室，更无子嗣。"

李世民又是一愣，缓缓说道："吴行曾助唐军打败杨广，功不可没。老人家有何诉求，尽管说来无妨。"

老山民闻言，涕泗纵横："吾乃土埋脖颈之人，别无所求。此草虽微，却可救人性命。皇上若能赐名，足矣！"

李世民沉吟片刻，道："是该留个名，就叫它——'王不留行'吧……"

（发稿编辑：丁娴瑶）

（题图、插图：张恩卫）

一只小虱子，三个小孩子，原本只是孩童游戏，终因"计较"而一发不可收拾……

一只虱子引发的惨案

□ 忍者文身

1.抢虱子

20世纪80年代的一个夏天，槐树村小学三年级的学生正在上早自习。有个叫田小宝的男同学忽然感到腋窝处一阵刺痒，他顺着背心领口往下一摸，原来是一只又肥又大的虱子，只见它肚子里已经吸饱了血，圆滚滚的。田小宝觉得好玩，就把它放到课桌上看它爬。

那年月，老百姓的日子过得都很紧巴，孩子们大多没啥玩具，所以同桌杜明见了也来了兴趣。他一把将那虱子捏在手里，欣喜地说："给我玩一会儿！"田小宝哪里肯

依，吵嚷着向杜明讨要。杜明偏不给他，两人便撕扯着争夺起来。

由于杜明坐的是靠窗位置，教室又年久失修，他在与田小宝的撕扯过程中，不小心碰掉了窗台上的一块砖。杜明穿着露脚趾的塑料凉鞋，那块砖正巧砸在他的大脚趾上，当时就把大脚趾肚儿砸破了，流了好多血。杜明"哇"地哭了，手里的虱子也不知丢到了哪里。

全班顿时乱了，有腿快的就飞跑着去办公室报告给了班主任。

班主任姓王，他到班里问明情况后，当即吩咐田小宝背着杜明去赤脚医生家里上药，其他同学继续

自习。

好在学校离赤脚医生家不远，田小宝很快就背着杜明到了。赤脚医生给杜明受伤的大脚趾消了毒、上了药，又用纱布包扎起来，最后还打了防破伤风的药针。他知道两个小孩没钱，就对杜明说："让你妈有空给我送三块六毛钱来。"

田小宝挽着一瘸一拐的杜明回到教室时，自习课已经下课了。他俩后排的课桌旁正围着一圈人，走近一看，原来是后排的同学赵彪正在逗桌子上的一只虱子玩。有同学见了田小宝，笑着说："你这虱子快成精了，还会翻跟斗呢！"田小宝一下将那虱子捏到手里，理直气壮地说："给我，我还没玩够呢！"

赵彪瞪眼抗议道："哪儿写着你的虱子？这是我从地上捡的！"

田小宝却没再理他，从书包里找出一只塑料瓶，将那只虱子放进去，拧上盖儿后递给杜明："给，谁也不给他们玩。"

杜明如获至宝，饶有兴致地把玩着塑料瓶子，看那只虱子在里面折来倒去。赵彪被晾在一边，气得转身走出教室。

上课铃响过以后，王老师夹着课本走上讲台，班长一声"起立"，全班同学齐刷刷地站起来。王老师抬眼扫视了一下，轻声指令："坐下。"同学们纷纷落座，不料田小宝突然"哎呀"一声，如同弹簧般弹了起来。王老师厉声呵斥道："田小宝，你发啥神经？"

田小宝一手摸着屁股，一手从板凳上捏起一颗蒺藜来，十分委屈地说："老师，有人在我板凳上放了这个……"

"谁放的？快说！"王老师这话是对着全班学生说的，目光却落在了田小宝身后的两个人——赵彪和他同桌身上。赵彪的同桌先害怕了，支支吾吾地说："老师，是……"说着，他看向了赵彪。

赵彪一看瞒不住了，赶紧站起身来解释："报告老师，是我刚才趁田小宝起立的时候放的。因为他从我这里把虱子抢走了，那虱子不是他的，也不是我的，是我……"

"啥乱七八糟的，你别再狡辩了！"王老师不耐烦地打断他，抬手往后一指说，"你扰乱课堂秩序就得受罚。去，到那里站着去！"

赵彪"吭哧"了几声，怏怏地走到教室的最后面去了。

王老师让赵彪靠墙站好，这才开始讲课。每当王老师背过身在黑板上写字时，同学们便都回头看赵彪的洋相。尤其是田小宝，冲着赵彪挤眉弄眼地幸灾乐祸。赵彪又羞又气，暗想：你小子给我等着！

2.画王八

中午放学后，杜明拎着装虮子的塑料瓶瘸脚走回家，杜明妈忙问怎么了，杜明便将事情经过讲述一遍，并说赤脚医生让交三块六毛钱的医药费。杜明妈一听就急了："交啥医药费！你这脚是跟田小宝抢虮子砸的，应该让他给你出！"

杜明将那只塑料瓶往前一举，说："他把虮子给我了。"

杜明妈"啪"的一掌就将那只瓶子打飞了，没好气地骂道："你个傻狗子，要这破玩意儿有啥用？三块六毛钱能买四斤半猪肉呢！"说着，她不顾杜明的哭叫，拽着他的胳膊就要去田小宝家讲理。这时，杜明爸从地里干活回来，问明缘由后，劝阻说："算了，都是孩子。再说是咱小明抢人家的虮子才把脚砸了，跟田小宝没啥关系。"

"咋没关系？他不跟小明抢的话，那砖头会掉下来？他起码也有一半的责任。"杜明妈翻着白眼反驳道，随后拉起杜明还要往外走。

"不许去！"杜明爸像座小山似的堵在屋门口，"乡里乡亲的，

为了这点小事，至于吗？"

"小事？咱家孩子受了伤流了血，还要自掏腰包付医药费，你一年到头挣几个三块六啊？少在我面前装大瓣蒜，闪开！"杜明妈说着，就不管不顾地往外闯。

杜明爸眼看拦不住，情急之下就抬手用力一推，杜明妈猝不及防，摔了个屁股蹲儿。她索性坐在地上哭开了："你个天杀的，竟敢动手打我了！自从嫁到你家，我是活没少干、心没少操，福却一天也没享过呀！你看看我身上的褂子，露了六个窟窿眼儿了还穿着呢，我这一天天的，都是为了谁啊……"

"你为这个家吃了多少苦、遭了多少罪，我心里有数，可咱们再穷也不能讹人啊！"杜明爸柔声安慰着，弯腰将媳妇抱到炕上，然后又嘱咐道，"我这就去把医药费还了，你可不许再去找老田家了。"

杜明爸走后，杜明妈虽然不再诉苦，但依然在掉眼泪。杜明在一旁看着，心里有说不出的难受。

第二天下午刚上学，王老师就快步走到赵彪面前，将一本打开的作业本拍到桌子上，气冲冲地问道："你画这个啥意思？"

赵彪低头一看，只见自己写的作业下面画着一只小王八，他急忙

辩解："老师，这不是我画的。"

"你的作业本，不是你画的，是谁画的？"

"老师，这真不是我画的。"

"让你撒谎！"王老师抓起作业本，照着赵彪的头顶拍了两下，吓得赵彪再也不敢吭声了。王老师却仍不解气，厉声喝道："把你家长叫来！叫不来你就别上学了！"

王老师怎么对这点小事有这么大的反应呢？原来，王老师家中弟兄八个，他排行老八，按照村里人的习惯叫法，分别叫他们弟兄为王大、王二、王三……一直到王八。王老师小时候，谁叫他王八他都答应得挺脆快，但当他懂得"王八"竟是"戴绿帽子"的代名词时，就再也不允许别人这样称呼他了。尤

其是当了教师以后，谁在他面前提"王八"这俩字，他就感觉眼睛里插了棒槌似的难受。

因此，赵彪妈被叫到学校后，刚开口说："王老师，我家赵彪说，他作业本上的王八不是……"王老师立马就恼羞成怒了："他那是在扯谎！就因为昨天上午他在同学的板凳上放蒺藜，被我罚站了一节课，他就对我怀恨在心了！"

赵彪妈咧嘴笑笑，还想解释，王老师却连她也教训起来："孩子撒谎，当家长的应该严加管教，而不是极力祖护！"赵彪妈一看势头不对，赶紧诺诺连声，又说了一大堆好话，王老师这才放她回去了。

赵彪蔫蔫地回到教室，一眼瞥见田小宝正在偷笑，他立时明白了八九分，从此便在心里对田小宝埋下了仇恨。

3.泼粪汤

转眼间，学校就放暑假了。这天午后，田小宝去村南的池塘里洗澡，可他刚走到村外，就撞见了刚洗澡回来的赵彪和他哥。只见他们哥俩嘀咕了几句，赵彪哥就气势汹汹地向田小宝走来。

赵彪哥已经上五年级了，长得十分壮实，他上来就揪住田小宝的衣服骂道："小兔崽子，我弟弟作业本上的小王八是不是你画的？"

田小宝奋力挣扎道："放开我，我没画！"

赵彪在一旁拱火："哥，就是这小子画的，他还嘴硬。"

赵彪哥不由分说地给了田小宝两记耳光。田小宝被打急了，又踢又咬地与他厮打起来。赵彪忙从后面将田小宝拦腰抱住，脚下一绊，田小宝就摔倒了。赵彪哥俩不容他爬起来，扑上去就是一顿拳打脚踢，直到"报仇雪恨"了才肯罢手。

田小宝鼻青脸肿地跑回家，哭着讲完被打经过，他奶奶"嗷"一嗓子就跳了起来："太欺负人了！走，找他家拼命去！"

小宝爸却把头一低，蔫蔫地说："拼啥命啊，我看倒不如先找找学校的老师或者村干部。"

小宝奶奶一见儿子这窝囊样子，就气不打一处来："学校的老师都放假了，村干部哪有工夫管你小孩子打架的事？难怪你媳妇跟人跑了，真是烂泥扶不上墙！"

小宝爸一听这话，仿佛被人挑了脖筋，脑袋都快扎到裤裆里去了。这是咋回事呢？

原来，早在五年前，镇政府在槐树村西边的山坡下建了一座砖厂，从村子里招了许多小工。由于小宝爸体弱多病，就让小宝妈去做小工。当时，去做小工的还有赵彪爸，他不但自己去了，还把尚未成家的妻弟也带去了。赵彪爸的妻弟也就是赵彪的舅舅，他虽然是外地人，但能说会道，经常帮小宝妈干活。一来二去，两人就悄悄好上了。后来，小宝妈不顾田小宝父子俩的苦苦哀求，毅然与小宝爸离了婚，跟随赵彪舅舅去外地生活了。从此，这件事就成了小宝爸心中一道难以愈合的伤疤。

再说小宝奶奶，她一个人气冲冲地来到赵彪家的大门口，掐着腰在大门外叫起阵来："姓赵的一家给我听着！有会喘气的都赶紧滚出来，别像王八似的窝在里面！"

此时，赵彪爸已去砖厂上班，赵彪哥俩也刚进家。赵彪妈听大门外有人大呼小叫，赶紧跑到门口，诧异地问："婶子，你咋发这么大的火呀，我们赵家怎么你了？"

小宝奶奶一挥手："你少跟我揣着明白装糊涂！你那俩混蛋儿子差点把我孙子打死，你当妈的会不知道？我看就是你指使的！"

赵彪妈急忙解释："婶子，你

这就冤枉我了，我还真不知道有这事，更不会指使我儿子打架，不信你跟我进屋问问那俩小子。"

夏天的午后，村里特别安静，她俩这一吵闹，把许多午睡的人都惊醒了，人们纷纷循着声音围拢过来。小宝奶奶一见更来劲了，跳着脚骂道："我可不敢进你们那个贼窝，把我害死了都找不到尸首！你们家哪有一个好人？若不是你们夫妻挑拨，我们小宝妈也跑不了！"

赵彪妈终于忍不住了，反击道："老东西，谁挑拨小宝妈了？她跟

我弟弟是自由恋爱！"

"呸，什么'自由恋爱'！"小宝奶奶气得浑身哆嗦，"勾搭别人媳妇还说得这么硬气，说明你娘家就是这个门风！"

赵彪妈被骂急了，捋胳膊挽袖子地就要动手。周围看热闹的赶紧上前拉架，其中一个说："算了算了，都一个村里住着，何必伤了和气？"

赵彪妈也怕被这老太太讹上，借坡下驴道："行行行，我给大伙一个面子。"说完，她就转身回家了。

小宝奶奶却不肯罢休，她把儿子的夺妻之恨、孙子的被打之辱，全化作最恶毒的语言喷吐出来，如同开闸的洪水，谁拦也拦不住。

赵彪妈在屋里听得是字字诛心，句句入骨。情急之下，她低声对两个儿子吩咐了几句，赵彪哥俩便像兔子一样蹿了出去。

很快，赵彪哥俩就从茅厕里抬出一桶粪汤来到大门口，然后一人拿一把长柄粪勺，舀起粪汤轮番向小宝奶奶的头脸泼去，吓得周围看热闹的如同鸟兽一样四下逃散。

小宝奶奶可就惨了，黏糊糊、臭烘烘的粪汤将她从头淋到脚，连嘴巴都张不开了，还骂啥人啊，只好狼狈不堪地逃回家里。

田小宝父子一见老太太这副惨

相，急忙询问缘由。小宝奶奶也不理他们，一屁股坐到地上放声大哭："老头子，你怎么走得那么早哟！咱老田家都被人欺负死了，却连个撑腰做主的人都没有啊……"

小宝爷爷二十多年前就去世了，小宝奶奶一个人辛辛苦苦把小宝爸拉扯大，又为他盖房娶媳妇，几乎是耗尽了心血。小宝妈跟了别人以后，小宝奶奶病倒了半个多月，人一下子苍老了许多。小宝爸想起这些，心中不禁一阵酸楚，他含着泪安慰母亲："妈，您放心吧，这口气我一定给您争回来！"

"拉倒吧！你用啥争啊？"小宝奶奶知道自己儿子几斤几两。

小宝爸没再分辩，嘱咐儿子劝奶奶快去洗澡，然后从杂货间里找了两样东西，大踏步地走出门去。

4．争口气

小宝奶奶被粪汤泼走后，赵彪妈便向两个儿子询问了殴打田小宝的情况。虽说打人不占理，但一想到田小宝故意栽赃赵彪，导致她这个家长跟着受连累，便也不觉得理亏了。赵彪妈料定小宝爸那个窝囊废也兴不起风浪，就催促两个儿子快写作业，自己也好补个午觉。正在这时，小宝爸竟然找上门来。

赵彪妈见小宝爸拎着一袋鼓鼓囊囊的东西，心里有点紧张，嘴上却强硬地问道："你来干啥？"

小宝爸满脸堆笑地走进屋："嫂子别误会，我是来求情的。"说着，他将那袋东西放到柜子上。

赵彪妈眼一扫，只见那袋子的封口处露出一道西瓜的花纹，心里便有了底，脸上却毫无表情，说："你别这么说，向我求啥情呀？"

小宝爸不好意思地挠挠头："我妈刚才带着一身粪汤回到家里，要死要活地哭个没完。你看她那么大岁数了，你能不能……"

"拉倒吧，你若不来，我还想找你讨个说法呢！"赵彪妈不等小宝爸把话说完，就说起了自己的委屈，"你是没见你家老太太那个凶呢，把我家祖宗十八代都骂翻身了，招得满大街都是看热闹的，这让我以后怎么出门见人啊！"

"我承认我妈的嘴巴不饶人，给你家添麻烦了，我替她给你们赔礼道歉。但请嫂子也给我个面子，去我家安慰一下我妈行吗？免得她为这事上火伤了身子。"小宝爸说着，有意看了一眼柜子上的东西。

赵彪妈却装作没看见，轻轻"哼"了一声："瞧你这话说的，我给别人面子，谁给我面子呀？我这里还憋着一肚子火呢！"

小宝爸忙点头哈腰道："嫂子，你大人不记小人过，别跟我妈一般见识。我也不求你给我妈磕头作揖，只要随便买些点心，到那儿看看就行。"说完，小宝爸就将一张十元的纸币拍到炕沿上。

赵彪妈心里一合计：村中小商店里最好的点心就是蛋糕，一斤才一毛五，两斤也就三毛钱，这十块钱大有赚头。于是，她态度立马温和起来，假意推辞道："大兄弟，你这是干啥？我们娘俩不管谁对谁错，我买两斤点心去看看婶子也是应该的，你快把钱收起来！"

"嫂子别客气，你能给这个面子我就很知足了，我这就回去让我妈换身干净衣服。"小宝爸边说边往外走。走到门口，他冲赵彪哥俩笑笑说："叔叔给你们买了西瓜，等晚上和你们爸妈一起尝尝。"

小宝爸回到家里，见小宝奶奶已洗完澡换好衣服了，便豪壮地说："妈，我让老赵家媳妇一会儿来给您赔礼道歉，您就安心等着吧！"然后他来到院子里，帮母亲清洗泡在大木盆里的那身脏衣服。

可直到小宝爸将衣服洗净晾干了，也没等来赵彪妈登门，却意外地等来了几名警察。小宝奶奶不明所以，问儿子发生了啥事。小宝爸微微一笑，若无其事地说："妈，啥事没有，我一会儿就回来了。"随即他又嘱咐在一旁发呆的田小宝："小宝，好好照顾奶奶。"说完这些，小宝爸便跟着警察走了。谁知他这一走，就再也没有回来。

到底发生了啥事呢？原来，小宝爸离开赵彪家后，赵彪哥俩便吵着要吃西瓜，赵彪妈就将西瓜切开了，大部分都给俩孩子分了，只给丈夫留了一块，她自己也吃了一小块。赵彪妈从村里的小商店买完点心后，就奔田小宝家来了，可她刚走不远，就感觉肚子里翻江倒海，像刀绞一般难受。工夫不大，赵彪妈便一头栽倒在地，气绝身亡了。

街上的村民见了，有的去找村干部，有的去赵彪家报信。可报信的一进赵彪家院子，就见赵彪哥俩也一前一后地死在甬道上了。

警察很快来了，根据现场勘查和村民提供的线索，顺藤摸瓜地就找到了小宝爸。

小宝爸倒也痛快，警察一问，他便全招了。他说自从媳妇被赵彪舅舅拐跑后，他就对老赵家怀恨在心，只因家中上有老下有小，他才

"打掉牙"咽到了肚子里。直到今天儿子被毒打、母亲被泼粪，他终于忍无可忍。于是他从家中找了两支液体灭鼠药和废弃的注射器，又从小商店买了个大西瓜，走到没人处，用注射器将那两支灭鼠药从不同角度注射到了西瓜里。小宝爸原以为赵彪妈会先来自己家赔礼道歉，晚上再与丈夫和孩子一起分享西瓜，这样不但能给母亲争口气，也可以将老赵家一网打尽。没想到她和孩子嘴急，先"归西"了。

后经法院审理，该案因"性质恶劣，后果严重"，小宝爸当庭就被判了死刑，而且是立即执行。如此结局，不可谓不惨，但谁也没有想到，这事到此还没完呢！

5.悔当初

这桩惨案在当地引起了巨大的轰动，槐树村更是乱成了一锅粥，田小宝和奶奶哭得昏天黑地，赵彪爸痛得死去活来。乡里乡亲的住在一起，村里人也都陪着伤心落泪，劝完赵家劝田家。

这天下午，杜明妈刚从老赵家抹完眼泪回来，一进家就见杜明躲在屋里打蔫儿。杜明妈问儿子怎么了，不料杜明竟大哭起来，可就是不说为了啥。后经杜明妈反复追问，杜明才道出了实情……

作为同桌，杜明刚才也去看望田小宝了。听田小宝说，王老师上午来找过他，问他赵彪作业本上的小王八是不是他画的，田小宝说自己绝对没画，王老师便说："你没画就好。当初警察找我核实过此事，现在校长也要亲自调查呢。"

听到这儿，杜明妈插嘴道："查就查呗，关你啥事？"

"可是……可是，"杜明吞吞吐吐地说，"我那次因为和田小宝抢虫子把脚砸了，花了三块六的医药

费。你想找田小宝家去要，我爸不让你去，还推了你一个跟斗，你在家哭了老半天，我心里也很难受，就想替你出口气……"

"你咋出的呀？"杜明妈焦急地问。

"我知道田小宝和赵彪有矛盾，就趁下课教室里没人，在赵彪的作业本里画了一只小王八，好让赵彪以为是田小宝画的，捉弄一下田小宝。没想到赵彪也没细瞅就交了作业，结果被王老师教训了一顿，还让他找了家长。后来，赵彪和他哥就把田小宝打了，再后来……"

"我的活祖宗呀！你这祸可惹大了，好几条人命啊！"杜明妈又惊又气，伸手就去取扫炕的笤帚，"今天我非揍死你不可！"

杜明深知这东西打人可疼了，吓得转身就跑，可他刚跑到外屋门口，杜明妈手里的笤帚便带着风声飞了过来。杜明本能地一回头，那笤帚把儿不偏不倚正好重重地砸在了他的太阳穴上，只听"啪"的一声，杜明便一头栽倒在地，鼻子和嘴都渗出血来。

杜明妈好半天才缓过神来，她忙将杜明抱在怀里大声呼唤："儿子快醒醒，你可别吓唬妈呀……"

当确信儿子再也不能醒过来，杜明妈便撕心裂肺地痛哭起来。然而此时村里的青壮劳力都去砖厂或地里干活了，剩下的老人带着孩子也都在赵家或田家做"思想工作"呢，所以没人知道杜家也出事了。

晚上，杜明爸下班回到家里，却见媳妇抱着儿子穿得干干净净的躺在炕上，旁边放着一只农药瓶子，还有留给他的一封信。

信上，杜明妈详细叙述了杜明如何栽赃田小宝，还有自己失手打死儿子后，痛不欲生地喝了农药的经过。最后，她在信中写道："我真后悔当初为了三块六毛钱跟你大吵大闹，以至于让小明产生了报复人的恶念，结果不但害了别人，也害了他自己和咱这个家……"

杜明爸感觉五脏六腑都被掏空了，疼得他竟然忘了哀号。他眼神空洞，漫无目的地环视着房间，蓦然发现柜子上的角落里放着那只装虱子的塑料瓶，拿起来一看，里面的虱子已经干瘪成一粒皮屑了。杜明爸轻叹一声，喃喃自语："本来只是虱子大的一件小事，如果人和人之间多一些理解、少一点计较，何至于害了这么多条人命啊！"

（发稿编辑：曹晴雯）

（题图、插图：杨宏富）

宁安自古就是长江边的商贸重镇，古镇人文荟萃，尤其戏曲文化昌盛，被称为"戏曲之乡"，流传着不少民间戏曲艺人悲欢离合的故事。

戏乡情缘

□ 老牧童

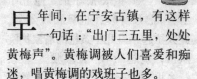

1·古镇一枝花

早年间，在宁安古镇，有这样一句话："出门三五里，处处黄梅声"。黄梅调被人们喜爱和痴迷，唱黄梅调的戏班子也多。

其中，有一个被众多戏迷称为"一叶一枝花"的父女档戏班，最受人追捧。

"一枝花"，乳名春花，正值二八妙龄。姑娘天生好嗓子，黄梅戏的花腔、彩调、主调，她唱起来像黄莺啼鸣，婉转清新。

"一叶"是一枝花的父亲，王老六。他身怀绝技，一人可同时操作十三种锣鼓乐器。演奏时，他身前是鼓，脚下是锣，嘴上是唢呐，手上是高胡，膝盖间还夹着两片铜钹，演奏时一人堪比一支小型乐队。

父女档也各有短板：一枝花唱功和做功绝佳，偏偏念白功不行。她从小有口吃的毛病，唱起戏来非常顺畅，就是无法顺畅地念道白，成为一大憾事。每次演出，王老六都要为女儿代念道白，堪称美中不足。王老六作为伴奏高手无人能及，可惜太过贪杯，无酒不欢，一喝就醉，一醉就呼呼大睡，出洋相是常事，有时还会耽误演出。

在古镇众多的戏迷中，有个惹

不起的人物：宁安镇镇长张守正。他五十有一，七尺身躯，也算相貌堂堂。此人拉起了有几十条枪的看家护院队伍，筑起一个"张家城堡"，横行乡里，说一不二。张守正是铁杆票友，能像模像样地粉墨登台。"一叶一枝花"出道后，张守正一看就迷掉了魂，对一枝花念念不忘。

古镇学堂的主事丁肇章也是黄梅戏迷，常请"一叶一枝花"前去学堂演出。每一次，张守正总是不请自来，前排正中位子，必须要给他留着。丁肇章明面上对镇长恭恭敬敬，私底下，颇有微词。

张守正身边不缺女人，但这么多年没有一个女人给他生下一男半女。张守正放话："只要有哪个女人能给老子生下儿子，本镇长立马将她扶为张家的女主人！"

一次演出时，张守正请来算命先生，趁机给一枝花相面。算命先生明白张守正的心思，摇头晃脑地说："宁安镇上的年轻女流，只有一枝花样貌一流，最有生娃相，谁能把她收入房中，必会子嗣满堂。"

此话正合张守正心意，他眯着眼看着台上的一枝花，满意地点点头。丁肇章远远地冷眼看着张守正，暗自叹了一口气。

2. 两雄争一女

在离古镇三十里外，有一个狼窝峰，山上有一个土匪寨主，叫罗金宝。罗金宝人称"罗旋风"，今年十九，还是翩翩少年。他身世坎坷：四岁时父亲去世，一贫如洗的娘俩在狼窝峰山脚下相依为命。一次，少年罗金宝在山上打猎，被狼群围攻，幸亏狼窝峰女匪首程七娘路过救下，但罗金宝眼角和下巴，还是留下了明显的疤痕。为了活命，罗母决定带着小金宝投靠程七娘，就此落草。罗金宝跟着程七娘练拳习武，渐成高手，长大后当了武班头领，并拜程七娘为干娘。程七娘死后，干儿子罗金宝众望所归，当上了狼窝峰寨主。

程七娘爱听黄梅戏。每年的传统节日和整个正月里，程七娘都要请山下的戏班子上山唱戏。程七娘要求狼窝峰众人盗亦有道，必须按戏文里的道德标准办事，不许胡来。作为土匪，免不了打家劫舍，但程七娘制定了"九不准"，如"不准抢劫过路商人，不准欺负贫苦百姓，不准强抢奸淫民女"等。

遇到山寨唱大戏，罗金宝都要让亲娘坐在花戏台下一同观看。日积月累，母子俩也渐渐成了黄梅戏迷和票友。

听说这些日子，山下有一个被称为"一叶一枝花"的父女戏班红透半边天，新任寨主罗金宝的心里直痒痒。他听说正月十五有堂会，就决定带母亲下山看戏，并快马告知此次堂会的东道主，古镇学堂的主事丁肇章。

听闻"罗旋风"要来看戏，丁肇章犯了难。他提着重礼到张家城堡求情——狼窝峰眼下兵强马壮，实力不输张家城堡，实在得罪不起。罗金宝要到古镇学堂看戏，观众席正中张守正的位子，必须往旁边挪那么一点点。

张家城堡与狼窝峰山寨遥遥相对，一直井水不犯河水。现在为了看一枝花唱戏，两个乡间巨头不得不并列而坐。

本来，张守正咽不下这口气，可丁肇章耐心地说："我听说，近来狼窝峰用一船烟土，从武汉走私来一批德国造快枪、几门日本山炮，火力略超张家城堡……"

张守正一思量，觉得罗金宝年少气盛，武艺在自己之上，只好就坡下驴，假装大度地应承下来。

那晚，古镇学堂张灯结彩，座无虚席。观众席前排中间位置，右边是张守正的金丝楠木椅，左边是一顶紫色灯芯绒围帘大轿，轿子里坐的是罗金宝的老母亲。

那么，罗金宝不看戏吗？当然不是。罗金宝是孝子，他让母亲坐观众席中间左侧位置，自己则戴着蒙面黑纱，坐在"四蹄踏雪"骏马背上，在学堂最后面看戏。见"双雄看戏"相安无事，丁肇章也暗自松了一口气。

那天，一枝花唱的是《七仙女与董永》折子戏，唱到悲情处，罗母在轿中啜泣，罗金宝在马上抹泪。一场戏，征服了这对母子。

此后，为观看一枝花演出，那

顶紫帘大轿常常一颠一闪地行走在山路和田埂上，"四蹄踏雪"紧跟其后。几番下来，年轻的罗金宝第一次对女人怦然心动，喜欢上了一枝花，追着看戏，送礼打赏。罗金宝对王老六那一人操作"十三般武艺"的锣鼓绝技也很感兴趣，回到山寨，请能工巧匠照葫芦画瓢打造了一套，没事的时候，模仿王老六的样子敲锣打鼓吹唢呐。

眼看到嘴的猎物有人要抢，张守正急了。他想先下手为强，将生米做成熟饭。于是，在一次张家城堡的堂会唱完之后，张守正请王老六父女俩吃夜宵。他命下人拿来一个酒壶，对王老六说："这是我窖藏多年的上等高粱大曲，您务必赏脸喝一杯。"

王老六一见好酒，哪还挪得开双腿？他拉住一枝花，劝道："喝几杯咱们就回去。"

一枝花谨慎地坐在老父亲身边，不喝酒，只尝了几口菜。王老六开喝之后，便没了节制，一会儿工夫，干了整整一瓶。

接着，张守正请出老婆和姨太太，说："我对父女戏班仰慕已久，让她们过来敬你们喝一杯。"

王老六一高兴，又喝了半斤多，

烂醉如泥。一枝花只是礼节性地喝了一小杯，哪知道就是这一小杯酒，一枝花喝下后却头一晕，身一软，瘫倒在张守正怀中。显然，酒中掺了迷药。管家派家丁将王老六送回，女眷们见状知趣离开。

第二天早上，一枝花沉沉醒来，发现自己躺在张家的雕花大床上，床单上有血迹。张守正涎着脸皮要她留下，刚烈的一枝花说："再逼我，我一头在墙上撞死。"怕事情闹大，张守正答应先送一枝花回家。

一枝花到家时，王老六还沉醉不醒。其实，王老六是在装睡。女儿到早晨才被张守正送回，他知道事情不妙，但他硬是不敢吱声——那时候戏子地位低下，还指望在张守正的地盘上讨口饭吃，只好打碎牙齿往肚里吞，哪敢得罪他！

3.绿叶配鲜花

再说罗金宝，他在山上日夜想念一枝花，茶饭不思。罗金宝对自己的面容很是自卑，他每次下山，都会戴着一个黑布面罩，真正面目，没几个人见过。

心情烦闷时，罗金宝就在山寨中使劲儿练习一人操作十三样锣鼓乐器，渐渐地，他能够如王老六一样操作自如了。

那天，是二月二"龙抬头"，在当地是"春耕节"。县城商会出资唱大戏，特邀请戏乡宁安镇的"一叶一枝花"前来，与从其他地方来的艺人同台献艺。

俗话说，同行是冤家。那天，有人瞅准王老六的软肋，下午以接风名义大鱼大肉伺候，使劲给王老六灌酒，以至于晚上临上台时，王老六已烂醉如泥，无法上场。眼看演出大幕就要拉开，一枝花怎么也摇不醒瘫倒在后台的父亲。

就在一枝花暗自垂泪时，一个戴着黑纱面罩的身影站在了她面前，温柔地说："别哭，让我试试。"

这人便是罗金宝，他走上舞台，坐到王老六的那副鼓乐架前，手、脚、膝、口、头并用，浑身动弹起来，欢快音乐一时响彻全场。一枝花喜出望外，擦干眼泪，感激地看了罗金宝一眼，踏着锣鼓点"噔噔噔"翩翩上台。

那天，一枝花一人扮演两个角色，在罗金宝的伴奏下发挥超常，表演出神入化。由于一枝花结巴，无法念台词，剧中的对白都是罗金宝替代。罗金宝对戏词烂熟于胸，两个年轻人在台上一唱一和，配

合默契，获得满堂喝彩。有人在台下感叹："这才是绿叶配鲜花，真正的一叶一枝花！"

演出结束，商会会长亲手将最高打赏颁给"一叶一枝花"，两个年轻人兴奋得心儿"怦怦"直跳。罗金宝让人就地安顿好王老六，鼓足勇气对一枝花说："我送你回宁安镇吧？"一枝花含羞点头。

两个年轻人一前一后，骑在"四蹄踏雪"骏马背上。回到宁安古镇，已是夜半时分。一枝花亲手下厨，不一会儿，为罗金宝端来了吃食，她笑眯眯地说："我做了一碗红糖鸡蛋加炒米，快吃吧。"

罗金宝知道，这是当地姑娘招待意中人的风俗，意为甜蜜圆满。

那夜，罗金宝没有回狼窝峰山

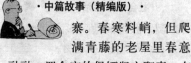

寨。春寒料峭，但爬满青藤的老屋里春意融融。罗金宝的保镖坚守职责，在青砖老屋周围警戒，虽然冻了一夜，却都在为年轻寨主高兴。

温存时，一枝花说："你、你的蒙面头巾，能不能摘、摘下来？"

罗金宝摇摇头，说："我怕吓着你……"

一枝花接下去的话，融化了罗金宝心中的顾虑："快、快把面纱摘、摘下来，我一点也、也不觉得难看，反而感到你特别威、威武！"她自己也嫌这样说话太费劲，干脆轻声在罗金宝耳边用黄梅调唱了起来："罗郎威武又雄壮，妾沐春风似含糖。愿学深山藤缠树，绿叶红花万年长。"

最后两句，变成了两人的反复轻声合唱。

一枝花用纤纤素手掀开蒙面黑纱，温柔地抚摸着罗金宝坑坑洼洼的脸庞，泪水浸透了罗金宝的胸前衣襟。

自此以后，两人如胶似漆，多次找机会背着王老六共赴巫山。

4.珠胎谁是父

之后不久，一枝花父女突然从古镇消失，不见踪影。

有人说，"在芜湖宣城一带看到过他们"。张、罗两家几次派人前往寻找，都失望而归。

不想十个月后，父女俩重归故里，一枝花怀里抱着一个大胖小子！原来，一枝花身怀有孕快要藏不住时，才告诉了父亲实情。未婚先孕，在当时当地会被人背后指指戳戳，王老六只好带着一枝花沿长江而上，到湖北黄冈一带卖唱流浪，回来后只说孩子是路上捡的。

俗话说，"儿子像娘，金子打墙"，襁褓中的男孩越长越像一枝花。既然男孩是一枝花身上掉下来的肉，围绕谁是这个孩子的生身父亲，张、罗两家纷争骤起。

张守正三代单传，至今无后，迫切想占有一枝花母子，放话自己在女方还是黄花闺女时就将其占为己有，有床单上的血迹为证，孩子肯定是他张守正的。

罗金宝却强调，他与一枝花才是真正的两情相悦，孩子的父亲毫无疑问非他莫属。

一枝花自己也不敢肯定，谁才是男孩的生身父亲。

张罗两家虽有官匪之分，但势均力敌，双方都不敢无视对方，便想通过中人调停，达成共识，要以古老的"滴血认亲"方式验明男婴的生父，决定由谁娶妻育子。

听说张、罗两大家要做亲子鉴定，需要找一个在当地有名望的人主持，古镇学堂的主事丁肇章自告奋勇站了出来。

丁肇章留过洋，文章学识堪称楷模，二十余年培养门生无数，是当仁不让的人选。于是张、罗两家下了正式聘书，重金请丁先生出来主持公道。丁肇章欣然收下聘书，分文不取。他说："主持公道乃君子所为，岂可沾染铜臭之味。"

"滴血验亲"有两种方式。一种是"滴骨法"，即将活人的血滴在死人的骨殖上，如很快渗入其中，便可认定"滴骨亲"，验亲对象只能是已死之人，为公堂断案需要。针对需要鉴定血亲关系的活人，则用"合血法"验亲，将需要验亲的两人刺出的鲜血滴在同一器皿中，看血液是否融为一体。

双方约定，亲子鉴定之日，就是迎娶新娘之时。届时双方各自都带上聘礼和花轿，鉴定出谁是孩子的生身父亲，便可立马迎亲摆宴。

丁肇章提议："既然双方都喜爱一枝花，带来的聘礼，届时不准收回，鉴定失败一方，可作为女方干兄，将聘礼作为陪嫁赠送。"

张、罗一口应承。

万事皆备，选了黄道吉日，亲子鉴定在张家祠堂外的宽阔场地上进行。场地上，两张八仙桌并排摆放。丁肇章斋戒三日，沐浴更衣，来到案前，按规矩焚香祷告。他身后拉起一道屏风，屏风后坐着即将当"老泰山"的王老六和新娘打扮、抱着孩子、面目含羞的一枝花。

一顶豪华的大花轿停在亲子鉴定案台旁边——那是张家特地为新娘准备的。张守正认为，此次鉴定，男孩十拿九稳是张家的种，必入张家祠堂无疑。他让人赶制了一顶上等迎亲花轿，宣称："按协议条文，迎亲的是两家，轿子只需一顶，不管是谁确定为孩子的生父，轿子随他抬去！"

良辰吉时一到，古镇老街上鞭炮齐鸣，炮响处走出一队锦绣人马。张守正头戴从七品官帽，一身绫罗走在最前面，六大箱聘礼加上一辆满载的马车紧随其后，殿后的大刀队和洋枪队格外惹眼。

人们驻足张望时，忽听镇外号角齐鸣，官道上旌旗猎猎。罗金宝身穿武士铠甲，足踏鎏金马镫，乘四蹄踏雪而来。狼窝峰迎亲马队凌晨下山，走了三十余里山路，如约来到宁安古镇。这支队伍的阵仗比起张家来逊色不少，聘礼箱只有一只，显得有些寒碜。好在队伍挎刀背枪，精神抖擞，比张家多了两把锃亮的普鲁士造机关枪。

两班人马聚齐，但等滴血验亲。

5.晒礼验亲缘

丁肇章今日着一身汉服，银须飘飘，仙风道骨。他清清嗓子，当众逐项宣读验亲规则。

按约定，第一个环节是两家当众"晒聘礼"，借此比拼实力。当张家的六大箱聘礼当众打开时，现场所有人都惊得张口结舌：两大箱金银珠宝闪闪发光，两大箱绫罗绸缎、锦衣秀被靓丽耀眼，两大箱美酒佳酿香气飘荡。看客啧啧称赞。

轮到罗金宝"晒聘礼"就简单

多了。唯一的聘礼箱倒是很大很高，分为上中下三层。箱盖打开，第一层不出所料是当地婚俗中常见的三金六银，锦衣绸被等，并不见奇；第二层亮出的就出人意料了，竟是《西厢记》《梁山伯与祝英台》等几十册全本戏文、曲谱和好多套簇新的青衣、花旦戏服、帽饰等戏班行头；聘礼箱的最下层也最深，大家都引颈以待，想瞧瞧是什么稀罕物。当隔板打开的一瞬间，大家确实愣住了，大红木箱中放着一个黑黑的小箱子，箱子旁边有一个金属手柄，小箱上有一个精致圆盘，一个喇叭样的东西拐弯朝上。小镇上谁也没见过这个古怪玩意儿。

见多识广的丁肇章告诉大家："我认得此物，洋名叫做留声机。"说着，丁肇章从箱子里拿出一张唱片，念出唱片上写的字："汉语言口吃矫正念白。"丁肇章看看上面的说明书，又询问了罗金宝几句，转身向大家继续解释："这是专门用来纠正结巴的有声读物。只要坚持跟随留声机唱片练习，再顽固的结巴毛病都可以矫正。这是民国建立后，由北平高等学府的国语教授和上海技师共同研制出来的新玩意儿。罗金宝专门从上海码头重金买来送给一枝花，希望能借此物矫正结巴的毛病，把黄梅戏唱得更好！"

镇上人都知道一枝花的美中不足，眼前这个聘礼正是旱天降甘霖，堪称绝妙，现场喝彩声一片。

接着便到了最关键的"滴血认亲"环节，全场屏息肃穆。

只见丁肇章拿出两只一模一样的景德镇雪白瓷碗，询问双方今天用"合血法"滴血认亲，是"湿验"还是"干验"。

所谓湿验，就是每个碗中先放进一半清水，从孩子的手指上刺出血珠滴入水中，然后将张、罗两人手指上刺出的血滴滴入各自碗里，如果血滴和血珠完全融合，即可认定为亲子关系，反之否决；所谓干验，就是碗中不放水和任何东西，只将大人的血滴直接滴在小孩血珠上，看两者是否融合。

可能怕加了清水影响验证的准确性，张守正和罗金宝两人异口同声地说："干验。"

丁肇章点点头，问："好，那你们两个谁先验？"

张守正把左手一伸："老夫年长许多，当然由我先来！"

丁肇章也不多说，他一把扯开身后的屏风，王老六和抱着婴儿的一枝花坐在两张藤椅上。丁肇章用烈性白酒擦拭了三根银针，然后转身，上前抓过婴儿粉嫩的小手，用其中一根银针一刺，分别向两个瓷碗内挤入血珠，放在案台之上。丁肇章顾不上婴儿吓得"哇哇"大哭，迅速取出另一根针，从张守正的手指取血，直接滴入右边碗内，然后是罗金宝刺血、滴血于左边瓷碗。

此时，"滴血认亲"达到最紧张的时刻，人们的心都提上了嗓子眼。只见右边张守正的瓷碗内两滴血珠花开两朵，各不相融；而左边罗金宝的碗内两个血珠渐渐相互融合，再也不可分开。

罗金宝的队伍对空鸣枪，欢声雷动。"罗旋风赢啦！"大伙儿嚷嚷着，拥上前去，给骑在"四蹄踏雪"背上的罗金宝戴上了新郎的标志——一朵硕大的红花。

张守正的脸色要多难看有多难看，他垂头丧气地带着自家兵丁狼狈回府。

没有人知道，丁肇章之所以自告奋勇，不收分文为两家主持亲子鉴定，因为他不是别人，他才是一枝花的生身父亲！

十六年前，镇学堂的主事丁肇章与家中丫鬟生下一个女孩，产妇不幸因产后出血死亡。丁夫人生性妒忌，要将女孩在马桶里溺死，丁肇章一把抢过，趁夜将襁褓中的婴儿悄悄放在膝下无子的戏班"打鼓佬"王老六家的台阶上，还在襁褓中悄悄塞进两个元宝和十块大洋。父女虽近在咫尺，但丁肇章由于惧内、碍于面子等原因一直不敢相认。当张、罗两家为争一枝花母子要滴血认亲时，丁肇章怕亲生女儿吃亏，便仗着自己在镇上德高望重的身份，主动出头主持验亲，其实是想暗中助女儿有一个好归宿。

丁肇章翻阅大量古籍，查阅古代刑事案件中滴血验亲案例和有关资料，得知"滴血验亲"并不可靠。在适当温度下，任意两人的血液都有可能相互融合。古籍上还记载，只要用带有食醋或明矾的布反复擦拭器皿，即使是至亲的血滴，也不会相融。

张守正其人，丁肇章当然清楚。对于罗金宝，丁肇章却并不太了解，只听说罗金宝是个孝子，为人仗义，但他毕竟是土匪首领，据说脸上破相严重，要不然也不会整天黑纱蒙面。

那天，当罗金宝那压箱底的特殊聘礼——留声机和口吃矫正唱片亮出，亲生女儿一枝花在身后喜极而泣，丁肇章才知道谁是女儿的真正知音。他拿出那只事先用食醋和明矾反复擦拭过的瓷碗为张守正滴血认亲，而罗金宝那只瓷碗则是干净的，结果在意料之中。

看着亲生女儿一枝花坐上大红婚轿，随罗金宝的迎亲马队喜气洋洋地往狼窝峰而去，丁肇章长长舒了一口气。他一把拽住一脸落寞的王老六，说："走哇，喝酒去，今天我请客。"

（发稿编辑：陶云韬）

（题图、插图：谢　颖）

故事看过瘾了吗？轮到你出手了，给我们的中篇故事栏目投稿吧。在这个栏目里，我们欢迎这样的故事：1.题材新颖，视角独特，能引起读者的兴趣，尤其欢迎反映当代生活的作品；2.情节曲折生动，线索脉络清晰，故事性强；3.人物形象鲜活生动；4.篇幅在10000字至15000字之间。热情期待您的来稿。优秀作品除了能得到优厚的稿酬，还有机会拿到千字千元的奖金。来稿可从邮局寄发，邮寄地址：上海市闵行区号景路159弄A座308室，邮编：201101；也可从网上传递，本期责任编辑信箱：lujia411@126.com。

振宇搬了新家，这天，在整理东西的时候，他翻出了几个"老物件"：一台保存完好的随身听，还有几盒磁带。没想到随身听换了电池后，还能正常运转，振宇来了兴致，选了一盒磁带，播放起来。

磁带发出"沙沙"声，像是岁月的回响……听到一半，歌曲突然中断，随即响起一个女声——应该是中途有人录音，把原本磁带上的音乐洗掉了。那个甜美的女声念了一段有名的情诗，最后还加了一句："我喜欢你……"

振宇心里一颤，记得高三那年生日时班里有个同学送过自己磁带。现在想来，应该是个女同学吧，可那天来的女同学不少，光听声音实在想不起是谁。毕业好些年了，那个女生嫁人了吗？振宇自己还单身呢，搞不好能再续前缘？得，要续前缘，总得先知道对方是谁吧！他想了半天，有一个人兴许有答案——死党沙鸥。

从高中到大学，振宇和沙鸥是铁哥们，是出了名的"连体婴"。那时候，沙鸥就喜欢捣鼓照相机啥的，毕业

后他在一家影楼当婚纱摄影师。记得当年生日，这小子就拿着一台手持摄像机到处拍，也许镜头里会留下什么蛛丝马迹……

沙鸥听了振宇说的稀奇事，"八卦雷达"迅速开启："快，让我也感受一下这'昨日情书'！"他一把拿过振宇手里的随身听，塞上耳机听起来，听着听着，却突然面色

昨日情书

□宁莎鸥

凝重。振宇狐疑地问："怎么了？"沙鸥嘴里喃喃道："奇怪了，你有没有觉得她的这段告白，好像是电视剧里的台词？"

对啊，那段情诗和那句告白的话，不就是最近热播的电视剧《时光如歌》里的经典台词吗？两人都愣住了，这十几年前的录音，怎么会精确预言了十几年后的电视剧台词呢？这"情书"还真玄乎！

沙鸥的好奇心被激起，他开始在家里翻找旧物，好不容易从角落里翻出一台落灰的老式笔记本："那台手持摄像机，我早扔了，不过算你小子运气好，当年拍的内容拷贝应该还在。"

两人打开电脑，搜索到振宇生日那天的视频文件，开始播放。盯着屏幕一帧一帧地看了大半天，终于到了送礼环节。只见镜头中，振宇从一个人手里接过一个扁长方形的礼品盒，看样子里面装的就是磁带了，可送礼的人却全程没露脸。

"你这拍的是啥呀！光拍个手！"振宇忍不住埋怨。

"等等，这手……"沙鸥盯着电脑屏幕，突然一拍桌子，"这不是大力嘛！"

大力是振宇他们班的体育特长生，专攻举重。他的手特别好认，又粗又厚，手掌还有一层老茧。

振宇和沙鸥大眼瞪小眼，有没有搞错，怎么是个男生啊！

振宇连忙翻开通信录，给大力打了电话。说起磁带，大力倒有些不好意思了："我说振宇，你怎么突然想起来问我磁带的事了？该不会时隔这么多年，再来跟我计较吧？我知道，买盗版磁带是寒碜了点，可我送出的心意是真的啊！盗版磁带盒里没附歌词，那时候还是我手抄了一份塞进去的呢！"

"慢！你说什么？"振宇听蒙了，"盗版的……手抄歌词？"

大力解释说，当年他特别高兴振宇请他去参加生日聚会，但他那时候还是穷小子一个，没什么零用钱，买不起正版磁带，就选了一盘盗版磁带，精心包装了一下，当作礼物送了出去。振宇看了看自己手里的那盒磁带，音质很好，做工精良，附原版歌词单、歌手海报，是妥妥的正版货。如此说来，这盒磁带压根就不是大力送的。

正当振宇和沙鸥觉得又断了线索时，大力突然说："能用录情诗这么'文艺'的方法表白的人，你们就没想到是谁？"

"是谁？"手机开着免提，振宇和沙鸥异口同声地问道。

"咱们班的'四眼妹'啊！"

大力口中的"四眼妹"是班里一个不起眼的女同学，叫小渔。她性格内向，爱好文学，整天捧着一本诗集，文艺范儿十足。这么一说，振宇觉得磁带里的女声和小渔的声音确实很像。沙鸥也起哄："就是那小渔吧！读书时，记得她老找你问题目来着！"振宇心想，八九不离十，可小渔毕竟是姑娘家，这么突兀地问起陈年往事，不妥吧？

沙鸥却不见谜底不罢休："要不，你找别的由头见见人家，旁敲侧击地问问嘛！"

还别说，机会来了。小渔久居外地，最近出差回这里，因为时间安排有冲突，有份资料想托人带给朋友签字。她在同学群里发出求助，振宇第一时间"接了单"。

见面地点定在一家咖啡厅。振宇进去找了一圈，愣是没见到人，还是小渔招呼道："在这呢！"俗话说"女大十八变"，当初戴着"厚瓶底"眼镜的"四眼妹"，如今出落得亭亭玉立，肤白貌美。

"怎么就你一个人，沙鸥呢？"小渔问道。振宇有些诧异："我约的你，他来干吗？"小渔笑着说："读书时你俩就形影不离，我以为他也会跟着来呢！"

好在见面的尴尬很快被叙旧冲淡了，两人从校园往事，聊到当下生活，瞬间拉近了距离。振宇也听出来，小渔还是单身。见铺垫够了，他壮着胆子问道："高三那年，你是不是送过我一盒磁带？"

小渔一愣，摇了摇头。振宇不死心，索性拿出那盒磁带，问道："有印象吗？"小渔看了看，眼神里有惊讶，也明显有一丝疑惑："这

个……怎么在你这里？"

"等等，听你的意思，你认得这盒磁带，但不是你送给我的？"振宇的大脑飞速运转着。

小渔低头想了想，突然腼腆地笑了。

她的确见过这盒磁带，但那是在沙鸥的课桌肚里。那时候临近毕业，她一直想跟沙鸥表白，但又实在羞涩。当看到沙鸥有一盘和自己一样的磁带时，小渔感到十分欣喜。那是她特别喜欢的歌手，这算不算她跟沙鸥心有灵犀呢？也不知怎么，小渔当下就鼓起了勇气，趁沙鸥不在座位时，她用随身听录下了表白。她觉得这很浪漫，当然，万一沙鸥介意磁带损坏，她就把自己的那盒赔给他。

振宇听得哭笑不得："原来当年，你喜欢沙鸥？那老来找我问题目，是把我'工具人'了呗？"

小渔"扑哧"笑了……

唉，说起来，沙鸥显然没有听到小渔的表白啊！

"当然没有啊！"沙鸥得知真相，露出一脸遗憾的表情，"我想起来了，那时候你买了这磁带，觉得好听，非要借给我听，可我没兴趣，压根没听过……"

得，既然"正主"是沙鸥，沙鸥也还是单身，振宇决定撮合一下有情人："周末，小渔还约我拿回那份签字的资料，不如你去吧！"

周末，沙鸥送完资料回来，振宇迫不及待地问："成了吗？"

"都过了这么久，没戏啦！"沙鸥苦笑一下，学着女生语气道："小渔说啊，有遗憾才叫青春。"

振宇长叹一声："不愧是中文系的高才生，总结得这么到位。"

哥俩一人一个耳塞，躺在沙发上听那过去的旋律，感慨万千。不对，还有最后一个疑惑，这磁带里的告白内容，怎么会跟多年后的电视剧台词重合呢？

"人家小渔现在是联合编剧，这本子是好多年前写的，把自己的故事写进戏里了呀！"沙鸥说道。

振宇连忙用手机搜到那部连续剧："编剧里咋没看见她的名字呢？"沙鸥用手一指："喏。"原来小渔署了个笔名——"锦鳞"。

振宇望着沙鸥，恍然大悟。古人有云：沙鸥翔集，锦鳞游泳……当年她起这笔名，多少还是带着青春的情愫啊！

唉，只可惜这份情愫终有期限，过期不候喽……

（发稿编辑：丁娴瑶）

（题图、插图：陆小弟）

□ 艾湛云

一步之遥

很早以前，鼻子山下住着一对夫妻，他们从年轻时就立志修仙，到处求取修仙的秘诀。别说，夫妻俩还真的找来了修仙的方法，就照着开始修行起来。他们要求自己一不吃荤、二不杀生，一门心思地为成仙做着准备。

寒来暑往，日月交替，夫妻俩就这样修行了几十年，从年轻力壮变成了满头白发。

这天，老头子对老婆子说："咱们已经修行了几十年，我看条件也够了，听说舍身崖是收仙的地方，趁咱们还走得动，去看看吧！"

老婆子说："是啊，修了这些年，那些神仙佛祖也应该知道咱们心诚了，我看咱们这回神仙是做成了。"于是，夫妻俩收拾好行囊，准备好干粮，起身往舍身崖走去。

两人走到半路，遇到了两个猎人，他们的腰里悬着弓箭，肩膀上扛着长矛，长矛上挂着打来的狼、狐狸和兔子等猎物。两个猎人问夫妻俩到哪里去，老头子回答道："我们从很远的鼻子山来，要到舍身崖成仙的。"

一个猎人说："我们也想成仙，不知道行不行？要不咱们一块儿去成仙吧，路上也好做个伴。"

老头子撇着嘴说："修仙可不容易，要终生不吃荤，最要紧的是不能杀生害命，可你俩是猎人，指望靠打猎谋生，不知已经害了多少性命。你俩在阳间犯了罪，以后到了阴间不知要受什么惩罚，还说什么修仙，神仙辈里绝不要你们这样的！"

那猎人说："我们虽然杀了生害了命，但我们杀的是吃人的狼，打的是偷鸡的狐狸，射的是吃庄稼的兔子。我们要是不把它们杀掉，人们不知要受多少祸害，这样也是犯了罪吗？我俩不信这个邪，还是跟你们一块儿到舍身崖去看看吧！"

双方谁也说服不了谁，就一起往舍身崖走去。一路上，老两口啃着带来的干粮，就着腌好的咸菜；两个猎人则烤着打来的狼、狐狸和兔子吃。

他们走了一天又一天，这天走到太阳快要落山时，树林里突然蹿出一头狼，朝着他们扑来。

老头子赶忙拉着老婆子，跪在地上祈求："善良的狼啊，我们冒险进山，是来修行成仙的，请你千万不要伤害我们，让我们过去吧！"

狼可不管你修行不修行、成仙不成仙的，它生来就是吃肉的，只想把人吃掉，填饱肚子。它张开大口，朝着老头子咬去，老两口吓得瘫在了地上。

就在这节骨眼上，猎人的长矛到了，不出几下就杀死了这头恶狼。两个猎人扶起地上的老两口，其中

一个说道："狼被打死了，没有危险了，咱们继续上路吧！"

谁知老两口非但没有表示感谢，反而埋怨起来。老头子说："你俩还是趁早回去吧，你们实在不该在修仙的路上又杀死了一头狼，这个仙你们是修不成的。"

那猎人说："要是不把它杀死，它就会把咱们吃掉，那还成什么仙呢？我们想去舍身崖成仙升天，这头狼是非杀不可的啊！"

双方没再说话，却仍一起向前走去。

走了几天，他们终于来到了舍身崖。舍身崖就是一个大悬崖，下面是一道深涧，一眼望不到底。悬崖旁贴着一张告示，大意是：凡是修仙者，必须从崖上跳下深涧，舍身脱尸，方能成仙。老两口看后犯了愁：要是跳下去，不是粉身碎骨，就是被水淹死，最后还不知能不能成仙升天呢！他们犹豫了，谁也不想跳。这时一个猎人说："我们俩打了半辈子猎，看起来是杀生害命，可做的都是为民除害的好事，我们问心无愧，今天我们愿意跳涧，成仙升天。"说完，他们带着枪箭，毫不犹豫地跳了下去。

看着两个猎人跳下涧去，老两口大吃一惊，这样跳下去，不是找

死嘛！可成仙升天的欲望又让老两口心动起来。他们商量了一会儿，认为成仙归成仙，可不能像猎人那样直接跳下去。两人用山草拧了一根几十丈长的大绳，用树枝编了一个大箩筐，把大绳的一头拴在大树上，一头拴在大筐上，人坐在大筐里，慢慢地放了下去。这样就算修仙不成，也不会伤了性命。

到了崖底，老两口看了一圈儿，也没看见两个猎人的影子。他们暗自庆幸，多亏没跳下来，不然连尸首都留不下。他们爬出大筐，跪在深涧边又祈祷起来。

这时天空中传来一阵鼓乐之声，老两口抬头一看，只见彩云满天，云端里站着一对对仙童仙女，中间站着一位老神仙，前边站着的正是两个猎人！

只听老神仙对猎人说："你们打猎多年，为民除害，积德行福，而且敢于'舍身'，今天就将你俩收上天庭，封为护法正神，专管天下不平之事，继续除恶安良。"说罢，他带着一众仙童仙女和两个猎人，慢慢升天而去。

老两口看到这里，开始埋怨天道不公，不识好人心，毕竟他们大半生都在一心修仙，最后竟不如杀生害命的猎人能成仙而去。不过他们转念一想，自己没能成仙，难道是因为不敢"舍身跳崖"吗？还是因为他们修仙只是做了表面功夫，除了不吃荤、不杀生，积德的事反倒不如那两个猎人做得多？他们又气又后悔，离成仙也就一步之遥啊，怎么就错过了呢？

两人跪在水边，一边生气，一边大哭起来。老头子哭得"咕咕咕"，老婆子哭得"呱呱呱"，老两口越哭越生气，气得肚子都鼓了起来。最后，两人互相呼应着哭起来，一个哭"咕"，一个就哭"呱"，哭着哭着，他们就变成了一对小气蛤蟆跳进水里。

直到如今，人们还能看到这种小气蛤蟆的身影，听到它们的哭声。小气蛤蟆个头不大，声音却不小，小肚子圆鼓鼓的。每到夏天下雨时，河沟里、池塘里，就会传来一呼一应的"咕呱"的叫声。

（发稿编辑：曹晴雯）

（题图：陆小弟）

红版编辑部各编辑邮箱：
吕 佳：lujia411@126.com
丁娴瑶：dingxianyao@126.com
陶云韫：taoyunyun1101@163.com
曹晴雯：caoqingwen0228@126.com
孟文玉：yuwenmeng@126.com

□ 叶敬之

县令找头

清朝末年，淮安府桃源县有个吴从贵，原先在上海当学徒。回到老家，他想开个小店，可本钱不够。媳妇说："听说邻村的翁同干有钱，向他借一点吧？"夫妻登门，向翁同干借钱。小店顺当地开了，售卖上海、淮阴等地出的小商品。

这天，吴从贵去县城进货，半夜起身，第二天晚饭后才回到家里。到家一看，惊得失声尖叫：床上是他老婆血淋淋的尸体，头不见了！

娘家人找上门来，不由分说，把吴从贵送去官府，控告他杀妻。

县尉接到报案，派捕头和衙役前往勘查，并提审了吴从贵。吴从贵却叫冤喊屈："我根本没杀老婆，也不知道她的头在哪里啊！"

一番审问之后，吴从贵就是不招。县尉非常恼火，命衙役给吴从贵用刑。酷刑之后，吴从贵终于招认，自己杀死了老婆，头被他扔进运河里了。指望找到脑袋不大可能，但吴从贵的供述和他老婆的尸体足以给他定罪，于是县尉把审理结果报给了县令智如昌。

智如昌拿到案卷，看了好几遍，心里起了疑。他找来县尉，问道："俗话说，夫妻无隔夜之仇。此前没人听说他们有大矛盾，吴从贵为什么要杀老婆？"

县尉说："夫妻结的仇，也许

88

外人不知道。"

智如昌又问："即使想杀掉老婆，为什么要割去头颅，还要扔进运河呢？"

县尉想了想，说："也许吴从贵对她恨得要死，活着不想见，死了也不想见。"

智如昌认为，既然有反常之处，就得弄个水落石出。从哪里着手？当然从死者的头开始。死者的头不见了，无非两个原因，一个是被扔了，一个是被藏。留着身子，把头扔掉，不合常理；如果被人藏起来了，出于什么目的？智如昌一时也不知如何下手，只能派出衙役调查死者生前的人情往来，看能否发现蛛丝马迹。

死者生前的熟人里头，就有邻村借钱给吴从贵的翁同干。几天后，一名衙役来报告说，翁同干有嫌疑。他家最近死了一个保姆，保姆是孤女出身，可翁同干竟给保姆提供了棺木寿衣，仔细安葬了。一个保姆，为什么这么热心地替她操办后事？

智如昌说："翁同干安葬死去的保姆，有什么异常之处？"

衙役说："保姆下葬的时候，按规矩是八人抬棺。事后抬棺的人说，这次抬的棺材好轻。有人开玩笑说，这保姆莫不是纸扎的吧？还

有人说，是不是饿死的，瘦得只剩下皮包骨头了，所以就轻了。"

智如昌轻拍一下桌子，若有所思道："吴从贵杀了老婆，跑几里路把人头扔到运河里，太不合常理。"衙役点点头。智如昌又说："保姆的棺材这样轻，是不是因为里面只有一个人头呢？"

衙役点头称是："大人问得有道理，但如果吴从贵杀了老婆，为什么要把人头送给翁同干？翁同干为什么又要用一个人头去冒充保姆的尸体呢？"

智如昌说："这只是我的猜测，想知道真相，先开棺验尸再说。我们即刻下乡！"

智如昌带上仵作和几个衙役，骑上快马，来到保姆坟前，立即布置开棺验尸的事情。几个衙役挥舞铁锹，挖开坟墓。不一会儿，棺材露出来，仵作亲自拿起铁签，"咔嚓咔嚓"撬开棺材盖。大家探头一看，只见一床厚被子，占据了棺材里面的大部分空间；被子外露出一个女人的头颅，双目紧闭，还没腐烂。仵作抬头望了望智如昌，似乎在说没什么异常。智如昌不说话，示意仵作继续。仵作拿铁签挑开被子，真没有什么异常，被子下面是

一具完整的尸身！

智如昌见此情景，心凉了半截。原来不是像自己判断的那样！棺材之所以轻，大概是入殓仓促，棺材里没放祭品的缘故。据他了解，当地死者入殓，要在头、足两侧放一些纸包，包的是当地黄土，目的一是"压棺"，防止棺材抬起来轻飘飘的；二是固定尸体，避免抬棺时乱晃。而这个死者头足两侧都没有纸包，所以抬棺人觉得轻了。这样想着，智如昌急忙朝仵作挥挥手，让他赶快把棺材盖上。

回到县城，智如昌茶饭不香，坐卧不宁，觉也睡不着。下半夜，智如昌忽然坐了起来，兴奋地想到一件事：是不是有人故意把死者的头给藏起来了？因为看到了头，大家就会知道这个人不是吴从贵的老婆。也就是说，吴从贵家里躺着的死者，也许不是他的老婆！

天一亮，智如昌就派人叫来衙役、仵作等人，到牢里提出吴从贵，一行人急匆匆赶往吴从贵家。吴从贵老婆的尸体装进了棺材，暂时还没下葬。到了吴从贵家，智如昌叫大家离开灵堂，只留吴从贵一个人验尸。不一会儿，吴从贵颤抖着嘴唇从灵堂里跑出来，对智如昌说道："大人，我老婆大腿上没有痣，这个人大腿上有黑痣！我老婆大脚趾比其他脚趾都长，这个人大脚趾却很短！"

智如昌一拍大腿，对众衙役说："立即出动走访，看附近哪个地方有新坟，或者坟上有新土，速来回报。"

调查走访很快有了结果，距离三四里路远的地方有新坟。智如昌立即带人前往，到了坟地，下了命令："开坟！"

坟挖开了，众人"哇"的一下惊叫起来。原来，打开棺盖、揭开被子之后，人头下面是半截脖子，脖子下面空空如也，什么都没有！智如昌下令："把人头带走，让翁同干家里人看看这是不是保姆的头颅。"来人看了头颅说，确实是他们家的保姆。

智如昌长出了一口气，说道："事情就要水落石出了。"他命令跟随而来的衙役到翁同干家带人。

智如昌坐在吴家东屋里，看见翁同干带到，巴掌往桌子上一拍，说道："赶快把吴从贵的老婆交出来。"

翁同干冷冷地说："吴从贵的老婆死了，你找我要什么人？"

智如昌讽刺地笑了笑，说道："是吗？你看那是谁？"

大家转脸一看，衙役押着一个人走过来，竟然真的是吴从贵的老婆！

众人都惊骇不已。原来，智如昌叫衙役去带翁同干的同时，还命令他们在翁同干家找吴从贵的老婆，果然在一间密室里找到了。

智如昌喝道："翁同干，人证物证俱在，还不老实交代！"

翁同干这才把事情的前前后后交代出来。原来，吴从贵在上海当学徒的时候，他老婆认识了翁同干，两人有了私情。

后来，他们的私情被翁同干家的保姆撞破，保姆趁机勒索翁同干财物。三番五次之后，翁同干受不了了，就和吴从贵的老婆商量，趁吴从贵外出进货，杀死自家保姆，割下头来，穿上吴从贵老婆的衣服，抬到吴家，冒充吴从贵老婆，这样既能除掉保姆，也能达到陷害吴从贵的目的。保姆和吴从贵的老婆胖瘦相仿，高矮相似，所以大家都上了当，以为那具尸体真是吴从贵的老婆。

吴从贵的老婆就这样被翁同干金屋藏娇，再也不露面了。翁同干做贼心虚，杀了保姆，心里不踏实，就派出心腹到处打听哪里有新死的妇人，偷偷把尸体挖过来，跟保姆的头颅调包，以免下葬时被人看出破绽。

翁同干自以为干得神不知鬼不觉，却被智如昌还原了真相。智如昌当场宣布释放吴从贵。

一年后，翁同干以杀人罪被砍掉了脑袋。

（发稿编辑：陶云韫）

（题图、插图：陆小弟）

阅读大神

□ 叶卫

张田山是一个公司老总，为了显得自己有文化，他特地在办公室里摆放了古色古香的书柜，里面塞满了各种书籍。可张田山很快发现一个问题：这些书都是崭新的，明眼人一瞧便知，那只是一种装饰，并不能证明他博览群书。他左思右想，终于想到了一条妙计。

这天开会，张田山宣布，为了提高职工的文化修养，即日起在公司开展"午后阅读"活动，要求职工每天利用午休时间读书半小时。至于书籍，可以去他办公室里拿，看完了放回去就行。就这样，没多久，张田山办公室里的书基本都被翻阅过了。为了证明这些书都是自己看过的，张田山还会在书的扉页上写一个"阅"字，再加上具体的日期和潇洒的签名。

转眼半年多过去了。这天，几个企业界的朋友到张田山的公司考察学习。当他们来到张田山的办公室，都赞叹不已。其中有个博士，他一见到书柜里的书籍，就被吸引住，翻了起来。不一会儿，博士赞道："张总，别人的书大多用作装饰，你的书却是用来阅读的，佩服！"说完，博士继续翻阅，发现喜欢的书就搁在一边。十几分钟后，博士又赞道："张总，你不但是商业奇才，更是阅读大神啊！"

张田山高兴得眼睛眯成了一条缝。这时博士抱来一摞书，说："张总，我可不是恭维你，你瞧这六本书，叠起来够厚吧，你却在同一天读完了，我自愧不如啊！"

张田山脱口道："瞧你说的，不带这么夸人的啊！"

博士一声不吭，一一翻开六本书的扉页。张田山上前一瞧，顿时面红耳赤。原来，在这六本书的扉页上，竟然写着同一个日期……

（发稿编辑：曹晴雯）

认错

□ 孙凡利

阿彪母亲去世早，他是被老爹一手带大的，可阿彪没良心，婚后又怕老婆，老爹更是靠边站了。

老爹郁郁而终。阿彪草草地把他老爹的丧事办了，还对外宣称："这叫厚养薄葬。"

村主任怒了，他把阿彪叫到办公室，半真半假地说："给你点时间，弥补一下你老爹丧事办得太草率的事。如果你不挽回形象，我开除你的村籍！"

阿彪愣怔了半天，点点头。

几天后，村主任早起遛弯，远远地看见阿彪去了老爹的墓地。阿彪先是站在坟前左右看了看，然后向前一步立正站好，身板挺得笔直，嘴巴一张一合念着啥。随后，阿彪"扑通"跪下去，又是磕头又是作揖，最后捂着脸号啕大哭。村主任明白了，阿彪悔悟了，这是在给老爹忏悔！

第二天，村主任遛弯，又看见了阿彪，发现他还在老爹坟前跪拜。一连几天，阿彪准时过去，村主任还隐约听见阿彪喊："爸爸我想你，爸爸我爱你。"浪子回头金不换啊！

这天，村主任在街上碰到阿彪，和气地拍拍他的肩膀，说："我看到你去你老爹坟前认错了。要是他在的时候你能这样，该多好！"

阿彪"啊"了一声，说："认错？我是遛弯，恰巧走到那里。"

"那你无缘无故磕头干啥？"村主任笑了，"别不好意思承认。"

阿彪讪讪地回道："其实……是我岳父前几天去世，明天出殡。"

"岳父去世，你给自己的老爹磕啥头？"村主任不解。

阿彪说："岳父那边对跪拜很讲究，我怕到时磕错了，老婆不饶我，所以先到老爹坟前练练兵。"

（发稿编辑：陶云稆）

老陈买鞋

□张 希

在小毛眼中，同事老陈对人大方，对自己却抠得很。尤其是老陈的鞋，全是杂牌，穿破了都不愿换。常言道"脚下无鞋穷半截"，老陈省钱，不能这样省呀！

这天，小毛和老陈一起出差，白天忙完工作，晚上两人去宾馆附近的商场溜达。商场一楼摆着一个鞋子特卖柜台，密密麻麻摆了上百双杂牌鞋，鞋盒都没有。柜台边上的大牌子写着"清仓，三折"。老王往柜台前一站，就挑上了。

小毛对这种鞋没兴趣，便去二楼溜达了。等他回来，老陈面前已经放了两双鞋。老板娘对老陈说："这位大哥，这鞋是处理价，离开柜台概不退换！"

"没问题，保证不退不换。"老陈付了钱，和小毛一起回到宾馆。

转天晚上，小毛一个人出去溜达，又去了那家商场。刚走进一楼大厅，卖鞋的老板娘追了过来："兄弟，昨天和你一起来的大哥呢？"

"你找他有什么事？"小毛不解地问。

老板娘说："昨天他买走的那两双鞋，你让他快点退回来。"

"退回来？你们不是不退不换的吗？"小毛奇怪地问。

老板娘皱着眉头，说："你别管那么多了，快让他拿回来，我给他换两双。"

小毛只能点点头。他回到宾馆，把老板娘的话告诉了老陈。老陈听罢挠挠头，说："我买鞋可真难，被人发现了。"

"发现了什么？"小毛想不通。

老陈叹了口气，说："我这脚，天生一大一小，差了足足两码。每次买鞋，我都从这种便宜货里挑两只不一样的，谁知这次被发现了！"

（发稿编辑：陶云韫）

财神庙拆了以后

□ 黄超鹏

饶月镇地处偏僻，村民普遍文化水平不高，刚上任的李镇长深有体会。

这天，李镇长到城西视察，见到一座不起眼的财神庙。这庙看上去又破又旧，却香火缭绕，还有不少人在庙前的广场燃放烟火爆竹，烧纸焚香。李镇长看了直摇头，这不但是迷信行为，还有不小的安全隐患啊！

李镇长回去后就开始着手财神庙的拆除改建计划。他申请了一笔资金，专门用来改造城西广场，增加一些绿化地带，安装一些健身设施，还特地设计摆放了一些石桌石台，方便老人们下棋打牌之用。李镇长也带头，下了班就去广场健身、跳舞，希望带动镇上百姓来这里享受健康休闲。

"这叫转移兴趣，等他们爱上了

运动和歌舞，就不会天天想着拜神仙了！"李镇长在会上对下属们说。只是过了一段时间，改造后的广场却依然冷冷清清，那些健身设施也都积了厚厚的灰。

这天，财政所的黄所长给李镇长打来电话："老李，不如……还是把财神庙恢复了吧……"李镇长笑了："老黄，你怎么也学着封建迷信那一套来劝我了？"

黄所长苦笑道："不是我想劝你，是我劝不动那些老头老太们。你把财神庙一拆，他们现在都跑到财政所门前来了！"

李镇长糊涂了："干啥呀？"

黄所长哭笑不得："我问啦，人家说他们认字少，反正看到'财'字，就觉得作用差不多，烧香拜财神，拜哪儿都一样啊！"

李镇长一愣，就听到电话那头传来一阵清脆的鞭炮声……

（发稿编辑：丁娴瑶）

大约翰来了

□邓 笛 编译

比尔应聘上一家酒吧的调酒师。酒吧老板嘱咐他："在酒吧工作有风险，有时甚至会发生持刀捅人、持枪伤人的事……"比尔再三向老板保证，自己能应付这些事。

老板又说："我的吧台是纯橡木的，已经有一百多年了，坚不可摧。如果以后你遇到了棘手的事，躲到吧台下面就好，一切都由我来处理。"比尔感激地点点头。

最后，老板交代道："还有一件最重要的事，如果你听到有人说'大约翰来了'，必须放下一切，迅速离开小镇，越远越好！"

比尔觉得老板有点过于谨慎了，但还是点头表示同意。

转眼几个月过去，比尔确实经常目睹一些危险的事，每次他都及时躲在吧台下面，毫发未损。

这晚，有人突然喊道："大约翰来了！"比尔一下没反应过来，等他回过神，发现酒吧早已空无一人，就连老板也不见了。比尔正要离开，听到一阵轰隆隆的声音，然后一个巨人堵住了酒吧大门。这人光着上身，肌肉发达，胯下有一头美洲狮，脑袋上缠着一条响尾蛇。比尔吓坏了，见出不去，他只好往回跑，钻到了橡木吧台的下面。

接着巨人跳下坐骑，走进酒吧，大声喊道："酒保呢？我要威士忌！"比尔见藏不住了，只好战战兢兢地从吧台下面爬出来，找到一瓶威士忌，给巨人倒了一杯。巨人喝完后吼道："把瓶子给我！"

比尔哆哆嗦嗦地将酒瓶递给了巨人。巨人一口气喝光了，然后把酒瓶砸在吧台上，顿时碎片飞溅。

比尔讨好地问巨人："先生，还有什么需要我为您效劳的吗？"

巨人说："不必了，我得赶紧离开小镇！大约翰来了！"

（发稿编辑：曹晴雯）

（本栏插图：顾子易）

冬季增刊 故事会® 2023

CONTENTS —STORIES— SEMIMONTHLY

2023增刊·冬

社 长、主 编 夏一鸣

副社长 张 凯

副主编 朱 虹 吕 佳

本期责任编辑 王 琦

电子邮箱 wangqi_8656@126.com

发稿编辑

朱 虹 赵媛佳 田 芳

美术编辑 王怡斐 郭瑾玮

红版编辑部电话 021-5320 4059

绿版编辑部电话 021-5320 4050

地址 上海市闵行区号景路159弄A座3楼

邮编 201101

主管、主办 上海文艺出版总社

出版单位 《故事会》编辑部

发行范围 公开

—— 出版发行部 ——

发行业务 021-5320 4165

发行经理 钮 颖

媒介合作 021-5320 4090

广告业务 021-5320 4161

新媒体广告 021-5320 4191

—— 融媒体中心 ——

《故事会》微博 @故事会

《故事会》微信 story63

故事中国网 www.storychina.cn

《故事会》网店

shop36332989.taobao.com

故事会公众号　故事会小程序

国外发行 中国图书贸易总公司

印刷 上海四维数字图文有限公司

发行：中国邮政集团公司报刊发行局总发行

国内代号 4-225　定价 8.00元

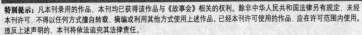

天下趣闻

（本栏插图：小黑孩）

@ 喵豆逗 有个人去超市买东西，结账时发现没带手机，便问收银员："收纸钱吗？"

见收银员一脸惊讶，这人忙说："不对不对，收金币吗……还是不对，那个叫啥来着……"

收银员笑着说："纸币，现金。"

@ 泡泡羽绒 吉米的公司要举办别出心裁的"比丑大赛"，胜出者有奖励。吉米想报名，结果被拒绝了。

他生气地问："为什么不让我报名？"对方说："我们这些人比丑，都是业余的，您这个专业的就不要凑热闹了，好不好？"

@ 超级玛丽奥 甲："这次水灾，音乐救了我一命！"

乙："是别人听见你美妙的歌声，来救你了吗？"

甲："不是……当我被卷进洪水里时，刚好一架钢琴漂过来，我就爬上去了。"

@ 吃葡萄不吐葡萄皮 一对穷哥们走在路上，其中一个双手合十，祈祷道："老天啊，掉下一捆钱砸我头上吧！"

另一个也双手合十，祈祷道："老天啊，掉下一捆钱砸死他吧！这样就没人和我分钱了。"

@ 甜甜圈 医生对病人说："我有一个坏消息和一个更坏的消息，你想听哪个？"

病人说："坏消息吧！"

医生说："化验报告出来了，你只能活24小时了。"

病人崩溃地问："那更坏的消息呢？"

医生说："我从昨天的这个时候就开始找你，可算找到了。"

2

东方笑场

@ 蓝蓝天 阿华是一对高中同学婚礼的证婚人，在台上，他问新郎："你们俩结婚，真是出乎老同学们的意料呀。你们是怎么走到一起的？"

新郎说："嗨，原先的班里就剩我俩没结婚了，我们都想把这些年随份子的钱收回来……"

@ 哈雷哈士奇 小丽接到了一个电话，电话那头的男人上来就叫她"老婆"，小丽刚想开口骂他，只听男人迟疑了一下，接着说："老婆，我今天发工资了！晚上我们去吃大餐，顺便给你买几套衣服，再把你上次看中的那条项链也一起买了吧！别省了，我挣钱就是给你花的，爱你！"

小丽感动极了，缓缓说道："你打错了。"

@ 流浪地球 大刘来处理车辆违章记录，办事大厅里人满为患。大刘办完了要走，一个男人叫住他，问："兄弟，你来得比我晚，怎么还先办完了呢？"

大刘说道："大哥，我被强制扣车，一次性扣12分，是VIP！"

@ 雅静 午休时，几个同事在一起聊天，都说不想上班，给别人打工不如自己当老板。

其中一人提议说："咱们合伙开个店吧，一人守一天。"众人纷纷说这个主意好。

这时老板从旁边经过，问道："开什么店？店开在哪儿？租金谁出？货怎么进？"

听了这话，大家都默默开始工作，再没人提不想上班的事了。

@ 凹凸曼 老胡和老刘在敬老院，一言不合打了起来。护工把他们拉开，问："有事好好说，干吗打架？"

老胡愤愤地说："哼，小时候我就想揍他了，可我比他小几岁，打不过！现在他腿脚终于不利索了，我再不揍，就没机会了。"

雷人囧事

@发迹线突出 男人："大师，我失散多年的儿子不肯叫我爹怎么办？"

大师："带他去股票交易所看看。"

男人："您是说让他先开阔眼界，然后就会叫我啦？"

大师："不，去了他自然会叫'跌'！"

@普鲁士蓝 情人节这天，大壮抱着一束玫瑰花来到女朋友楼下，给她打电话。

女朋友问："是不是有惊喜给我？"

大壮心血来潮想开个玩笑，就故意问："什么惊喜？"

女朋友生气地挂了电话，不下楼了。

大壮等了半天，只好抱着花走了。他在商场门口把玫瑰花一枝枝卖了出去，数着钱自言自语道："160块买的，卖了380块，的确是惊喜啊。"

@扭扭麻花 阿芳去买口罩，对店员抱怨说："你们这儿的口罩怎么越来越小？现在连我的半张脸都挡不住了。"

店员看了看阿芳，说："大姐，这种口罩的规格都是一样的，您有没有想过，可能不是口罩的问题呢？"

@笑熬糨糊 小张叫了辆出租车回家，到了家门口才发现带的钱不够付车费，而且自己没带手机，于是让师傅等一会儿，他上楼去拿钱。

师傅不乐意了："你要是上去不回来了，我找谁要钱去？"

小张想了想说："我把钥匙押你这儿，行吗？"

师傅无奈道："把钥匙押我这儿，你怎么开门进家里拿钱？"

小张挠挠头说："对哦，那怎么办？"

师傅叹了口气："算了，你去吧，看你这智商，我相信你。"

呀！你这么一说我才想起来，鱼竿落在麻将馆了！"

@ 蜡笔小心　老妈性格活泼，喜欢开玩笑。这天，老妈接到儿子电话，说自己放假了，准备回家。老妈对他说："不瞒你说，家里出了点事，饭都吃不上了，你先别回家。"

儿子忙问："出了什么事儿？"

老妈说："你爸这几天不愿意做饭，家里没饭吃了，我俩只好跑到桂林这边的饭店里随便吃点儿。"

诙谐家庭

@ 雷麻麻　一对夫妻因为琐事吵了一架，老婆拿起包往门口走，气呼呼地说："我再也不回来了！"

见老公没反应，老婆停下脚步，说："我问你一个问题，如果你答对了，我就不走。"说着，她从包里摸出一只苹果，问："这是什么？"

老公答："橘子。"老婆冷笑一声说："你答对了，我不走啦。"

@ 不可回收　老王告诉老伴，有个多年不见的老同学要来做客，他最爱吃鱼，自己要钓鱼给他吃。

第二天，老王吃过早饭就拿着鱼竿出门了，傍晚才回家。老伴看他手里空空的，问道："老头子，你钓的鱼在哪儿呢？"

老王一听，拍了拍脑袋说："妈

@ 窝窝唐　老婆看中了一款车，但她对车一窍不通，就问老公："这车要多少钱？"老公答："十万出头。"

老婆猜了个价格："十一万？"当听老公说是十五万时，老婆有点火："那叫十万出头？都出到腰上了！"过了几分钟，老婆又看中了一辆奥迪。老公看了眼，说："你想都不要想，这车的价格都出到头顶上去了！"

@ 霹雳小怪兽　大壮老婆出差了，大壮只好担负起照顾儿子的任务。这天早上，大壮急急忙忙地赶到幼儿园，对老师说："对不起老师，今天迟到了，给你添麻烦了。"

老师朝大壮身后看了看，说："没啥麻烦的，你这么大了就不用上幼儿园了，还是再回去一趟，把你儿子送来吧。"

偷青

□ 杨 哲

老张是留守老人，家住城乡接合部的小坝村。村里的土地已基本被征用，他和老伴没事做，就种了几分地的白菜、油菜等，自己吃不完就拿到集市上卖。

过完年，到正月十四那天，老两口却显得有些忧心忡忡，为啥啊？他们担心种的菜又被"偷青"。

去年正月十六，老张早早起来，想挖一些油菜去赶集。当他来到菜地后，却一下子惊呆了。菜地里一片狼藉，到处都是乱扔的菜叶和凌乱的脚印，地里的白菜和油菜全不见了。

老张的血压一下子升了上去，去年他种的菜虽然也被"偷青"过，但只是零零星星的，今年怎么全被"偷"光了？

偷青是当地的风俗。早年间，元宵节夜晚，年轻人会三五成群去别人家菜地"偷"菜，或白菜，或大葱，或青蒜，但不能"偷"多，意思一下就行；"偷"回来和亲朋好友共同分享，图一年的吉利：白菜寓意百财，大葱代表聪明，青蒜预示今年好打算。被偷人家发现菜被"偷"后却不能骂，因为骂就是祝福，祝福"小偷"今年好运。

老张在村里一打听，家家户户种的菜都被"偷"了，但程度并不相同，他的菜地被"偷"得最严重，因为他种的菜不施化肥，也不打农药，"偷青"的人可真会挑啊！

刚开始，老张以为是村里的年

轻人干的，但他们怎么会忽然坏规矩呢？一问才知道，原来最近城里的年轻人也兴起了"偷青"。精明的商家抓住商机，过了初十便开始在网上兜售火把、煤油和手电筒等，生意还挺火。

老伴气愤不已，请来邻居家的小年轻拍了个短视频，叫外地打工的儿子发到了网上，让大伙来评评理，"偷青"的人这么"偷"合适不？没想到，视频一下子登上了热搜，许多网友纷纷留言，谴责"偷青"的人太过分，但也有人和稀泥，说年轻人只是想图个好运气，并无任何恶意。市电视台的记者还特意来村里拍了录像，并以此为话题，邀请民俗专家做了一期专题新闻，反响不小。

老伴看完电视，只说了一句："磨磨唧唧说了半天，到底是谁'偷'了我的菜啊？"

时间回到今年。这天下午，老张在菜地里拔草时，一辆越野车忽然停在了路边，从车上下来一个年轻人，主动跟老张打招呼："大叔，您这菜种得不错啊，是卖的还是自己吃的？"

老张觉得这年轻人有些奇怪，但还是回答说："我们老两口吃，吃不完的拿到大集上卖，换点种子钱。"

年轻人点了点头，又问："您这菜地里的菜要是全卖了，能卖多少钱啊？"

老张想了想说："也就五六百块钱吧。主要还是自己吃，卖不了多少。"

年轻人说："大叔，我在一家饭店上班，负责瓜果蔬菜的采购，看您种的菜不错，想进几百斤，您卖吗？"

老张思忖了片刻，点头答应了。年轻人拿出手机扫了老张的微信，加了好友后开车走了。

老张回家后，老伴对他说："听说邻村有个人，为了防止菜被'偷青'，在菜上浇了不少大粪，还真没人偷。要不，我们也照猫画个虎？"

老张却说："浇上粪还怎么吃啊？算了，晚上我去菜地守着吧。"

到了晚上9点，老张穿上羽绒服来到了菜地，蹲在地头，边在手机上看短视频边守着。晚上11点钟刚过，村路上的车辆渐渐多了起来，有几辆车停在路边，下来一群年轻人，有的拿着手电筒，有的举着火把，明晃晃的一片，直奔老张的菜地而来。

老张急忙站起身来，打开充电

照明灯，弯腰抱了几棵早已挖好的白菜，迎上前去，招呼说："年轻人，我地里的菜被一家饭店预订了，请你们手下留情。这几棵白菜大家分一分，意思意思吧。"

几个年轻人听后，停住了脚步，相互嘀咕了几句，却摆了摆手，说到别处看看，便开车走了。

如此这般，直到12点时，路上的车辆才渐渐少了。老张终于松了一口气，觉得不会再有人来"偷青"了，就回家踏踏实实地睡觉了。

第二天早上，老张睡得正香，忽然被老伴叫醒了："老头子，昨晚你怎么看的菜地啊？咱家的菜又被人偷了！"

老张一惊，怎么可能呢？他赶紧穿好衣服，和老伴一起来到菜地。地里只剩下三分之一不到的油菜，其余的白菜全被"偷青"的人偷光了。老张苦笑着摇了摇头，劝老伴："还好，今年还算手下留情，给我们老两口留了点菜，够吃了。老婆子，你也别生气了，没了就没了吧，我再种呗。"

老伴窝着一肚子的气，啥话也没说。

回家后，老张点开手机，发现一个叫"大男孩"的微信好友发来两条消息。他打开一看，却一下子怔住了。

"大男孩"给老张转来一千块钱，还留了一段话："大叔您好！不好意思，您菜地里的菜是我昨天半夜组织人'偷'的，没别的意思，就是想图个好彩头。去年元宵节，'偷'您菜的人也是我们，没想到给您带来了不便，在此向您说声对不起。这一千块钱是我们的一点心意，请您务必收下。祝您和大妈身体健康！"

老张仔细一想，这个"大男孩"不就是昨天那个自称饭店负责采购蔬菜的小伙子嘛。

一旁的老伴看完"大男孩"的微信消息，感到有些意外，埋怨似的说："这帮孩子，几棵白菜也不值几个钱，挖了就挖了，还给啥钱啊？真是的。"

老张故意逗她："那这钱我就不收了？"

老伴却手指一点，大大方方地收下了钱，说："收，为啥不收啊？今年秋天，咱还种白菜和油菜，不用化肥，不打农药。等到了元宵节，提前请孩子们高高兴兴地来'偷青'，还不行吗？"

（发稿编辑：赵嫒佳）

（题图：陆小弟）

谁是真凶

□ 范大宇

快过年了,这天难得阳光普照,红莲小区的住户纷纷走出家门,在小区的草坪上晒太阳。

9点15分左右,有人突然发现2号楼高层的一处窗户外,竟有一个女人站在狭窄的窗台上擦拭玻璃。哎呀,这太危险了。

说时迟那时快,那女人突然跌落,同时传来撕心裂肺的叫喊声:"是刘玉林推我,他要害——"

眨眼之间,那女人已经"砰"的一声摔在坚硬的水泥地上,一命呜呼。此时,那层楼的窗户处,有个男人向外张望,大喊了一声:"林苹!"

片刻后,那男人跑出来,跪在林苹的遗体前,慌乱地对众人说:

"快!救救她!"人已去世,还救个啥?有人用手机拨通了电话,不过,不是拨120,而是110。

嫌疑人刘玉林被刑拘了。预审官王石核实了刘玉林的身份:大发贸易公司的总经理,现年49岁。他的妻子林苹,即死者,结婚后便辞去工作,过着相夫教子的家庭主妇生活。

刘玉林神情恍惚,喃喃地说:"怎么会这样?怎么会这样?"

王石要刘玉林老实交代,可他只是说:"我们结婚22年了,我为什么要害她呀?"

公安局依法对刘玉林的住宅进行了搜查,结果在林苹的化妆台上发现了一封遗书,内容如下:

"我与刘玉林的结合是冲破世俗观念的，因为，他只是一个农村来的穷小子，而我的家境不错。当年我不顾父母的反对，毅然与他走到了一起。婚后，我们有过幸福的时光。可是这些年我发现他变了，他对我越来越冷淡。以一个女人的敏感，我终于发现了他有了'小三'，是他的秘书，叫金美娟。

"早晚有一天，他们会害死我的。为了防止他们的阴谋得逞，我在此申明：万一哪一天我突然不明不白地死了，这就是我控诉刘玉林和金美娟的证据（物证存放在工商银行 171 号保险箱里）！"

王石看了这封遗书后，立即驱车去银行取了林苹放在那里的东西：一张刘玉林与一个年轻女人的合影，还有几首情诗复印件。

王石立即传讯了金美娟。她十分漂亮，约有二十七八岁。王石问："知道为什么叫你来吗？"

金美娟平静地说："知道，不就是林苹自杀的事儿吗。"

王石心里"咯噔"一下，这个女人倒是痛快，可是她凭什么一开口就给林苹的死定了性呢？莫非她早与刘玉林合计好了，此时说漏嘴了？

王石立刻又问："你并没看到尸体，你怎么知道林苹是自杀的？谁告诉你的？"

金美娟淡淡一笑，说："谁也没有告诉我。但我知道，刘玉林不可能害她，是她自寻短见的。"

"没有这么简单吧。"王石说着，"啪"地将刘玉林与她的合影照片拍在桌子上。

金美娟扫了一眼，脸红了红，随后说："这说明什么？俗话说'抓贼要赃，抓奸要双'，你们警察办案是用这种逼供方式吗？"

这话把王石噎得一时说不出话来。他缓和了一下口气，让金美娟从与刘玉林的交往开始谈起。

金美娟是刘玉林的秘书。有段时间，她看到刘玉林总是很晚回家，后来她发现刘玉林并没有什么紧要的工作，只是故意不回家。有时太晚了，金美娟就去买点吃的，二人边吃边聊，慢慢地，金美娟了解了刘玉林的一些家庭生活。

刘玉林的岳父母一直认为，自己的女儿是"下嫁"给刘玉林的，这极大地伤害了刘玉林的自尊。他知道，自己取得的成就绝不是靠岳父母的影响，而是自己的努力。

林苹虽没有像她父母那样，可或多或少也流露出这种倾向，这让二人的感情产生了裂痕。后来，林苹又开始担心丈夫会变心、出轨，她变得敏感易怒，只要有一点蛛丝马迹就揪住不放。

一天，一个女客户打电话找刘玉林，林苹抢先接过电话，一听对方是个女的，开口就骂。结果，刘玉林公司一笔50万元的生意泡汤了。在刘玉林最苦闷的时候，是金美娟给了他安慰。而金美娟确实仰慕刘玉林，还给他写过情诗，可是，被刘玉林严肃地拒绝了。

从此，金美娟更加敬佩刘玉林的为人，也不再对他有非分之想了。只是在一次公司组织的旅游中，金美娟也像其他女同事一样，与刘玉林合影留念。

目前确实没有足够的证据认定金美娟有作案嫌疑，王石只能把她放了。刘玉林那边，王石也在抓紧时间继续询问，收集证据。

这天，林苹的父母又来到了公安局。在女儿出事当天，他们听一些证人说林苹亲口说是丈夫推她坠楼，无法接受这个现实，来到公安局要求刘玉林杀人偿命。而隔了两天，他们又主动来了。王石心中暗想，来得正好！

林苹的父母年事已高，经此打击更显憔悴。见到王石后，林苹老父亲的第一句话竟是："苹儿……她是自杀的！"他说，出事时他们情绪太激动了，可回家细细一想觉得不对。人命关天，他们不能冤枉一个无辜的人，因此今天又来了。

王石问："您这么说，有什么证据？"

老人说："苹儿出事的那一刻，我正在与刘玉林通话。我隐约在电话里听到了苹儿的呼喊，以及刘玉林扔掉话筒的声音。"

王石点了点头。根据此前刘玉林的证词，他已经去通信公司查询了那天刘玉林家的固定电话明细，结果与刘玉林岳父说的一样，9点15分，他们在通话。王石又进行了一次实地勘测，刘玉林家的电话距离林苹出事的窗户有二十多米，他不可能一边通话一边将林苹推下楼去！

林苹的母亲说，林苹这几年一直在吃抗抑郁的药，可这件事她并不想让刘玉林知道。

刘玉林得知妻子自杀的真相，痛哭流涕道："这些年来是我疏忽了，没有和你好好沟通，没能照顾好你，是我对不起你啊……"

（发稿编辑：王　琦）
（题图：陆小弟）

靠近日军军营的街口，有两家紧挨着的店铺：东边是个日本牙医开的诊所，西边是个中国老汉开的茶叶铺子，茶叶铺子专卖一种茶——猴魁。

日本牙医爱茶，又不愿花钱，常踱过来撮上一撮茶叶，泡进自己的茶杯里。老汉大度，也不说什么。喝得多了，牙医就迷上了，他问老汉："这猴魁茶不但香，而且扁平挺直，是制作工艺异于普通茶吧？你能不能将制作工艺教给我？"

老汉说："那得等我要死了的时候。我活着是不能将工艺传给外人的。"

老汉身体本来就不大好，如风中残烛，说完这话没多久，他就病倒了，一日重似一日。牙医过来探望，老汉有气无力地说："恐怕我没多少日子好活了。我说过，等我要死了，就将猴魁茶的制作工艺传给你。我说话算数，

不过也不能白传，你得帮我办件事情。"

牙医喜出望外："您尽管吩咐。"

"你帮我将我儿子找来吧，我想临死前见他一面。"

"您儿子在哪？"

"我也不知道他具体在哪，只知道他在这座城里。"

老汉缓缓讲起来，他儿子九岁那年被土匪绑票了，因为他没能按

□ 方冠晴

时交赎金，土匪砍了儿子一根手指。虽然他最终还是将儿子赎了回来，但儿子很不满，觉得是当老子的舍不得钱才害得他丢了一根手指。九岁大的孩子说懂事也不懂事，赌一口气，离家出走了。

老汉叹着气说："有人在这座城里看见过他，所以，我才来这儿开了这间茶叶铺子，其实就是为了找他，但十多年了，没找到。"

牙医有些为难："您找了十多年没找到，我怎么找得到呢？您儿子有什么特征吗？"

"十多年了，我快忘了他长什么样了。不过，他左手无名指断了两节，只剩一节。"老汉满眼期待地望着牙医，"现在整座城都落在你们日本人手里，你又认识那些日本兵，让他们帮着找，比我找容易。只要找到了，别说猴魁茶的制作工艺了，我连这间茶叶铺子也送给你。"

牙医脸上浮起一丝笑意，说："我试试看吧。"

过了几天，牙医领着个年轻人走进茶叶铺子，对躺在躺椅上气若游丝的老汉说："我找到了您儿子了，我带他来见您。"

老汉眼里有了光，挣扎着起来，看了看年轻人左手的断指，又看看年轻人的脸，点点头，问："你是狗儿吗？"

年轻人不吱声，看着他，只是对着他笑。

牙医说："有个不幸的消息我得告诉您。您儿子离家出走后生了一场病，哑巴了。现在不能说话了。"

"不能说话？"老汉怔住了，"可我儿子会说话呀，这么说，他不是我儿子。"

牙医有些不高兴，脱口而出："您是老糊涂了吗？"想想不能这样，他便平复了一下情绪，堆出一脸笑来，说："他以前会说话。我不是说了嘛，他生了一场病，才哑巴了。而且我打听过，他确实是九岁那年来这儿的。时间，手指的残疾，全对上了。他就是您儿子。"

老汉说："可他不会说话，我怎么问他小时候的事情来核实呢？"

他挠着头想呀想，后来眼睛一亮："有了！我儿子从小就跟着我喝猴魁，自然辨得出猴魁茶的味道。"

说完，他蹒跚着去了里间，一会儿走出来，手里端着个茶托，里面盛着三只茶盏，他对年轻人说："三盏茶里，只有一盏是猴魁，你喝喝看，是哪一盏？"

年轻人舔着嘴唇看向牙医。牙医冲他点点头，他便将茶盏端起来，一盏一盏地尝。喝第三盏茶时，牙医就近嗅出了猴魁的香味，不动声色地在年轻人后背拍了一下，他赶紧将茶盏递给了老汉。

"不错，就是这盏。"老汉笑起来。

牙医和年轻人如释重负，也跟着笑。

但渐渐地，老汉脸上的笑容没了，目光像刀子，冰冷地盯着年轻人。半晌，他开了口，冷冷地说："是你杀害了我儿子！两年前，我和我儿子赶着毛驴运茶叶，你们几个日本兵过来抢我的毛驴，我儿子不让，你就杀了我儿子。你的手指，就是我儿子临死前给咬断的。"

笑容僵在牙医脸上，牙医叫起来："等等，你说些什么，跟前些日子说的怎么不一样？"

老汉冷笑一声："当然不一样，一个是故事，一个是事实。杀害我儿子的人，烧成灰我都认识。我看到他去你的诊所治过牙，所以我给你编了个故事，我就知道，你为了得到制茶的工艺，会将他领过来的。"

年轻人已经卸去了憨厚的伪装，露出凶神恶煞的面目来，他一边叽哩呱啦说着日语，一边伸手就要来抓老汉，但他的手刚伸到半空，人便弯下腰去，叫唤着倒下，四肢开始抽搐。

牙医好半天才醒过神来，惊问："你……你在茶里下毒了？"

老汉不答话，他端起茶托里的茶盏，将剩下的茶一口一口地喝掉，然后，不紧不慢地往三只茶盏里都倒满了茶。

他端起一盏茶，举过头顶，人像一下子有了力气，站得挺直，朗声说："一盏茶，祭天地，天地有眼，还我正义！"

他将茶水洒到地上，又端起了第二只茶盏："二盏茶，祭儿子，大仇已报，可得安息！"他举起第三只茶盏时，已有些吃力，但仍大声道："三盏茶，祭自己，本是风烛残年，死得其所！"

茶盏落，老汉轰然倒地。

屋子里安静极了。牙医看着躺在地上的两个人，不知所措。这个断指士兵是他找来帮忙的，现在人死了，他该如何交差呢？

（推荐者：鱼刺儿）

（发稿编辑：田　芳）

（题图：陆小弟）

人生如戏，人如戏精

◆ 下班时，外面下起了瓢泼大雨，我想叫滴滴打车，却叫成了滴滴代驾。不一会儿，来了个司机，我问："你的车呢？"司机问："你的车呢？"

◆ 昨晚同学聚会，我暗恋已久的班花喝高了，我顺路送她回家。路上她从后面紧紧地抱住我的腰，醉醺醺地跟我说："我冷，可不可以把车窗玻璃摇起来？"当时我心情复杂，我怎么摇？我拿什么摇呢？我只好努力地蹬了两下自行车……

（推荐者：小苹果）

◆ 本人是学渣，高三时，我每晚趁晚自习到理发店当学徒工。那天班主任来理发，是我给班主任洗的头，当时气氛特别尴尬。洗完头，班主任说："我教学都20年了，你是第一个给我洗头的学生！"

大学生活花絮

◆ 兄弟发来短信："哈哈，女朋友她妈回来了！我现在躲在她的衣柜里，像演电影，好刺激！"看完短信，我默默地拨通了他的号码——就让电影朝更刺激的方向前进吧！

◆ 前段时间我在图书馆门口碰到一个学姐，巧的是她要借的书正是我要还的。我感觉聊得投缘，加上学姐温柔漂亮，我当即就把书给她了，并嘱咐她到期限前还书。

今天我发现，我的校园一卡通信誉度低了，再一查，是因为借书逾期不还！

（推荐者：双 双）

嘴馋无罪，吃货有理

◆ 我长得一点也不像朋友圈里那样美，过得一点也不像朋友圈里那样好，但我吃得真的就像朋友圈里那样多！

◆ 千万不要和朋友一起减肥，否则你俩会一起找借口不去健身，互相劝对方吃点好的。

◆ 西瓜的味道真的跟西瓜汁一模一样，简直是西瓜汁平替，我愿称之为固体西瓜汁。

◆ 一名合格的吃货看到"拜拜"两字，都能联想到四根烤串。

◆ "您需要点什么？""破碎的内脏，凝固的鲜血，缠绕的触手，扭曲的植物，干瘪的肢体，残缺的大脑，猩红的果实。在红与白的对立中翻滚，在黄与褐的交融中沉寂。为我扫清这片迷雾，让我得以窥见真实！""说人话！""我想吃麻辣烫。"

◆ 勇敢是什么？是我明知道这一顿吃下去会胖，我还是迎头而上。

（推荐者：呱大姐）

多么痛的领悟

◆ 有人说世上 99% 的事情都能用钱解决，但是他们没说的是，解决剩下的 1%，需要更多的钱。

◆ 同一块面做出的馒头和花卷，内在是相同的，接下来就该看颜值了。

◆ 时间会让你明白，除了外卖、公交车、快递值得让你去等，其他啥都等不到！

◆ 很多人一辈子都不会遇见梦想的真爱，只会因为害怕孤独而选择随便找个人，互相饲养。

◆ 很多久经情场的女孩都会被朋友劝一句："找个老实人嫁了吧。"我们老实人得罪谁了？

◆ 孤单的时候就打开钱包看看，心里瞬间就平衡了：至少我还有个钱包，钱包却什么都没有！

◆ 我用真心换你真心，没想到你是真心不喜欢我。

◆ 有时候生活就像一碗汤，而你是一只叉子。

◆ 老天给你机会，你却不中用，这说明什么？你命由你不由天。

（推荐者：阿 健）

（本栏插图：陆小弟）

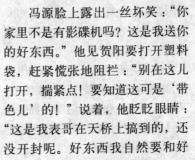

在20世纪90年代，谁家里要是有台DVD影碟机，保准会吸引四邻好友经常光顾。在镇上读初中的贺阳家里就有一台。

这学期，有个叫冯源的男生从市里转学过来，成了贺阳的好友。一个周五的傍晚，冯源神秘兮兮地把贺阳拉到操场角落，鬼鬼祟祟地从怀里掏出一个黑塑料袋塞到贺阳手里。

危险的影碟

□ 曹景建

贺阳疑惑地问："这，这是啥？"

冯源脸上露出一丝坏笑："你家里不是有影碟机吗？这是我送你的好东西。"他见贺阳要打开塑料袋，赶紧慌张地阻拦："别在这儿打开，揣紧点！要知道这可是'带色儿'的！"说着，他眨眨眼睛："这是我表哥在天桥上搞到的，还没开封呢。好东西我自然要和好兄弟分享，你回家自己看，千万别让你爸妈发现！"

听到"带色儿"这几个字后，贺阳忐忑地问："你是说，黑巷子小录像厅放的那种？"

见冯源使劲地点头，贺阳心里啥都明白了，虽然自己从来没有进过那种小录像厅，可心里一直非常好奇。

贺阳做贼心虚地把碟片塞进书包带回了家，胡乱藏在自己的床垫下，都不敢多看那封面上的女郎一眼。

第二天吃过早饭，妈妈说要去医院看望亲戚，老爸还像往常一样

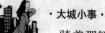

骑着那辆拉风的大摩托车去镇上的建材店了。贺阳在心里欢呼一声，把自家的大门关紧，这才返回卧室，拿出那张碟片。

他打开影碟机，摁了一下出仓键，把那张银色的碟片放到碟架上，又摁了一下关仓键。随即，那张让自己的心脏怦怦直跳的碟片平稳地滑进了影碟机里面。

正当贺阳仰脸等待时，电视屏幕却突然变黑了！他转头一瞧，影碟机的所有指示灯都熄灭了。他站起身去开电灯，可是电灯也不亮了。真扫兴，偏偏这个时候停电！

这时，贺阳意识到一个让他毛骨悚然的事实：那张"带色儿"的碟片现在还在影碟机里呢！没电，碟片就取不出来，等到爱看影碟的老爸回来，发现这玩意儿，那自己可就完蛋了！

怎么办？贺阳稳定了一下情绪，小脑瓜像陀螺一般飞速转动起来。电，电……对，现在得赶紧去找村里的电工马老三，问问为啥没电了，催他赶紧修。

贺阳把碟片盒重新藏到自己卧室后，便推着自行车去开大门。他还没把大门拉开，便听见门外传来由远及近的摩托车引擎声。

难道老爸回来了？贺阳心里又是一紧。

果不其然，他刚把大门打开，就见老爸潇洒地骑着摩托车来到门前，摩托车后座还下来一位叔叔。

"快，叫刘叔叔！"贺爸招呼儿子，"你现在去邻村你表舅开的那个饭店，让他炒几个拿手好菜，中午送到咱家来。你刘叔刚从外地回来，我要和他边看影碟边喝几杯！"

啥，还要看碟片？自己的丑要是丢在外人面前，老爸肯定会要了我的小命啊！这么想着，贺阳赶紧咧嘴说道："爸，您请刘叔看碟片啊？不行了，没电了！"他特意把"没电"二字咬得特别重。

贺爸听了一愣，随即对刘叔说："没事，我现在打电话给电工。"

贺爸拉着刘叔大踏步进了客厅。不一会儿，贺爸撂下电话，发出一阵爽朗的笑声："刘老弟，没事。电工马老三家儿媳妇接的电话，说是变压器有个零件坏了，他公公去修了，很快就能弄好！"

说完，贺爸转头看见贺阳还站在院子里，便吼道："咋回事？我不是让你去给你表舅传信吗？咋还不去！"

贺阳刚才在偷听呢，眼下赶紧

推着自行车出了院子，一路上他急得像热锅上的蚂蚁，心想要是过会儿变压器修好，来电了，自己这个"小流氓"的罪名可就坐实啦。

骑车过村口拐角时，贺阳瞥见伍大爷的修车铺，此时伍大爷正挥动着工具拧螺丝呢。贺阳突然灵机一动，计上心来。

贺阳把车子停下，对伍大爷说爸爸让他来借一把钢钳。待人和善的伍大爷二话没说，爽快地答应了。

贺阳拿着这把钢钳径直骑车到了村北玉米地旁边的小路，他瞧瞧四下无人，看了一眼旁边的电线杆，便把钢钳别到后背处的裤腰带上，然后深吸一口气，像猴子似的抱着

电线杆爬了上去。

他爬到顶端，用双腿紧紧夹住电线杆子，右手握紧钢钳，就要伸过去把电线剪断。

正在他要用劲之时，忽然听见下面有人叫他的名字。他打了一个激灵，低头一瞧，吓得腿一软，从电线杆上滑了下来，没想到下面的玉米地旁站着的不是别人，正是自己的英语老师胡老师。

胡老师说道："刚才我在我家地里掰玉米时听到有响动，走过来，看见电线杆上竟然有个人，瞧背影就怀疑是你。你，你小子为啥要偷剪电线哪？"

贺阳急得流出了眼泪："老师，我是万不得已啊。您，您就别问理由了！"

胡老师语气温柔地说："贺阳，我知道你是个善良懂事、爱学习的好孩子。今天到底为啥要剪电线，告诉我好吗？我保证不会跟第二个人说。"

胡老师在学校就很受学生们欢迎，他虽然身为老师，但没有架子，为人随和，很多同学都喜欢和他交心畅谈，也愿意把自己的烦恼向他倾诉。

看着胡老师一脸真诚，窘迫无比的贺阳终于说出了事情的真相。

只不过，他没有提冯源的名字，只说这碟片是自己在县城桥下一个流动摊贩那里买的。

"原来是这样啊！你以为剪断电线，那个碟片就暂时没法播放了；但你知不知道，故意破坏电力设备可是犯法的！再说了，这也太危险了。"胡老师思索了片刻，突然说，"有了，我陪你一块儿到你家去一趟，到时候我自有主意。"说完，胡老师便说出了自己的计划。

贺阳听后，转悲为喜，却又惭愧地说："这样的话，可要委屈胡老师啦。"

胡老师笑了："没啥委屈不委屈的，我又不是你们小孩子。"

他们刚走到村口，就听见村头的磨房里传来机器的轰鸣声。看来变压器已经修好了，家里也来电了，贺阳的心顿时又一阵发紧。

贺阳带着胡老师走回家，贺爸看见儿子的老师来访，热情地赶到院门口迎接。

胡老师开门见山地说："哎呀，我今天来不是家访，是来拿我给贺阳的碟片的。"

"啥碟片？"贺爸一头雾水。

胡老师露出不好意思的表情回答："就是贺阳早上塞到影碟机里、想看还没看的那个……唉，我今天才发现，昨天给贺阳的英语学习资料碟片还在我家里，是我不小心把家里的碟片拿错了。"

"哈哈，我说呢，影碟机里咋会有那玩意儿。"贺爸说着，大声笑了起来。

胡老师的脸一下子就红到脖子根，只好低着头回应说："都，都怪我……还好，因为突然停电，贺阳没有看到这碟片里的内容。"

贺爸不以为然地说："这有啥啊，不就是风景片吗？这小子看了就算是学习地理知识了呗！"

啥？碟片不是"带色儿"的？贺阳怀着一肚子的好奇与疑惑，跟着爸爸走进客厅，只见电视屏幕上的确正放着画面精美、风光旖旎的地理纪录片。

贺爸说："我和他刘叔一瞧，这片子里的风景拍得还挺好看，就没再换碟。既然胡老师你来拿，现在我就把片子退出来。"

胡老师立刻摆了摆手："没事，既然你们喜欢，这片子就送给你们了。"说完，他低头小声地对贺阳说，"看来，那个卖碟片的流动小贩骗了你哟。"

（发稿编辑：王　琦）

（题图、插图：佐　夫）

20

· 大城小事 ·

不务正业

□ 吴宏庆

丁贵的老家在皖南山区，母亲早逝，父亲老丁一个人把他拉扯大，又供他上了大学。毕业后，丁贵一直没找到理想的工作，最后不得不进了家小公司，不仅前途渺茫，还要经常打电话回去向老爸讨生活费。

老丁的主要收入来自山上的几亩茶园和采摘的山珍。每次儿子丁贵打电话来要钱，老丁都是二话不说就给了。他向来话少，每次跟儿子说不上几句话就挂了，这让丁贵很有负罪感。不过也有例外，有一天，丁贵打视频电话过去时，发现老丁正坐在村前的小河边钓鱼，还跟自己滔滔不绝地讲了半个多小时钓鱼的事儿。

钓鱼？这有什么意思？丁贵上班途中会经过一条河，每天都能看到很多老人在钓鱼，他实在无法理解这么枯坐着有什么意思。不过，既然父亲喜欢钓鱼，了解一下也好，至少再要钱时不至于陷入没话说的尴尬。

这天傍晚，丁贵去了河边。他沿着河堤一路走，路过一个枯瘦老头身边时，正好看到老头一提鱼竿，然后听见鱼线滋滋作响，水里顿时翻腾起浪花来。上鱼了，老头不急不躁，顺着鱼游动的方向调整竿子的角度。

钓的人沉稳，看的人反倒是激动万分。十几分钟后，一条七八斤的鲤鱼上了岸，丁贵这才松了口气。老头看得好笑，跟他聊了起来，得知他不会钓鱼，就爽快地拿出一根鱼竿，帮他上了线和浮漂，又给了一团饵料，让他在自己的窝里钓。

新手定律是成立的，丁贵很快就钓上鱼了。他乐不可支，老头也很高兴，随后耐心地教他调漂、打窝、拌饵料等技术。原来，钓鱼也不是傻坐着，还挺有技术含量的。

打这以后，丁贵一下班就跟这个姓程的老头学起了钓鱼。熟识之后，他才知道这老程居然是个正经八百的钓鱼大师，还开有自己的渔具厂。在老程的指点下，丁贵的钓技突飞猛进，但同时，他的工作业绩连着几个月都垫底，被老板骂得狗血淋头。

这天是周末，丁贵又跟老程一起钓鱼。他一时郁闷，就把工作上的事说给了老程听。老程点头说："也是，玩物丧志，年轻人应该以事业为主。"丁贵撇嘴说："那不一定，你靠钓鱼就有了事业，所以只要努力，干啥都能赚钱。"老程哈哈一笑，说："你想得太简单了，

抛开天赋谈努力，那是心灵鸡汤。"

丁贵算是听出来了，老程这意思是说他天赋不行，他很不服气地提出要跟老程比一场。旁边看热闹的人一听，都纷纷起哄。老程笑着答应了，还让丁贵自己定规则。丁贵也不客气，定了规则，两个小时内，以渔获的重量为准。

一声令下后，丁贵一边迅速在脑子里盘算战术，一边娴熟地搭配各种饵料。他这边忙碌着，那边老程却不慌不忙地打开了一盒蚯蚓。不会吧，他要放弃商品饵，改用虫饵？不管他了，丁贵匆忙上饵，抛竿入水，等到饵料到达水底后又迅速提竿，跟着又换饵……如此循环，就会在窝子四周形成一片饵料雾化带，方便快速诱鱼。

十几分钟后，丁贵钓上了第一条鲫鱼，虽然比麻将大不了多少，但毕竟是鱼；而老程的浮漂还是一动不动。很快，丁贵一口气钓上了十几条麻将鲫，正当他得意扬扬时，突然听到一阵"滋滋"声，转头一看，是老程上鱼了。那鱼好大，拖着鱼线一直往水里钻，老程很淡定，溜了几个来回，一条两三斤重的鳤鱼就上岸了。

两小时后，老程虽然只钓了那么一条鱼，却毫无悬念地赢得了比

赛。丁贵有点后悔，说："如果是比数量，我赢定了。"老程哈哈一笑，把鳜鱼放生了，说："那行，咱们接着比数量。"

这一回丁贵为了刺激鱼开口，在饵料中加入了虾滑。而老程也不用蚯蚓了，他慢条斯理地配着饵料，就像炒菜一样，这个倒一点，那个倒一点，调好饵料后，又绑了副小钩细线。

比赛开始了。因为丁贵的窝里本来就聚集了大量的小鲫鱼，一开始就接连上鱼，一直钓到二十几条时，老程那边才开始上鱼。只是，老程一上鱼，丁贵这边就停了，只能眼睁睁地看着他像开了挂一样接连上鱼。两小时后，丁贵不得不认输了。

最后，丁贵困惑地问："我的技术是你教的，也知道你的战术，可为什么就是钓得没你好呀？"老程笑道："你对鱼情没感觉，天赋一般，钓着玩玩行，但别当正事干。"丁贵听了，十分沮丧。

围观的人群中，有人把他们的比赛视频发到了网上。一时间，毛头小子挑战竞技大师成了钓鱼圈的热门话题。很多钓友都羡慕丁贵有这样的机会，纷纷在评论区点评他的技艺，其中有个网友说："你的

技术虽然不怎么样，但人长得喜庆，言行举止也挺逗的，不如开直播玩玩。"

丁贵如梦初醒，很快便开了直播。只可惜，直播当天因为天气原因，他坐在河边两小时也没钓上一条鱼。不过，仅有的几个粉丝却大为赞赏，说看腻了接连上鱼的假直播，还是他的直播真实。等第二天丁贵再进行直播，虽然只钓了十几条小白条和小鲫鱼，但粉丝已经几百几百地直线上升了……

很快，丁贵就因为"真实"在网上有了一批铁粉。没多久，就有一家商家主动找上门来，请他带货渔具。这是丁贵第一次带货，自然不遗余力地在直播间狠夸这渔具的品质，一下子就卖出了很多单。

正当他沉浸在成功的喜悦中时，突然退货如潮，骂声四起，原来这渔具的品质与他的宣传严重不符。这下，他明白犯大错了，自己主打的就是"真实"，卖劣质产品分明是打自己的脸啊。他思来想去，还是主动去请教了老程。老程对他搞直播钓鱼还是认可的，见他态度诚恳，就将自己厂里一些产品的代理权给了他。

老程在钓鱼圈名声显赫，产品质量深受钓友信任，渐渐地，丁贵

·大城小事·

缓了过来，找上门的品牌方也开始多了。

他吸取教训，只做自己测评过的产品。过了大半年，他的钓鱼技术虽然没啥长进，但渔具测评却相当专业了。

这天，丁贵回到了老家。父亲老丁正坐在河边钓鱼，乍一看到他，吃惊地问："你、你怎么突然回来了？"

丁贵笑说："爸，我辞职了，以后我可以天天陪你钓鱼了。"老丁愣怔半晌，生气地说："钓鱼打猎，不务正业，你、你要气死我啊！"

丁贵哈哈一笑，跟他说了自己在做直播的事，还把在平台上的收入明细找出来给他看，又说："爸，

我知道直播这种事不是很稳，所以我会在本地找个正经事做的。"老丁看到他的收入，脸色有些缓和，说："你不该回来呀，本地哪有什么好工作？"丁贵却显得很轻松，拍拍胸脯说："您就放心吧，我已经找到了。"

原来，辞职之前，丁贵在网上看到老家村里的一座小型山体水库正在找承包方。作为本地人，他知道那水库因为水过深，不容易打上鱼来，所以尽管租金很低，也没人愿意承包。但是，水库四周风景秀丽，山上又盛产高山茶和各种野山珍，那地方天生就是一个休闲钓鱼的好场所。他已经想好了，以后不仅可以直播钓鱼，还可以开收费钓场，剪辑短视频，拍段子卖高山茶等，最重要的是，他可以陪着父亲了。

老丁听完他的解释，半晌，拍了拍他的肩，说："决定了就去做吧。"

不久，一个以这座山体水库为主体的休闲垂钓农庄成立了。开业当天，老程带了一大批圈内高手，来为丁贵助阵。

（发稿编辑：朱　虹）

（题图、插图：陶　健）

邪地

□ 孙国彦

红星农场五年一期的土地发包开始了，为了防止有人像往年那样不理智竞价，农场决定采用暗标的方式，谁出的价格和标的价接近，谁就中标。

张发财不知走了啥狗屎运，不一会儿就中标了面积最大的一块150亩的肥地。他趁热打铁，接着指挥媳妇写单子，结果临近尾声时，又中标一块70亩的土地。只不过这次还有一个女职工香兰和他同时中标，两人写的价格竟然分毫不差。

按照规则，同时中标的两人如果互不相让，就采用最简单也最公平的办法——抓阄。

台下静得出奇，人们都替香兰捏了把汗。香兰是场里出名的好媳妇，两年前男人去世了，留下她一个女人家，无怨无悔地侍奉公婆、养育儿女，所以大家心里都向着她。但是怕啥来啥，这张发财今天简直有如神助，抓到了代表中标的纸团。

台下顿时响起一片叹息。张发财对香兰说了声"对不住"，便带着媳妇径直出了会场。香兰难掩内心的失落，不声不响地回到座位上，直到结束，她也没中标一块地。

一个多月后，该播种小麦了。就在这节骨眼上，张发财竟然找到香兰，提出要把那块地让给她。香兰忙不迭地说："谢谢发财哥，谢谢发财哥！你坐在家里等一会儿，我这就买酒去，让孩子他爷爷陪你喝两杯。"

张发财满意地摆摆手，说："免了免了，只要你不记恨我就行。"

"发财哥这话说重了，妹子感激还来不及呢！"香兰生怕夜长梦多，掏出手机，"我这就把租金转给你，你收一下。"

张发财痛痛快快收了，接着提醒香兰："那块地昨晚上已经犁了几圈了，你赶紧找农机服务公司的经理老赵，把地犁出来，争取播个早麦。"

有人要问了，张发财是不是看香兰孤儿寡母可怜，动了恻隐之心？才不是呢，他之所以这么做，其实是另有隐情。

昨天晚上，他让老赵连夜犁地，想第二天就把麦子播上。奇怪的是，老赵开着拖拉机在那70亩地刚犁了一遭，到地东头时，拖拉机突然熄火了，捣鼓了半天也打不着。老赵没办法，换了一辆新拖拉机接着犁，刚走了两圈，在老地方又发生了同样的怪事。

老赵纳闷极了，对张发财道："真是奇怪了，一辆两辆都这样。你这块地咋回事？这么邪乎！"

张发财心里顿时有点发毛。这块地东头的边上有一座无名老坟，

由于无人认领、无人祭拜，这么多年过去，已经被犁子剐得只剩一个小土包了。难道是……张发财不敢往下想了。

回到家，张发财两口子商量了大半夜。要是找外边的车来整地，每亩要多出六七十块钱的成本，70亩地算下来，可不是个小数。合计到最后，张发财说，香兰一个娘们家也确实可怜，干脆把这块地让给她，至少能落个人情。

土地失而复得，香兰别提多高兴了，第二天一大早就找老赵去犁地。说来也怪，这次拖拉机是撒着欢跑，犁得别提多顺当了，不到中午，70亩地就犁完了。老赵中午饭都顾不上吃，马不停蹄挂上耙，开足马力在地里往来穿梭，终于把地整了出来。

过了两天，张发财溜达过来，看着刚播完种、整整齐齐的地，心里犯起了嘀咕：同样一块地，她香兰种咋就这么顺溜？

不久，张发财在外打工的儿子回来了。他这个儿子从小娇生惯养，吃不了苦，如今逃了回来，说是情愿在家种地，也坚决不去打工了。

这么一来，张发财感觉150亩地不够了。他来到香兰家，硬着头皮说："香兰啊，怪对不住的，我

儿子死活不愿再出去打工，家里的地太少了，你看能不能……"

香兰轻声道："发财哥，虽说我一个女人家没什么见识，但最起码知道做人得守信用。你觉得这样合适吗？"

张发财急忙说："妹子你放心，现在地里一共投资多少钱，你报个数，我绝无二话。另外，我再付你一万块钱的人工费，你看咋样？"

香兰摇摇头，坚决道："大老爷们吐口唾沫砸个坑！我不缺那一万块钱，你也别再多费口舌，这块地我种定了。"

张发财也不再客气："你要这么说，咱就只好公事公办了。这块地的户头是我的名字，按场里的规

定，地是不许转包的。"

香兰一听，气得眼泪都下来了。

事情闹到了场里。场领导问清缘由，瞪着张发财："你这人怎么回事？嫌地少为啥让出去？让出去了为啥又反悔？"

张发财知道理亏，低着头，一副死猪不怕开水烫的样子。按照场规场纪，他是那块地唯一的有效承包人。而且他和香兰也没签什么协议，所以随便怎么骂，他都不会掉一块肉。

果然，把张发财赶走后，场领导开始安慰香兰："香兰啊，场里也很同情你。但是情归情，理归理，按照规定，场里只能认定这块地的承包者是张发财。"

回到家，香兰把自己关进屋里，放声大哭了一场。正在这时，老赵找上了门，见香兰眼睛红肿着，便开门见山地问："张发财要把那块地讨回去？"香兰默默地点点头，老实巴交的公公婆婆也跟着直叹气。

"这家伙也太不是东西了！"老赵气呼呼地说着，拍了拍胸口，"我今

天过来，就是给你一颗定心丸，这块地他抢不走！"

说完，老赵从香兰家出来，径直来到场部办公室，开门见山地对场领导说："我想请示领导，土地招租过程中，如果有人暗箱操作，中标有效还是无效？"领导直截了当地回答："无效。"

老赵用力点点头，一五一十地讲了起来——

土地发包结束后，老赵和几个朋友喝酒，场部办事员小刘也在其中。闲谈中，有人提起了张发财，说他运气好。小刘此时已经喝得两眼发直了，他笑着摇摇头："你以为……他真的是凭运气？如果不是我，那块地指、指不定是谁的呢！"

原来，土地发包前，张发财就带着烟酒悄悄找到小刘，说万一出现抓阄情况，央他帮帮忙，在阄上做个只有张发财才知道的记号。小刘想了想，觉得出现抓阄的概率不大，便答应了。没想到，两人的小伎俩竟真的派上了用场。

听小刘这么讲，老赵才知道了事情的真相，决定为香兰讨回公道。

于是，老赵在自己的拖拉机上做了些手脚，在那块地东头的坟头边上演了一场戏，果然，张发财吓

得自愿把地让给香兰。但老赵知道香兰种那块地终究不合规定，抓阄的事也就没再声张。谁知张发财出尔反尔，老赵索性把他的丑事揭发了出来。

听完老赵的讲述，场领导气得一拍桌子，冲着门口高声喊道："都过来开会！"

很快，事情有了处理结果：中止农场与张发财70亩标的合同，标的地块由香兰承包，办事员小刘在土地招租过程中严重渎职，调离管理岗，并给予党内记过处分。

这一天夜里，香兰醒来听到下雨声，就去院里收衣服，走到东屋窗外，忽然听到公公婆婆还在喃喃说话。婆婆说："咱香兰到底太年轻了，一个女人家种地那么辛苦，要是有个人帮帮她就好了。"

"我觉得赵经理就不错。"这是公公的声音，"人好，正派，又帮了咱那么大的忙，为了孩子一直没再娶；年龄虽然大了五六岁，也不算委屈香兰。要不咱央人说合说合？"

香兰愣愣地听着，打心眼里感激明事理的公公婆婆，同时又感到脸上一阵发热……

（发稿编辑：赵娓佳）

（题图、插图：豆　薇）

李晋峰有个宝贝女儿，到了谈婚论嫁的年龄。最近女儿谈了个男朋友，名叫高逸，看上去一表人才，李晋峰却强烈反对女儿和他在一起，觉得这小伙子想法很多，但大都不切实际，给人的感觉华而不实。

妻子周茜却建议丈夫先去小伙子老家打听一下，李晋峰便找到表舅帮忙，表舅刚好和高逸是一个镇的。没几天，表舅打来电话，说高逸的情况竟和李晋峰的判断不谋而合：小伙子好高骛远、不切实际……原来，就在今年，高逸花大手笔承包了一片水库养鱼，但这水库位置偏僻，四周荒草丛生，徒步走过去都费劲，何况要进行一天数次的饲料投喂，那种苦不是一般人能吃得消的。果然，高逸坚持了没几天，便半途而废，连鱼塘的边都不沾了，整天拿着设备往山上跑，玩起了网络直播。那片鱼塘成了被遗忘的角落，那些鱼儿也成了自生自灭的弃儿。

李晋峰黑着脸对周茜说："现在你没什么可说的吧？我豁出这条老命，也要阻止他们在一起！"

周茜说道："如果高逸真是这种人，我当然也反对把闺女交给他。但凡事不能偏听偏信，不如我们亲自跑一趟，深入了解一下。"

"有那个必要吗？"李晋峰不以为然地说，"我表舅问过很多人，

人人都是魔术师

□ 杜　辉

大家的说法都一样，他的鱼塘肯定是荒废了，人都不去，怎么投喂？"

周茜沉吟了一下，突然聊起了另一个话题："我爸和我妈当初偷偷相恋，也很害怕我外公会反对，我妈是十里八乡一枝花，追求他的小伙子很多，我爸家里条件很差，哪有信心通过我外公那一关？"

李晋峰的好奇心顿时被勾起来了，他问："那你爸最终用什么办法打动老丈人的？"

周茜说道："岂止是打动，简直算降服，我爸只用了一招，就让我外公高高兴兴地接受了他，甚至觉得能找到他是我妈的福气！"

李晋峰忍不住追问："是什么绝招，这么管用？"

周茜开始讲述起来："那是上世纪七十年代的事，电力还没有普及，很多家庭还在使用昏暗的煤油灯，但时代的车轮毕竟在滚滚向前，电灯逐渐走入寻常百姓家，我外公所在的乡村也进入了普及范围……"

李晋峰点头道："我记得你爸年轻时是一名接线工，看来他正好负责你外公那片儿……"

周茜说道："你只说对了一半，我爸本来负责另一个乡镇的电灯入户工作，他为了收服老丈人，专门找人进行了调换……"

李晋峰忍不住笑了："这一招挺高明的，借花献佛的同时，也给自己染上了香气。"

周茜说道："你可以想象当时那种激动人心的场面，一盏盏电灯亮了起来，整个村子亮了起来，连人的心都亮了起来，黑夜都能变成白天，还有什么是不可能的呢？日子越来越有奔头了，大家不高兴才怪呢。我爸也因此成了最受欢迎的人物，在乡亲们眼里，他简直就是带来光明的魔术师，大家争先恐后请他去家里歇脚吃饭……"

李晋峰调侃道："这下好了，香饽饽掉到了你们家，你外公该高兴坏了！"

周茜点头道："我听很多人讲过，我妈当场就牵起了我爸的手，公开了两个人的关系，外公笑得眼睛都眯成一条缝了，连声说着，这是我女婿，谁家也不去，今儿是个好日子，我要招待新女婿！"

李晋峰赞道："没想到我老丈人还有这两把刷子，以后我得多跟他老人家学着点儿！"

周茜瞅了他一眼，似笑非笑地说："你也不用妄自菲薄，我爸再厉害，还不是被你搞定了？想当初，我爸不同意我远嫁，反对我跟你在一起，我愁得整天以泪洗面，没想到你独辟蹊径，竟然解决了这个难题！"

听周茜这么一说，李晋峰也不由得有点得意："为了解决这个难题，我也算是出血了！"

周茜笑着说了一句："这笔账你倒是记得很清！"

李晋峰说："那可不？在那时候，电脑还是稀罕物，价格也挺贵，一下子买两台家用电脑，对我来说压力还是蛮大的，几乎花光了我全部的积蓄！"

周茜回忆起当时的场景，嘴角挂着一丝微笑，说道："你的钱可没白花，我找人把电脑安装好后，由你在那边跟我爸视频通话，当你的脸出现在电脑屏幕上，言辞恳切地保证会一辈子爱护我时，我爸整个人都呆住了。我记得他当时说：'这就是传说中的电脑？太神奇了！简直跟变魔术一样啊！'"

李晋峰笑着说："一台电脑换了一个媳妇儿，这笔账怎么算都赚大了！"

周茜叹着气说："我爸舍不得我远嫁，归根到底就是害怕从此以后，不容易见到我这个闺女。但是，在那次视频通话后，他的想法

就彻底改变了，他说既然能用这种方式随时见到我，他又何必棒打鸳鸯，拆散我的姻缘呢？"

说到这儿，周茜话锋一转："我外公是个民办教师，算不上孤陋寡闻，但电灯还是给他带来了那么大的冲击；我爸是一名接线工，和电打了一辈子交道，但电脑还是刷新了他的认知，这证明了什么？证明时代带来的变化实在太快了，我们不能用一种僵化的思维，看待这个世界，看待身边的每一个人……"

李晋峰这才明白妻子的用意，他说："你兜了这么大一个圈子，原来还是在帮高逸说话。"

周茜说道："我不是在帮他说话，我是想更深入地了解他，了解这个年轻人的想法！毕竟他是咱们女儿喜欢的人！"

李晋峰被说服了："咱们现在就去！"

见到高逸之后，李晋峰也不废话，开门见山地说："小高啊，你既然承包了鱼塘，就得踏踏实实地干，吃苦是免不了的，不能拈轻怕重。我听别人说，你现在连饲料都不投喂了，这样子养鱼怎么成呢？"

高逸笑了："谁说我不喂鱼的？我每天都在喂呀！"

李晋峰沉下脸说："你连鱼塘边都不沾，怎么个喂法？"

高逸起身说道："叔叔阿姨，你们跟我来吧！我现在就让你们看看，我是怎么喂鱼的！"

高逸领着李晋峰和周茜一路前行，来到了一座山头上，从这里可以看到远处一片波光粼粼，那里就是高逸承包的百亩鱼塘。高逸驾轻就熟地按着手中的遥控器，操控着一架多旋翼无人机缓缓降落。他把满满一袋饲料倒入储存箱内，启动起飞指令，伴着螺旋桨划破天空发出的嗡嗡声，无人机按照设定好

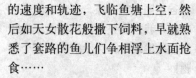

的速度和轨迹，飞临鱼塘上空，然后如天女散花般撒下饲料，早就熟悉了套路的鱼儿们争相浮上水面抢食……

李晋峰看呆了，好半天才说："这、这都可以？"高逸笑着说道："不但可以，而且高效，比人工投喂的成本低多了！"

说到这儿，高逸取出手机，点开一个页面，上面是水底的景象，水草随波摇曳，鱼儿穿梭其中，阳光照进水底，光影斑驳，美如幻境。李晋峰有些纳闷地问："这又是怎么回事儿？"

高逸解释说："我在鱼塘里安装了水下摄像设备，可以实时观测鱼儿的生长状况，并且在网上同步直播，已经吸引了上百万粉丝，有了不错的收入。等鱼儿长大一些后，我还准备开展可视垂钓等业务，打造一个别具风情的田园渔场。总之，前景是美好的，我一定会努力的！"

李晋峰感慨万千，还是妻子说得对，这个时代变化太快了，快到人人都能变成魔术师，只有思维和脚步永不停歇，才能赶得上这个日新月异的时代。

（发稿编辑：朱　虹）

（题图、插图：陶　健）

你是怎么骗领导的

□ 滕建军

老焦是幸福村的村主任，抓经济是把好手，却对上头要求的重视农村精神文明建设不以为意。这不，这次去乡里开会，老焦就被乡长点名批评了，乡长批评他在全县现代化新农村评比中，拖了全乡的后腿。

老焦心里很不服气，他认为所谓的精神文明建设，不就是建个村民活动中心做做样子吗？这有什么难的！于是，老焦开完会回来，马上找人腾出几间空屋，按照他心目中的样子装修了一下，接着在门口挂上一块"幸福村村民文化艺术活动中心"的大牌子，然后给乡长打电话，说他们村的精神文明建设已经建好了。

乡长来了一看，只见活动中心的墙上挂了几幅印刷品的字画，屋里一张案几上摆了一把古琴，前面放着一个小型 MP3，循环播放着一些古琴名曲，旁边还点了一炉檀香。

乡长看了又好气又好笑："老焦啊！这就是你们的村民活动中心？你也不动脑子想想，为什么要叫'村民活动中心'，是不是得有村民参与才行？"

看着乡长拂袖而去，老焦心里十分窝火，搞得这么好竟然还不满意，唉，白瞎了我这炉好檀香！

既然领导不满意，那就按他的

意思办。乡长不是说需要村民参与吗？老焦就在活动中心摆了几张棋牌桌，又买了几个音箱放在活动中心前的小广场上，然后告诉村民，喜欢打牌的来活动中心打，可以免费提供香烟、瓜子、茶水；老头老太太如果来活动中心跳广场舞，每人可以领一袋洗衣粉。

这招果然奏效，每天晚上，村民文化活动中心人头攒动，热闹非凡。老焦看了好不得意，这下乡长肯定挑不出毛病了。

然而还没等到评比就出事了，原来有两个跳舞的老太太，因为争舞曲吵起来，最后演变成大打出手，不知是谁打了110。警察来处理的时候，进活动中心想了解点情况，谁知进屋一看，一帮人正赌得脸红脖子粗，连外面发生了什么事都不知道，于是全部被带到了派出所。

乡长得知此事后大发雷霆，劈头盖脸把老焦臭骂了一顿："咱们建活动中心的目的，是要引导老百姓选择正确的爱好，在提高文化艺术水平的同时，提高思想觉悟，从而树立正确的三观。可你竟然让村民在活动中心赌博，还免费提供香烟、茶水、瓜子，你脑袋是不是被驴踢了？"

老焦一听连声喊冤，接着诉起苦来："乡长啊！你不了解这些村民，跟他们谈钱可以，要跟他们谈什么精神文明，那纯粹是对牛弹琴！"

乡长一听更加恼火，气呼呼地说道："别把什么问题都往村民身上推，我看就是因为你思想觉悟低。你看看人家刘三江，他怎么能把村里的文艺活动搞得有声有色？你去找刘三江好好取取经，如果在下一次评比中，你们村还是拖全乡的后腿，那'现代化示范村'的牌子你们就别想了。"

一听乡长让他向刘三江学习，老焦不由得心中暗笑，这个刘三江是他初中同学，上学那会儿数他鬼点子多，总是完不成作业，整天想办法怎么应付老师。老焦想，乡长肯定是让刘三江给糊弄了，还让我跟他学习经验？也好，我就去学学他是怎么糊弄的！

找到刘三江后，老焦一点儿也没客气："说，你是怎么骗领导的，骗得乡长还让我来跟你学习？"

一听是乡长让老焦来学习的，刘三江眨了眨眼，"扑哧"一声笑了："行！果然瞒不住你。不过呢，我这办法也不能白教。"

老焦听了没二话，拉着刘三江

就来到乡里的饭店，好酒好菜上了一桌。刘三江吃饱喝足后，满意地拍着肚皮，告诉了老焦他的办法："等评比的时候，你去外乡请一些能唱会跳的高手来，反正乡长又不认识你们村的人，这样不就糊弄过去了吗？"

老焦听了呵呵一乐："果然还是你小子鬼点子多，可是去哪儿请呢？"刘三江一边用牙签剔着牙，一边看着桌上的香烟说："我倒认识外乡的一些民间艺人，据说上几代是专门干红白喜事的，祖传的手艺，吹拉弹唱样样精通。"

老焦赶紧从饭店拿了一条香烟塞到刘三江包里，刘三江见状拍着胸脯保证："放心吧！这事包在我身上。"

到了新农村精神文明建设成果评比的时候，乡长对幸福村的村民文化艺术表演大加赞赏，他高兴地表扬老焦："不错嘛！老焦，这么短的时间就培养出这么多人才。"

眼见领导满意，老焦心里也很高兴，连忙客气了几句："哪里哪里！我也没做什么，这些村民原本都是祖传的手艺，只不过是被我发掘出来了而已。"

乡长听了更加高兴："我说呢！原来是祖传的手艺，怪不得这么精彩。这样吧，今年年底咱们县里要举办各乡文艺汇演，就由你们村代表乡里参加吧！"

老焦一听，心里不由得暗暗叫苦。等乡长走后，他赶紧跟那几位艺人商议，问他们年底能不能代表幸福村去县里演出。

几位艺人一听连忙拒绝，说他们每年都要代表自己乡去演出。老焦一听就傻眼了，这可怎么办？这时候如果让乡长知道了自己弄虚作假糊弄他，肯定要吃不了兜着走。

于是老焦赶紧找到刘三江，让他帮着想个办法。刘三江沉吟半晌，说："如果现在让乡长知道了真相，他肯定饶不了你。好在距离年底还有大半年的时间，我看只有在村里找几个底子好的，让他们跟着这些老师好好学学，到年底能达到代表乡里演出的水平最好，如果达不到，你也等于把村民文化艺术活动搞起来了，那时候再跟乡长说实话，估计乡长也不会再追究。"

老焦琢磨了半天，好像也只能这么干了。于是他回村就发动群众，每个人都要根据自己的特长报一项文艺活动，由他找老师来讲课教学，学得好的给发奖励。

经过这么大张旗鼓地一发动，幸福村的村民们掀起了一股学习的热潮，村民文化艺术活动中心真的被搞起来了。

一晃到了年底，这天，老焦来找乡长，将实情说了出来，说评比时的表演者都是从外面请的艺人，村民们经过这大半年的学习，文化艺术水平虽然有了很大提高，但还达不到代表乡里演出的程度。

谁知乡长听了却哈哈大笑："你以为能骗过我是吧？实话告诉你，我至少在五六个村子看到过他们，而每次他们都在冒充本村村民演出，熟得很呢！"

老焦一听就愣了，他不明白，乡长为什么不当场拆穿他？乡长淡淡一笑说道："我发觉你们当中不少人只注重抓经济，都不太重视精神文明建设，一提起这事，你们首先想到的就是怎么糊弄我。我与其拆穿你们，还不如将计就计，让你们参加县里的演出，逼着你们重视起来呢！"

原来小丑竟然是自己，为了掩饰尴尬，老焦挠了挠头，说道："那些艺人老师也挺可恶，他们为什么不告诉我呢？"

乡长听了"嘿嘿"一乐："人家每次都可以当老师赚学费，干吗要告诉你？我们每次都配合得相当默契呢！"

见老焦一脸尴尬，乡长又说："你也不用觉着难为情，告诉你吧，那几个跟你差不多想法的村主任，都是这么着才把村民文化活动搞起来的。这下你知道我为什么让你去找刘三江取经了吧？"

老焦一听彻底蒙了，过了半天，才恨恨骂道："好你个刘三江，白喝了我一顿酒不说，临走又拿了我一条烟，最后还把我捉弄得团团转！"

（发稿编辑：田　芳）

（题图、插图：豆　薇）

这天中午，虎子接到同学大勇的电话，让他下午回村里一趟，说有好几个老同学都在，大家聚一聚。这些都是跟虎子同村的小学同学，儿时的玩伴，长大后各奔西东，这次能聚一下，虎子自然开心地答应了。

虎子回自己店里交代一番后，就驾车飞奔回村。刚到村口，他就见几个老同学都等着呢，大勇率先迎了上来："虎子，你总算来了！"班长建其走过来说："咱先不寒暄了，现在就行动吧，等会儿天都黑了！"

"行动，啥行动？"虎子一脸茫然。

建其说："来不及解释了，先走吧。"虎子便稀里糊涂地跟着一行人出发了。

半路上，建其凑过来对他说："虎子，还记得咱们小时候上坤林伯家偷桃子的事吗？"

虎子点点头说："偷桃子？那当然记得啊！全村就他家的桃子个儿大，还甜……"

"怎么样，有没有兴趣再次体验一下？"建其似笑非笑地说。

虎子蓦地一惊，这次神秘的"行动"，不会是去坤林伯家偷桃子吧？从建其意味深长的笑容里，虎子得到了答案。他当即停住了脚步，郑重地说："一群40岁的大男人，组团去一位80岁的五保户家偷桃子？各位咋想的？不怕说出去让人笑掉大牙？"其他人都笑而不语。

大勇说："你不是说他家的桃子又大又甜吗？现在正是成熟时，咱们摘几个来吃一下又怎么了？"

偷 桃 子

□ 非　池

建其也接话说："虎子，咱们今天好不容易聚一块儿，重温一下小时候的趣事，你以为就为了几个桃子呢……"

虎子一时语塞。但这毕竟是偷啊，难道不丢人吗？他想了想说："我能不能不去？"

建其却说："虎子，你不去可不行，你看看，爬树就指望你了！"

虎子一瞧，可不，现场除了他是瘦高个，其他人全是大腹便便，爬树肯定够呛。

建其盯着虎子，问："你是不是怕了？当年被坤林伯一竹竿打进池塘，至今还有阴影吧？"

听到这儿，大伙都笑了。当年有一次偷桃子时，虎子正在树上摘，不料坤林伯举着一根长竹竿跑过来。树下的小伙伴一窝蜂跑了，坤林伯见树上有人，照着枝叶便抽了一竿，虎子慌乱中从树上跌落，掉入下面的池塘里。幸好他会游泳，呛了两口水，狼狈逃脱。

建其的激将法起了作用，虎子不服气地说："谁怕了！只是……哎，算了，既然你们都不嫌丢人，那就陪你们走一遭也罢！"

大伙儿继续前进，没一会儿就来到了村西头坤林伯的老屋前。老屋坐落在山边，屋前有一口池塘，池塘边有一排桃树。如今池塘早已干涸，但桃树依然如当年一般挂满了桃子。

他们顺利来到桃树下，建其小声说："虎子，别耽搁了，上吧！"

虎子朝坤林伯家门口方向瞄了一眼，然后往俩手掌心各吐了一口唾沫，一把抱住树干，噌噌噌几下，便爬上了第一个树杈。虎子先伸手摘了一个桃子，塞进嘴里咬了一口。

"虎子，咋样，儿时的味道，就是不一样吧？"

"别只顾着自己吃啊，快给我们摘几个下来解解馋！"

虎子把手中啃过的桃子一丢，压低声音朝下喊话："伙计们，能不能小点声？怕坤林伯听不到是吧？"

大勇却说："虎子你不用担心，坤林伯耳背，只要咱们不敲锣打鼓放大炮，他根本不会听到的。"

虎子摇了摇头，正式开始摘桃子。他摘一个抛一个，下面的人则负责接。有的接住了，有的没接住，还有的被砸到了头……几个人在下面嬉笑打闹，跟开派对似的。

"我叫你们把风，没叫你们耍疯啊！人家耳背就可以如此肆无忌惮？"虎子一边摘，一边忍不住骂骂咧咧。

果然，他担心的事来了。在他偶然扭头的一瞬间，看到前方不远处有个人影，正颤巍巍地朝这边走来。他定睛一瞧，正是坤林伯！树下几个人也发现了坤林伯，他们立即拔腿就逃，丢下虎子一人在树上。

历史再次重演啊！虎子唯一庆幸的是，这次坤林伯手里好像没有拿竹竿，不然再把自己一竿子抽下池塘就惨了，里面可是一滴水都没有呀。

"站住！"

虎子循声望去，喊话的人不是坤林伯，竟是建其。他们几个像被施了定身术一般，瞬间僵在原地。建其接着说道："我们怎么能跑呢？是兄弟就应该有难同当，不是吗？"

大勇附和道："对呀，怎么能跑呢，刚才只是条件反射……"他们全都转过身，走了回来。

大勇迎向坤林伯，赔着笑脸说："坤林伯，您别生气啊，我们也是好多年没吃你家桃子了，今天就想来……来尝一个……"

虎子以为，坤林伯肯定要把他们骂得狗血淋头的，可没料到，他却用他那苍老而嘶哑的声音说道："好啊，尝吧，尝吧，喜欢就多尝几个……"

虎子正感纳闷，只听坤林伯接着说："来，想吃屋里还有，你们跟我进屋里吃！"他们跟着坤林伯往家走。虎子从树上下来，带着满脑子问号也跟上去了。

进屋后，坤林伯招呼大家坐下，然后洗了一大盘桃子，端给他们吃。这些桃子比树上的更大、更红，味道也更甜。

大勇咬了一口桃子，说："坤林伯，原来您已经把上好的桃子摘过一轮了啊！"

"是啊，我挑好的摘了一些放在屋里，"坤林伯笑眯眯地反问了一句，"你们知道我是给谁摘的吗？"

"谁？"

坤林伯是孤寡老人，没有孩子，大家一时想不到他的桃子是准备给谁的。

坤林伯笑着说道："就是给咱村里的娃儿准备的啊，如果有娃儿来摘桃子，我就拿出来给他们，这样他们就不用爬树了……"顿了顿，他接着说："可是如今的娃儿嘴儿挑，不比你们以前了，他们可能嫌咱的桃子不好吃了，所以，愿意来咱家摘桃的人一年比一年少了……这不，今年你们还是我等到的第一批……"说这话时，坤林伯神色中分明透露着落寞。

虎子好奇地问："您的意思是……您天天盼着孩子们来摘桃子？您也不拿竹竿撵了？"一句话又把大家给逗笑了。

坤林伯长叹了一口气，望着虎子，缓缓地说道："虎子啊，你别怪坤林伯当年忒小气，把几个桃子看得那么紧。唉，那时穷，还指望它换几毛钱扯两尺布呢；但如今时代不一样了，咱吃的穿的也不愁了，不再指望这几个桃子了……可唯一一愁的就是、就是没人啊，一天到晚都没个声响！哎，我真想还有一帮娃儿，能像你们当年一样，时不时地来'偷'个桃，我就高兴了……"

听完坤林伯的这番话，大伙都沉默了。

"坤林伯，您看我们这不来了吗？"大勇突然说道，"您说的其实我早就了解了，今天我把情况给他们几个一讲，大家都很乐意，直接就上您家来了嘛……"

建其坏笑着说道："看，还是原班人马，还是偷瓜摸果地来——这是我出的主意，哈哈哈……"

听到这儿，虎子才恍然大悟，他指着其余几人："你们……玩儿呢，原来就把我一个人蒙鼓里？"屋里再次响起哄堂大笑声。

大勇说："谁让你晚到呢！这么重要的行动，就你姗姗来迟，这算是对你的小小惩罚。再说，要不是这样，你会愿意爬树吗？借机重温一下儿时的回忆，不是很有意思吗？"

最后，建其代表大家表态："坤林伯，您放心，只要您不用竹竿撵我们，以后我们还会常来'偷桃子'、来烦您的！"

"不撵，不撵，不烦……"又是一阵笑声响起。坤林伯沟壑纵横的脸上，今天像是开了花一样。

（发稿编辑：朱　虹）

（题图、插图：陶　健）

谷神娃娃

□ 吴 嫡

张家湾有个地主，是远近闻名的吝啬鬼，人称孙扒皮。他平时雇的都是短工，往死里使唤，还不给人家吃饱饭。

时间长了，本地人都不愿意给孙扒皮做工了，他就去雇外地来的短工，这些人人生地不熟的，被欺负了也不敢说啥。他舍不得给短工们吃新谷子，就弄了个米囤子放陈谷子。米囤子是北方人储存粮食的东西，用木板架起来，不接地，就不吸潮气。木板上用苇子编织的席子一圈圈地围上去，就可以储存粮食了。

孙扒皮在米囤子外面画了一道道的线，告诉厨师，每天做饭用的谷子，舀完后不能下降一格线！可这些短工们累死累活的，饭量都很大，这点米根本就不够吃。于是大家找到孙扒皮，要求增加粮食份额。

孙扒皮假惺惺地说："我知道大家的意思，不就是觉得饿吗？早点睡啊，睡着了就不饿了！"一个叫满囤的短工恼火地说："那也得睡得着才行啊，饭都吃不饱，能睡得着吗？"

孙扒皮笑着说："我家有一大片西瓜地，现在西瓜丰收，大家多吃西瓜就不饿了！"西瓜在那个年代运输不便，只能在附近卖，拉到市场上还能值几个钱，但在地里就是不吃也会烂掉的东西。短工们只好每天多吃几个西瓜充饥，可西瓜不顶饿，看着吃得肚圆，一泡尿下去就又瘪了，干起活来累得直打晃。

短工们闹着要走，孙扒皮眼睛一瞪："咱们可是签了文书，按了手印的，今年的粮食不收完，谁敢走，我就送谁上衙门，打板子！"

短工们都被吓住了，满囤叹口气说："为了让大家吃饱饭，我把传家宝拿出来用一下吧。唉，真是违背祖宗的规矩啊。"

孙扒皮不屑一顾："拉倒吧，你要真有传家宝，还能穷成这样？"满囤嘿嘿一笑："东家，你别瞧不起人，我家祖上也是阔过的，有传家宝有啥稀奇的。只是我这传家宝，在穷人手上没啥用，变不成钱。"

第二天，满囤拿来一个陶土烧制的泥娃娃，长得很喜庆，只有巴掌大小，怀里抱着一棵大谷穗。

满囤严肃地说："这是皇宫里流出来的谷神娃娃。放在米囤子里，能让米囤子里的谷子变多；放到谷地里，就能让谷子丰收。"

孙扒皮哈哈大笑，根本不相信。满囤拿起谷神娃娃，十分郑重地放在那个米囤子里，然后三叩九拜，之后收了起来。

第二天早上，厨师匆匆忙忙找到孙扒皮，告诉孙扒皮真的出大事了！孙扒皮赶到米囤子旁一看，也惊讶得合不拢嘴。原来，厨师已经舀出平时的一盆米来了，但谷子并没有下降到孙扒皮画好的刻度，反

而还高出不少呢！短工们十分兴奋，要求厨师继续舀米。

孙扒皮不敢反悔，只好让厨师继续舀，一直舀到刻线的位置。当天的米饭比平时多一倍，大家都吃得很饱。短工们高兴极了，纷纷夸赞满囤的传家宝真灵。

孙扒皮围着米囤子上下左右看了一圈，确实没什么异样。难道那谷神娃娃真的灵验？还是有人捣鬼？他让厨师晚上守着，不许任何人靠近米囤子。

天亮后，厨师发现，谷子居然又比昨天增多了！厨师又舀出许多来，才降到指定的刻度上。大家吃得肚子滚圆，孙扒皮又心疼又开心，他觉得自己要发财了。

待短工们都下地干活了，孙扒皮单独把满囤留下，对他说："满囤啊，你既然有这宝贝，为啥还出来当短工呢？"

满囤叹口气说："东家呀，谷神娃娃神力有限，最多也就是增加一成的粮食。只有粮食的基数大，作用才明显。你想想我家的米，平时连个大碗都装不满，就算是让谷神娃娃显灵，增加那么一点点，又有什么用呢？"

孙扒皮想想也是："那你为啥不用在谷地里呢，丰收不就好了

吗？"

满囤再次叹气："东家呀，我家连一亩地都没有，房前屋后那点地，我就算是都种上谷子，增收个一成，对我又能有啥用呢？"

孙扒皮连连点头，他可是有几百亩地的，这要是用上谷神娃娃，那得增加多少粮食啊！他又问："那你咋不把这东西卖了，卖个好价钱，不就可以过好日子了吗？"

满囤摇摇头说："东家，这次要不是被逼急了，我是不会拿出来的。这宝贝我卖不上价不说，万一让哪个大官知道了，没准还会给我招祸呢！人家要硬抢，我能抗得过

吗？我都不敢随身带着，不管去哪里做工，都要先找个地方藏起来啊。"

孙扒皮挤出笑脸，说："满囤啊，我这个人是讲理的，不是那种强取豪夺的人。你把谷神娃娃卖给我吧，我出十两银子。"

满囤连连摇头："这是祖宗留下来的无价之宝。虽然在我手里没啥用，我也不能就这么卖了呀，不行不行。"

孙扒皮咬咬牙："二十两银子！怎么样？"满囤仍然连连摇头，孙扒皮一加再加，加到一百两银子！看满囤仍然摇头，孙扒皮也火了，恶狠狠地说："满囤啊，县太爷跟我是朋友，你把谷神娃娃交给我，拿着一百两银子过好日子；否则我得不到谷神娃娃，也能让你吃官司！"

在孙扒皮的威逼利诱之下，满囤只好屈服了，但他要求孙扒皮请来有头有脸的保人做中间人。签好文书后，满囤拿出谷神娃娃，收下一百两银子，赶着雇好的马车离开了。

短工们都觉得可惜，这么神奇的宝贝，一百两银子就卖了，便宜孙扒皮了。不过谷神娃娃的威力还在，短工们接着

吃了几天饱饭，庄稼也收得差不多了。

孙扒皮让人又做了个米囤子，把今年的新谷子放进去，然后再把谷神娃娃放进去，庄重地三叩九拜。可到了第二天，谷子并没有增长。他觉得大概需要舀米才行，于是让人舀出一盆米来，可谷子还是没有增长。

奇怪的是，那个放陈谷子的米囤子里的米，却还在每天增长！难道是自己的三叩九拜不够虔诚？孙扒皮又供上了猪头，烧上香，带着全家人跪拜，还是没用。

折腾了十来天，短工们都干完活离开了，那个放陈谷子的米囤子里的米，还在继续增长。孙扒皮有些欣慰：这说明谷神娃娃是好用的，只是自己还没弄明白而已。

过了几天，厨师跑来告诉孙扒皮："老爷，放陈谷子的米囤子里的米，开始下降了！"孙扒皮赶紧跑去一看，果然谷子下降了！孙扒皮百思不得其解，让人把谷子都舀出来，称一称还有多少。

结果舀了没多少就发现，上面的谷子还好，下面的谷子居然都发芽了！原来这些天，正是下面的谷子不断地发芽，从而把上面的谷子一直往上顶，显得越来越"多"。

现在发芽的谷子失去了水分，正在萎缩，谷子自然就下降了。

孙扒皮大惊，看看米囤子下面的木板，十分干燥，并没有受潮啊，谷子为什么会发芽了呢？他们把谷子全舀出来，在快到底的位置，发现了五个大西瓜，都已经干瘪了。

原来，满囤提前将西瓜埋进了米囤子底部，西瓜的水分散发得很慢，谷子又很吸水气，木板不会受潮，但西瓜周围的谷子会逐渐发芽。一直到五个大西瓜的水分都被谷子吸完了，发芽的谷子才逐渐萎缩。

孙扒皮气得七窍生烟，可满囤早就不知所终，他又不是本地人，上哪儿去找呢？何况这事儿传出去，自己也丢人啊，孙扒皮只好吃个哑巴亏，不了了之。

可天下没有不透风的墙，孙扒皮被谷神娃娃骗了的事儿，很快就传开了，外地来的短工都不肯去他家干活了。孙扒皮没办法，再也不敢吝惜粮食，不让人吃饱饭了。

（发稿编辑：朱 虹）

（题图、插图：谢 颖）

绿版编辑部各编辑邮箱：

朱 虹：zhong98305@sina.com

王 琦：wangqi_8656@126.com

赵媛佳：babyfuji@126.com

田 芳：greygrass527@126.com

从前，一个边塞小城里有个贺家酒楼，招牌菜是烧全羊，据说已祖传多代。所谓烧全羊，其实是把羊的各个部位用煎、炒、烹、炸等方法烧熟，形美味佳，让食客赞不绝口。然而城太小，加上大户商贾少，吃得起的人不多，因此酒楼的生意半死不活。酒楼的贺掌柜为此头疼不已，这天，他又遇到了件烦心事。

城中的张屠户买了头便宜猪，赚得多了些，一高兴便领着全家来吃烧全羊。贺掌柜一直在厨房里忙着，出来时才发现他们走了，本以为对方把钱留在了桌子上，可是没找着，便估计对方来时忘了带钱，没想到等了两天也没见送来。生意不好，又遇上不给饭钱的，真是雪上加霜，但街坊邻居的，上门讨要总不大好，贺掌柜便想了个以肉顶账的办法。

于是，他去找张屠户买肉时，就正好要了抵那顿饭钱的肉，还说："肉钱正好是那天的饭钱，省得你再给我送去，抵了吧。"没想到他这番好心提醒，却惹恼了张屠户。张屠户一瞪眼，说：

"你真会胡说八道，那天吃完饭没看到你，我就把钱放桌子上了。"

贺掌柜一愣，说："我找了，没有找到。"张屠户大吼："没有找到是你的事，与我无关！"说着，他一伸手把肉夺回，扬言不给钱别

难断的官司

□ 汪培君

想拿肉。

两人各执一词，争得面红耳赤。这时，张屠户摆弄着手里的剔骨刀说："要不是因为咱俩是街坊邻居，你又是我的大主顾，我早让你白刀子进红刀子出了！"贺掌柜无奈，只好掏钱买下了肉。

回到家他越想越憋气，明明是自己占理的事，怎么反倒错了呢？可又偏偏拿不出让人信服的证据，难道就只有忍气吞声？

万万没想到，第二天张屠户领着几个朋友来了，一坐下就把钱放在了桌子上，说："贺掌柜，看清了，我把饭钱放桌子上了。"接着他转过头对朋友们说："我吃饭从来不欠饭钱。"这哪里是来吃饭，分明是来恶心人，败坏自己名声，贺掌柜干生气却说不出话，难堪得红头涨脸。

想来想去，贺掌柜把张屠户告到了县衙。知县一听犯了愁，一个说给了，一个说没有给，都是空口白牙，没有人证，更没有看得见摸得着的东西证明，别说一个知县，就是神仙也难决断。

张屠户听说自己成了被告，气得暴跳如雷，拿着剔骨刀就去找贺掌柜，幸亏被大伙儿拼力拉住了。张屠户一气之下也去衙门状告贺掌柜。

知县一看两人的状纸，除了双方名字换了以外，几乎一模一样，顿时一个头两个大。他想了半天，觉得两家是邻居，还是彼此的主顾，应该以和为贵，于是琢磨出个折中的办法：不管张屠户有没有给钱，再给一半；不管贺掌柜收没收钱，只收一半。不料两个人都不同意，说他这不是断案，是和稀泥。不想这正合了知县心意，他一拍惊堂木说："竟敢说本县和稀泥，都给我滚出去，以后谁敢再进县衙，就大板伺候！"

告了半天等于没告，两个人迁

怒于知县，心想：你不让进县衙，可你得出县衙，路上总有碰见你的时候，见一次问一次，跟你没完。

说来也巧，平时知县深居简出，但这天，张屠户竟看到他带着几个富商模样的人直奔贺掌柜的酒楼，他见状忙大喊道："知县大老爷，我的案子您什么时候断啊？"知县假装没听见，快速地带着人钻进了贺家酒楼里。谁知，几人进了酒楼刚坐好，贺掌柜走过来低声问知县："知县大老爷，我的案子您什么时候断啊？"

知县大吃一惊，他用余光悄悄地瞄了一个人一眼，急忙找借口支走了贺掌柜。待贺掌柜离开后，知县发现那人还在盯着自己，便立即站起来对他行礼解释道："请万岁恕微臣无能！方才二人有桩扯皮官司，神仙也难断。"

原来，当朝皇上喜欢到民间微服私访，最近正好到了当地，住进了县衙里。知县今天就是陪商贾打扮的皇上来贺家酒楼吃饭了。

没等皇上回话，就有陪同官员呵斥道："大胆，有什么官司神仙也断不了！"

皇上最近心情不错，他制止了出言呵斥的人，饶有兴趣地问知县："什么案子啊，神仙也断不开？说给朕听听。"

知县便说了经过，还说："两个人都只有一面之词，无凭无证。"说完，他看了一眼皇上，发现皇上似乎还在思考这个案子。恰在此时，烧全羊被端了上来，顿时香味扑鼻，知县忙请皇上品尝。皇上忍不住食指大动，连连称赞。享用完美味，皇上心情大好，对知县说："那个案子不合常理，你不能用常规的断法，现在他们俩纠结钱，你可不提钱，只问他俩撒没撒谎……"

知县听得连连点头，随后命人把张屠户叫到一个房间关上门，让他把那天的过程全说一遍。张屠户说："那天小的一家刚走到酒楼，被门里的贺掌柜瞧见，迎进店里。因为两家关系一直不错，贺掌柜还亲自端来赠送的一荤一素，只是走的时候他不在跟前，又没有其他客人，我把钱放到桌子上就走了。"知县听了一笑说："你们是邻居，人家把你迎进来，还亲自端送了两个菜，你走时竟然没有打招呼？"

张屠户怎么也没有想到知县这样问，一时竟不知道怎么回答。知县突然冷下脸，一拍桌子喊道："一面之词，前后矛盾，胆敢欺骗本官！来人，先给我掌嘴二十，再押入大牢！"张屠户吓得"扑通"跪倒在地，忙认罪。知县说："我只问你还告不告？"张屠户信誓旦旦地说不告了，并保证与贺掌柜和好如初。

传来贺掌柜，知县直接呵斥："张屠户一家来给你捧场，来给你送钱，你高接了会不远送？没有其他客人，你还在忙什么？明明是你一派胡言、糊弄本官！"贺掌柜急忙认罪，还交代了自己的动机，竟然是因为几次去请知县为酒楼增光添彩，被婉拒，因此恼羞成怒，想弄个莫须有的案子难为知县。

就这样，官司解决了，知县对皇上佩服得五体投地，极尽美言盛赞，又趁着皇上高兴，说："万岁，我觉得这个案子都怪烧全羊。"皇上问何以见得，知县告诉皇上，这个菜太好吃，不然张屠户一家不会来；这么好的菜却吸引不来食客，要是生意好，贺掌柜就不会在乎邻居家一顿饭。说到这里，知县双膝落地，跪在皇上跟前说："微臣听说万岁垂爱万民，常赐珍贵的墨宝于民，我们这边塞小城，也是万岁的子民啊！恳请万岁题字一幅！"

皇上笑着说："朕正有此意。"接着降旨笔墨伺候，然后提笔夸赞："天下美景数苏杭，人间美味烧全羊！"

这一下烧全羊名声大振，连邻县和州府，甚至京城的达官贵人也慕名而来，一时间，车水马龙，财源滚滚，贺掌柜乐得整天合不拢嘴。

这天，贺掌柜把知县和张屠户专门请到酒楼，感谢知县出的主意好，感谢张屠户陪自己演得好。原来，贺掌柜因为生意不好，找到知县，想让他不管走到哪里，都夸夸烧全羊，帮自己拉拉食客。知县犯难说："我就是个七品芝麻官，咱这个县城也不大，能拉得动谁？"最后二人决定搞场风波，拉与贺掌柜关系好的张屠户一起借机"炒"一下烧全羊。没承想，皇上微服私访恰到此地，并心血来潮地指导知县"破"了案，还意外地题字，让烧全羊迅速地名声大噪。

（发稿编辑：田　芳）
（题图、插图：佐　夫）

您手中有没有得意之作？本刊辟有二十多个原创性栏目，如新传说、我的故事和中篇故事等；您读到或听到什么有趣事可以和大家一起分享吗？3分钟典藏故事、外国文学故事鉴赏和脱口秀等都是本刊推荐性栏目。热忱欢迎来稿，可从邮局寄发，也可从网上传递。邮寄地址：上海市闵行区号景路159弄A座3楼《故事会》杂志社，邮编：201101；如为电子邮件，本期责任编辑信箱：wangqi_8656@126.com。

小和尚化缘

某大寺的一个小和尚第一次到山下去化缘，下山前，他就想好了，只收那些施主布施的银两，至于米面油之类的东西，一概不收，这些东西拿起来太麻烦了。

来到一户农家，见主人家正在吃饭，小和尚说明来意，主人一家就邀请他一块儿吃饭。小和尚一看，这家人吃的是杂粮面做的包子，根本就没有菜，哪里吃得下去？于是，他饿着肚子离开了这户人家。

小和尚又来到一家榨油坊，说明来意，主人家答应给寺庙布施一桶香油。这东西，寺里也需要，点灯炒菜都用得上。可小和尚又一想，

一桶香油太重了，自己拿不动呀！他摇摇头，放弃了。

在一家卖大米和面粉的店铺，主人还未等小和尚说明来意，就说，他们一家是大寺忠实的信徒，店里的米面，请他随便拿。小和尚犯难了，米面这些东西不好拿呀。无奈之下，他只好空着手出了米面店。

一天下来，小和尚一无所获，饿着肚子、空着手回到了寺里。大师听说小和尚回来了，就问起化缘的结果，小和尚说出了实情，大师说："你去跟人家化缘，这也不要，那也不要，一味地去要求人家，而你自己却不肯做一点点改变，才会有这样的结果。化缘只能是我们去迁就人家，哪能人家来迁就我们呢？"

小和尚听了，低下了头。做事情，只有相互成全，才能把一件事情给做好，两个巴掌才拍得响呀！

（作者:赵元波;推荐者:小　符）

老板的理解力

公司顺利完成一笔大订单，老板非常高兴，他决定给员工们每人发100美元奖金以示激励。

彼得知道后，心里打起了算盘，他觉得在这次交易中，自己出谋划策，功劳最大，理应得到多一些奖励。可是老板显然没有意识到这一

点，否则也不会给员工们发同样数额的奖金。

彼得对老板说："您知道吗？有一位著名的心理学家说过，一个人得到奖赏的兴奋度会随着奖赏人数的增多而减弱，也就是说，如果每个人都得到奖赏，那么，就等于没有奖赏，尤其是奖赏同样多的时候。"

听了彼得的话，老板似乎陷入了思考。彼得接着说："我的意思是，也许可以试着换一个方向……"

"噢，我懂了！"老板打断彼得的话，笑着说，"你果然是我最好的员工、最得力的助手。"

彼得跟着笑起来，一脸满足。

第二天，老板宣布了他的决定：每名员工扣除100美元的薪水，用于下一个项目的启动。

宣布之后，老板眨着眼睛对彼得说："按照那位心理学家的理论，每个人都扣钱，那么就等于没有扣钱。我理解得对吗？"

（作者：乔凯凯；推荐者：园　园）

孤犊之鸣

公明仪是春秋时期的音乐家，能作曲、善弹奏，七弦琴弹得尤其好。天气好的时候，公明仪喜欢背着古琴到户外弹奏。

这天风和日丽，山色如画，公明仪心情大好，一个人坐在地上弹奏美妙音乐，路边一头黄牛正在慢悠悠地吃草。公明仪心想，牛听到我的琴声是否会很享受呢？于是，公明仪立刻对牛弹奏了一曲《清角之操》。公明仪弹得很投入，并深深沉浸于幽雅的音乐当中，可那头牛根本无动于衷，甚至没有停下来看他一眼，这就是"对牛弹琴"成语的来历。

但这只是故事的上半部分，故事的下半部分其实更精彩。公明仪见牛听不懂高雅古曲，就以蚊子、牛虻的嗡嗡声和失群牛犊找母牛的哞哞声临时作了一首曲子，现场演奏给黄牛听。

当公明仪的"蚊虻之声"和"孤犊之鸣"奏响时，神奇的一幕出现了，原本正在吃草的牛顿时垂下尾巴、竖起耳朵、蹀着小步仔细倾听。

听不懂"清角之操"，但能听得懂"孤犊之鸣"，看来，牛并非不懂音乐，只是对自己不感兴趣的音乐漠不关心，对那些熟悉的音乐自然兴趣盎然。

牛且如此，人又何尝不是这样呢？

（作者：侯美玲；推荐者：风轻云淡）

（本栏插图：佐　夫）

学写作文，从读故事开始

美国侦探小说家爱德华·D.霍克（1930—2008），一生共创作了950多篇短篇小说，是美国侦探文坛中名副其实的"短篇小说之王"。本文改编自他的"妙贼尼克"系列小说。

茶包之谜

尼克是个只偷不值钱之物的怪贼。最近，他在度假的时候，收到了妻子的老同学米莉的委托，去偷一只用过的茶包。事情是这样的，米莉和尼克在一家高级俱乐部见面，当时米莉还带了一个男伴叫西摩，不过一起吃完晚餐，西摩就先走了。米莉这才告诉尼克，自己要他偷的是第二天西摩喝茶时冲泡过的茶包。

次日晚上，尼克佯称是新来的侍者，从后门进入俱乐部，一路混进餐厅，却到处找不到西摩。最后，他直接询问登记台，西摩今晚是否预订了。正在这时，俱乐部经理从旁边经过，听到询问，停了下来，问道："你找他有什么事吗？"

尼克假称自己和西摩有约，经理叹息了一声，说："几小时前，西摩的游艇在海上着火沉没，他多半已经葬身海底了。"

尼克还是第一次碰到这种事，他郁郁寡欢地回到旅馆，在电视上看到了海上事故的报道。西摩的游艇着火时，海岸警卫队的船只就在附近，但他们没能成功营救，只找到海面上漂浮的碎片。

周五上午，尼克按照约定和米

莉见面。米莉告诉尼克，她不相信西摩死了，他肯定要了某种诡计。尼克觉得不可思议，米莉分析道："西摩开船往来于美国和巴哈马之间，据说在偷运毒品。海岸警卫队好几次拦下他的船，甚至派潜水员下海检查他的游艇船身，但一无所获。可能昨天西摩发现海岸警卫队接近，就故意弄沉了船，借机逃走。"

尼克说："那我应该不需要再偷他的茶包了吧？"不料米莉说道："不，接下来你要从一个名叫沃森的俱乐部会员那儿偷茶包。"

尼克困惑地问道："这茶包为何如此重要？除非你让我明白其中的缘由，不然我会拒绝委托。"

米莉无奈，最终道出真相："我怀疑俱乐部里，从经理到会员都在做贩运毒品的勾当，利用茶包作为他们之间的联络工具。我不止一次看见西摩和沃森将冲泡过的茶包偷偷放进口袋。他们藏起茶包的次日，便会开船出海。我希望拿到他们冲泡过的茶包，搞清秘密。"

听了这话，尼克更确信米莉是西摩的同行对手，但他还是接受了第二个委托。

当天晚上，尼克装作侍者混进俱乐部，他拿着托盘作掩护，迅速地在餐厅里兜了一圈，果然看到了沃森。沃森用完晚餐，喝了杯咖啡。就在尼克失望之际，只见一名侍者给沃森端来一杯茶。尼克心里一动，忙到厨房找到一只冲泡过的茶包，偷偷放进口袋。接着，他回到餐厅，款步走向沃森的餐桌，去收他的茶杯。"稍等一下！我还没喝完呢！"沃森抗议道。

"对不起……先生。"尼克支支吾吾地道歉，转身离开，回到厨房，口袋里已经装着替换过的沃森的茶包。尼克迅速穿过厨房，准备从后门离开俱乐部，却撞见了西摩！

西摩认出了尼克，说道："你是米莉的朋友尼克，对吧？你怎么还穿着一件小工的外套？"

"我以为你死了。"尼克没底气地说道。

西摩怀疑地打量着尼克，说道："我很走运——看来比你更有好运。"说话间，他的右手滑入夹克衫内。尼克眼疾手快，举起拳头就打中了西摩的下巴。西摩被打了个猝不及防，向后跌倒。尼克见状，忙冲出去，上了自己的汽车，快速启动，直奔米莉家。

见到米莉，尼克赶紧掏出依然湿乎乎的茶包递给她。米莉一手接过茶包，一手把酬劳递给尼克，然后，迫不及待又小心翼翼地用刀片划开茶包，却发现里面除了茶叶什么也没有。尼克见了，建议道："试试与茶包相连的那片纸标签？或许上面有用隐形墨水写的字。问题是如何才能让那些文字显现？"

"用热茶水！"米莉叫道。她赶紧烧了开水，用一只普通茶包泡了杯茶。尼克将沃森茶包的纸标签投入茶水中，标签一侧果然显示出一行极小的文字"雅雷湾"。

米莉说道："我知道了，西摩那伙人就是用茶包标签来传达毒品卸货地点。但不知道他们交货的时间，所以还是很难抓住他们。"

尼克用奇怪的眼神看着米莉，说："无论你是跟警察合作或者打算劫持那船货，我都不想了解内情。"突然，他想到了什么："对了，我刚才离开俱乐部时，刚好撞见西摩从后门进来，他想拔枪，被我抢先击倒了。现在差事办完，我该离开啦。祝你好运。"尼克说着打开房门，却被乌黑的枪口抵住额头。

门外，西摩和一个手下各自持着手枪，把尼克逼回房内，将他和米莉捆了起来。然后，西摩对米莉说："警察这些年来一直想逮捕我，却从未成功过，便派你接近和试探我。"尼克吃了一惊，他没想到米

莉竟然是警察。

米莉没搭话，问西摩："你的游艇着火是怎么回事？"

西摩得意地说："就让你们死得明明白白吧。我在真船楼上面用胶合板建造了一个假船楼。那天早上我发现海岸警卫队的船后，就启动发烟器，在烟幕的掩护下，拆下胶合板船楼，放火点燃，再扔下船。等到烟雾散开时，我的船已经在千米之外，而警察会以为我的船着火沉没了。"说完这些，西摩看了眼手表，示意手下和自己用枪威逼两人乖乖走出房间，上了一辆汽车。汽车在黑暗中向前驶去。米莉突然问："这是去雅雷湾的路？"

西摩冷笑道："没错。看来你已经发现了茶包的秘密。我告诉俱乐部经理，没有必要在茶包上搞文字，但他不想与船主有任何直接的接触。"

尼克听明白了，这家高级俱乐部果然从经理到会员都在从事毒品贩运。

这时，汽车拐弯驶上一条通往海湾的土路，周围全都是沼泽地。突然，车停了下来。西摩说："好了，到了，下来吧。"

其实尼克在途中已经设法将双手摆脱束缚，此时，他双手藏在身

后，准备伺机而动。突然，他一跃而起，扑向西摩的手下，夺过步枪，但枪上涂有防锈枪油，直接从他的手中滑脱，掉到了路上。这时，西摩朝尼克快速开了两枪，看着他钻进了芦苇丛，西摩没有追上去，只是喊道："假如你把警察带来，米莉会头一个没命的！现在，你就等着喂鳄鱼吧！"

尼克静静卧倒在泥地里，过了好一会儿，他确信西摩离开了，才慢慢爬向土路，看到汽车静静地停着，他权衡再三，步行了两个小时走到大路上，并成功搭上了一辆大卡车，在一家餐厅下了车。在那里，他先拨打了观鸟者热线，又给妻子打了个电话。接下来，他又走回雅雷湾，已经是早上五点之后。海岸上有一群人在搬大包大箱的货物，西摩的手下认出了尼克，一把抓住并押着他去了西摩的游艇。

游艇里，尼克四处张望，没有看到米莉。西摩说："你不要找了，米莉已经被藏在船舱里了。等会儿你俩会一起尸沉大海。"

这时，东方的天空出现曙光。突然间，通往海湾的土路上传来叫嚷声，原来是有许多汽车驶过来了！西摩大吃一惊，准备弃货从海上逃走，可他发现警察的小船已经冲入了雅雷湾。西摩又想从陆路逃走，发现道路已被汽车完全堵住，他们无路可逃，最后只好就地投降。

与此同时，尼克从船舱里救出了米莉，并告诉她经过。原来，尼克先拨打了观鸟者热线电话，那是从俱乐部公告板上看到的。他谎称在雅雷湾发现了一只罕见的鸟，成功地引来了观鸟者，这些人早早开车赶来，堵住了西摩陆上的退路。尼克妻子按照他说的，六点拨打了报警电话，警察驾船赶来，堵住了西摩海上的退路。

米莉听完，诚恳地感谢了尼克，并说："多年来，我们一直在刺探西摩的情报，但就算到了现在，仍不清楚他把毒品藏在哪儿。"

尼克说："西摩贩运毒品的传言大概是他自己放出去的。之前他出海时，发觉海岸警卫队靠近，就用花招假装船着火，因为那时船上有令他担心的货物。可见可疑的是他出海的行程！而我在争抢步枪时，发现枪托上有油，正说明了枪是现场开箱取的，也就是说，他们不是贩运毒品入境，而是偷运枪支出去！"

（编译者：无机客）

（发稿编辑：田 芳）

（题图：佐 夫）

城里有个富商名叫刘崇礼，他盘下了赏泉楼饭庄，又雇请了一等一的厨师，生意却冷冷清清，把他急了个半死。这天，他忽然听说御尝师楚云儿回来了，赶紧上门去请她。

原来，皇上倒了，楚云儿没了差事，这才落魄地回了老家，亲戚们不肯收留，她便独自住在破旧的老宅里，靠典当衣物艰难度日。见刘崇礼来请她，她不禁喜出望外，立马就答应了，她按照宫里的穿着打扮一番，跟着刘崇礼上了马车。

刘崇礼看着楚云儿一副雍容华贵的模样，心说，她就是我赏泉楼的活招牌啦！接下来，刘崇礼在后厨和大堂间专门布置了一间屋子，作为楚云儿的品尝间。食客在大堂吃饭时，能看到品尝间里的楚云儿。

消息传出，赏泉楼顿时热闹非凡。与其说人们是来吃饭的，倒不如说是来看稀奇的。楚

云儿毕竟见过了世面，尽管外面有很多人围着看她，但她始终不慌不忙。厨师们将饭菜端到她的品尝间后，她就拿出一双竹筷，夹一丁点放入口中。片刻之后，她说无事，跑堂的才把菜端给客人。她的手边还放着一盏白水，

御尝师 □魏炜

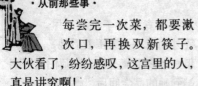

每尝完一次菜，都要漱次口，再换双新筷子。大伙看了，纷纷感叹，这宫里的人，真是讲究啊！

这天，大堂里忽然有食客喊道："这是谁做的粉蒸肉啊？都凉了，怎么吃啊！"这道菜是厨子秦宝丰做的。他听到喊声，赶紧出来看。经过品尝间时，他瞥了一眼楚云儿面前摆着的菜，瞬间明白了。多了这么一道工序，可不就耽误了给客人上菜嘛。按照饭庄的规矩，客人退的菜钱，要从厨师的工钱里扣。楚云儿紧跟着秦宝丰来到那桌客人面前。

客人把筷子递给秦宝丰："你尝尝，凉不凉！"楚云儿说："我来尝吧。"她拿出筷子，夹了一小块，放入口中尝了尝，说："这温度正合适呢。"客人瞪眼道："怎么合适了？不烫嘴的肉，吃着不香啊！"楚云儿一笑："这位兄弟，你别急，听我跟你说，咱们可不能吃太烫的东西啊！咱们的嘴，比喉咙怕热。有时候咱吃了烫的东西，嘴里受不了了，就吞下去，可喉咙也是肉长的呀，这么吃几回，喉咙就被烫坏了，那治起来可就难了。"客人不屑地问："这些都是谁跟你说的？好像你是郎中似的！"楚云儿说：

"是一位法国医生跟太后说的。"客人瞪了瞪眼，无奈地说："那我就信了你。"

麻烦就这么解决了，秦宝丰高兴地对楚云儿说："姑，谢谢你。"楚云儿只是微微一笑。

两个月一过，饭庄又冷清下来了，刘崇礼又着急了。再看高价请来的楚云儿，没人再有兴趣到她眼前看稀奇了。刘崇礼又想到一个主意，他让楚云儿到客人的饭桌旁，给客人讲些宫里的秘闻。楚云儿说她并不知道宫里的秘闻趣事，刘崇礼说，他找人来写。

过了几天，刘崇礼拿来一个本子，讲给楚云儿听，都是些胡编乱造的丑陋之事。楚云儿摇了摇头说："东家，这种话本，我讲不来。"刘崇礼拉下脸说："都要饿肚子了，还装什么高雅？"楚云儿二话没说，收拾东西，离开了赏泉楼。

出了城门，楚云儿心下茫然。她又能往哪里去呢？如今，她连个活路都没有了。她见路边有个树林，就走进去，寻了棵歪脖树，绳子一拴，就要把脑袋往绳套里伸，却听到一声喊："姑，住手！"

话音未落，秦宝丰大步跑过来，把楚云儿扯到一旁，说道："姑，哪能这么想不开呀！我还有事要请教你呢！"楚云儿一惊："请教我？我啥都不会！"秦宝丰说："你咋啥都不会？你会尝菜呀！我做的粉蒸肉总是差了一点儿，我自己找不出原因，你得帮我找呀。"

楚云儿说："你那道粉蒸肉，确实差了一点儿，但不是你手艺不行，而是用错了两样料。"秦宝丰一愣，追问："用错了什么料？姑，你快跟我说说！"楚云儿说，一是用错了米，二是用错了葱。粉蒸肉中的米，当是江南米，江南米能吸去肥肉中的油脂，又能给肉中浸入米香，恰到好处；而饭庄用的是北方米，吸油性差，蒸出来的肉就

略显油腻了。而粉蒸肉中的葱，当是章丘大葱，葱白长，葱味淡，和肉一蒸，葱味几无，肉质更鲜；但饭庄用的葱都是本地产的，葱味重，蒸熟后的肉都会带着一股熟葱味，口感大打折扣。

秦宝丰恳求道："姑，你跟我回家，帮我尝菜，直到我做的菜令你满意为止！"楚云儿点头应了。原来，秦宝丰也被刘崇礼辞了。他出城时，见楚云儿木然地走进树林，怕她出事，这才紧跟着，并救下了她。

到了秦宝丰家，楚云儿细细想了想，说宫里所做的粉蒸肉，那料里也有许多讲究，她一一说给秦宝丰听。秦宝丰记下来，便到集市上去买，好不容易才把料置办齐了，然后就开始做了。一碗粉蒸肉出锅，楚云儿尝了一小口，说："就是这个味。"秦宝丰再一尝，可真比他原先做的强多了。

秦宝丰做了一锅粉蒸肉，又烙了十几张饼，然后推到老街上去卖。说来也怪，烙饼卷上粉蒸肉，竟是异香扑鼻，很多人闻到就走不动路了，纷纷来买。不到一炷香的工夫，肉

和饼都卖完了。秦宝丰回到家，兴奋地对楚云儿说："姑，都卖完了！"楚云儿一笑，说道："我回想了一下，你做的菜，都有些不足。今天，咱们再说说酥脆鱼干。你做的鱼干，酥也够酥，脆也够脆，味道也不错，但唯独有一点：刺还很硬。"

秦宝丰一巴掌拍在大腿上："姑，你可说对啦！我想了很多办法，都没办法把鱼刺处理好。姑，你有办法？"楚云儿没直接回答他的问题，而是接着说道："你们用的醋，都是米醋。米醋味道轻，配凉菜是最好的，但说到软化鱼刺，那就差了些。黑醋最好，老陈醋次之。"秦宝丰听完，惊呼道："姑，你咋啥都懂啊？这都是谁告诉你的？"楚云儿淡淡地说："有我尝出来的，有御厨们告诉我的。"

秦宝丰赶紧到集市上买回黑醋，先把鱼干腌制了，上锅蒸到七成熟，再裹上鸡蛋炸，最后撒上秘制调料，酥香可口，鱼刺也酥了，嚼着又劲道又香，和着鱼肉一同咽下，省了择刺之苦。

秦宝丰笑道："姑，你这一句话，省了我几年功啊！"

秦宝丰又做了很多酥脆鱼干，仍到老街上卖。

鱼干飘香，许多路人闻了，都直咽口水，闻着味儿找过来。几锅鱼干，很快就卖完了。食客们用烙饼卷鱼干，蹲在街边吃，吃得不亦乐乎。

之后，楚云儿又把几道菜的不足之处，分析给秦宝丰听。秦宝丰依样改进，厨艺精进许多。

他虽然只是推着小车去卖菜，却很受欢迎，很多食客更是早早地就来等候了。

不出两年，秦宝丰就攒下了一笔钱，见刘崇礼将赏泉楼低价售卖，他就盘了过来，重新开业。全新的赏泉楼菜品不多，但味道极其纯正，食客们纷至沓来，生意十分火爆。

刘崇礼听说后，也来吃饭，看到楚云儿从楼上下来，衣着光鲜，雍容华贵，不觉惊得瞠目结舌。他走过去问道："你，你也来这儿吃饭？"楚云儿笑着说："我就住这儿。"

刘崇礼转头问秦宝丰："这不是你的饭庄吗？她怎么住这儿？"

秦宝丰笑着说："姑是我的财神奶奶。没有她，我哪有钱开这么大的饭庄？我恨不得烧香供着她呢！"

（发稿编辑：朱　虹）

（题图、插图：谢　颖）

佘太君有几个儿子

□ 吴滨

民国时期，关州城里有个说书艺人叫孙德阳，这天他正在茶馆里说书，门一开，进来一伙人，领头的是个老爷，衣着华贵，旁边跟个管家，还簇拥着六个打手。

他们一进门，管家和打手大声吆喝："老爷来了，你们这些穷鬼快起来行礼！"听书的一瞧他们穿着气势不敢得罪，纷纷起身鞠躬。孙德阳嫉恶如仇，心说凭啥有俩臭钱就逼人行礼，因此依旧坐着自顾自说书。

看到自家老爷一脸不悦，管家便狗仗人势，指着孙德阳呵斥他不懂规矩。孙德阳不慌不忙地抱拳说："抱歉，说书有规矩，使活时不能打招呼。您不信，咱应承下，请您家老爷再进门，我打招呼，您看像不像话？"

老爷好奇，点头答应，转身出了茶馆。孙德阳一拍醒木，照常说书："话说，天波府佘老太君，接到圣旨正在思量，忽听外面脚步声响，原来是孙子杨文广来了！"

说到这儿，老爷正好推门进来，孙德阳忙起身鞠躬客气道："你来了？"听书的先一愣，随后都哄堂大笑。孙德阳补了句："说书不能打招呼吧？"老爷自己捡了个孙子当，气得要打人，管家忙阻拦："爷

息怒，此处不便。"

老爷只得暗气暗憋，带人走了。这边孙德阳说完回到后台，正巧看到师兄来了，就把刚才的事说给师兄听。师兄听完沉吟半晌，大叫不好："我在本地多年，没听过有这样的老爷，如果是那个人，定会抓你出气！"

果然，孙德阳晚上从茶馆回家，在僻静处被四个大汉打翻，塞进口袋。等他再出来，发现来到一个山洞，对面虎皮椅上坐着个人，竟是本地臭名昭著的土匪头子，人称"千面狼"。此人枪法好，尤其擅于化装，装啥像啥，除了几个土匪头目，没人见过他的真面容。去茶馆时，千面狼就装成大户人家的老爷，军师装成了管家。

千面狼狞笑道："老子下山找乐子，你竟敢取笑我，是下锅煮还是千刀剐？"孙德阳愣了一下说："既如此，我愿听凭发落，只是新学的《杨家将》，能否让我在死前把它说完？"

孙德阳死到临头没求饶，这让千面狼有点佩服。其实，千面狼早年也做过艺，多少也有些惺惺相惜。况且他压根没拿孙德阳当回事，打算像猫玩耗子那样，不着急弄死，于是便答应让孙德阳在贼窝说场《杨家将》。

说到第五天，孙德阳一拍醒木继续开书："书接前文，杨六郎被围虎狼谷，一员白袍将闯重围救了六郎。六郎问英雄姓甚名谁来自何方？那将军滚鞍下马口称'六哥，我是九弟啊'，原来此人是杨九郎！"

千面狼一愣，看看军师。军师忙说："佘太君八个儿子，咋出来个杨九郎？"孙德阳一笑："八个儿子是老本，我这是新本。《水浒》听过吗，没羽箭张清和他妻子的事，有的书有，有的书就没有。"千面狼知道这个，又一琢磨，说书就是编，就想听听孙德阳怎么往下编。

转眼又说了三天，孙德阳又说出个杨十郎。军师气坏了："你这是拿我们当猴耍，这手评书里叫凑转，就是按套路给书注水，九郎、十郎完了，回头再出个十一、十二郎，没完没了一直说，他就死不了！"

孙德阳不慌不忙辩解："什么凑转，佘太君本来就是有十个儿子。以前的老本，佘太君八个儿子都为国尽忠了，编书的不忍让忠臣家断香火，所以又给老人家添了俩儿子，现在外面都这么说，不信找个做艺的问去。当然有人孤陋寡闻，硬说错了还借此杀人，让江湖人听了谁会服气？"

千面狼自然不信孙德阳，但觉得他从茶馆开始耍的小聪明，耍得倒挺有意思，干脆让他继续耍，看看还有啥花样。于是，他叫军师下山走一趟，去找个说书的回来。

转天，军师带着个鼓书老头回来了。孙德阳一见老头，忙拱手道："老合，今天阳光照，凤凰落青山。"老头一愣，随即回应："此乃岐山地，自然有凤鸣。"孙德阳又拿过老头的弦子说："琴弦不错，可惜用久会断！"

老头一叉腰："自家拧的，赛金刚。"在外人看来，两人似乎在探讨弹琴的技巧。孙德阳把手按在琴上第六音准备继续说，千面狼气得打断了他俩："停！老头，我问你，《杨家将》有没有老本新本之说？如果有，新本里佘太君有几个儿子？"

鼓书老头估计见过世面，一点儿不害怕，笑呵呵说："大当家问话，那我可说了，有新本，佘太君十个儿子！"

千面狼没想到老头会这么说，军师眼珠一转，又问老头，佘太君既有十个儿子，杨九郎失散后在哪儿遇到杨七郎的？

老头乐了："您记错了，杨九郎失散后见的是杨六郎，替六哥解了虎狼谷之围，七郎之前死了。"军师见老头没进自己的陷阱，又非让他唱段杨九郎不可。老头痛快抄起弦子唱起来，内容和孙德阳说的大差不差。孙德阳忙说："我没说谎吧，请兑现诺言，放我下山。"

千面狼不想放过孙德阳，正犹豫，军师醒悟过来说："我们又被骗了，孙德阳和老头表面唠嗑，实际上说的是本行暗语，相当于咱的黑话，孙德阳估计把底都告诉了老头，做艺的互相袒护，老头答得自然没错。"

他一提醒，千面狼也明白了，假意下令把二人扔锅里煮，其实想诈出他们的实话来。哪知孙德阳和老头都咬定不承认，还扬言称，千面狼要是不信，可以带人去一下县城，县城新来了个戏班子，正在唱《杨家将》这段。

说到这儿，老头拿出张海报，说："戏班有俩唱小旦的丫头，演的就是杨九郎、杨十郎的媳妇，不信您亲眼去看。"这些天，千面狼早听说了新来的戏班有几个漂亮旦角，他瞧过海报，不禁色心大起，蠢蠢欲动，便打算亲自下山去问问佘太君有几个儿子。

军师知道他想借此渔色，担心有危险，千面狼不以为然："没事，我惯于化装，下山去了多少次，哪次有事？这次我想多去几天，你留下看家，孙德阳和老头等我回来处置。"军师想想也觉得问题不大，于是没再阻拦。

千面狼走后，孙德阳和老头天天给众匪徒说书解闷。到第三天，外面忽然传来阵阵枪响，孙德阳说是剿匪的来了。军师稍微一惊，随即冷笑道："这是千头山，一千多个山头，道路纵横，官府来了多少次，都空手而归。"

老头一笑："说实话，我这鞋底是空的，里面放了药粉，上山时药粉就从鞋底的小孔漏到地上，剿匪的猎犬顺着气味就会找到这儿。"

原来老头就是孙德阳的师兄，他早改行做了警探，听孙德阳说了茶馆的事，就猜出是千面狼下山了。两人商议，由孙德阳假装自投罗网，师兄派人一路跟到山脚下，他自己则在距离进出山路上最近的茶馆候着，等到土匪下山来找人核实佘太君有几个儿子时，装成说书的趁机上山，并用小旦引诱千面狼下山，好趁机擒贼剿匪。俩人反复合计推演，这才敢施行。

军师明白中计，又气又急，仍嘴硬道："只要千面狼没事，我们迟早会卷土重来。千面狼装啥像啥，就算你们在戏班子有埋伏，他化了装谁都认不出！"

孙德阳一笑："你忘了，我师兄在进山的路上洒了草药，这条路外人不知道，千面狼出去却必走这条路，鞋底就沾上了草药。只要他一下山，我们埋伏在路口的人放出猎犬，他准跑不了！听，这枪声说明他已经被捉了。"

军师听了，知道大势已去，便放弃了抵抗。就这样，千面狼这伙土匪终于被铲除了。

（发稿编辑：田　芳）

（题图、插图：谢　颖）

阿P斗连襟

□ 刘振涛

阿P有个姐夫叫老肥，是个经理，经常在阿P面前显摆。这天，阿P帮老肥换新家具，发现墙角有个酒盒子，拿起一看，居然是茅台。里面的酒瓶已经开封了，掂得出基本是全满，阿P拧开瓶盖，闻着酒香，琢磨着一会儿咋能喝到这好酒，一不小心，酒瓶脱手了！

阿P吓得一哆嗦，还好，瓶身摔了条裂缝，酒飞溅出来一些，绝大部分酒还在。但裂了缝的酒瓶无法复原，咋办？阿P眼珠一转，趁老肥在楼下处理旧家具，飞快下楼，躲开老肥到杂货店买了瓶二锅头上来，找个空水瓶把二锅头倒进去，再小心翼翼地把茅台灌进二锅头瓶里。

阿P刚把茅台酒瓶藏好，老肥正好拎着熟食进屋了，吸溜着鼻子问："哪来的酒味？"

阿P连忙举起二锅头酒瓶："新家具有甲醛味，我喷了点酒精除除味……姐夫，等会儿咱就喝我带来的二锅头吧，我看你平时都喝好酒，今天尝尝我这家常酒，偶尔得与民同乐不是？"

这话老肥听着很是受用："好，听你的，今天咱就喝二锅头！"

阿P一喜，赶紧拿来杯子给老肥倒上，打开他买来的熟食，却给自己倒了杯茶。

老肥问："你不喝？"

阿P忙说："我开车来的，不能喝酒，我以茶代酒，敬姐夫一杯！"

老肥的酒量很好，在阿P不断劝酒下，一瓶酒很快见底。看时机到了，阿P说："姐夫，你说这要是茅台，这一杯得多少钱啊？"

老肥一听，笑了，回头指着墙角那个盒子："别的不说，就按那瓶六千块算，我这一杯，最少要八百！"

阿P赶紧把瓶里最后一点酒全部倒进老肥杯里，只听老肥吧唧着嘴说："你这么一提，这酒口感有点像茅台，我这两天感冒，不太能尝得出来……"

阿P赶紧举起杯："姐夫，咱把这杯干了，我跟你说点事。"

老肥一口闷了，只见阿P掏出五百块钱放在老肥跟前："不好意思姐夫，你那瓶茅台被我不小心摔了，这瓶里装的就是你的茅台，我一口没喝。溅出来大概半杯酒，这是我赔给你的钱，你慢用，我有事得赶紧回去。"说完，阿P逃也似的离开了。

老肥一愣，等回过神来跑到墙角打开盒子，傻眼了，六千块的酒一股脑就被自己当二锅头给喝了？好你个阿P，你等着！

不久后，老丈人要过寿，老肥打来电话，问阿P买了啥，说是怕买重样了。阿P如实相告，还是老规矩，一箱二锅头。但同时阿P也警惕起来：老肥可能要趁机报复了，我倒要看看他使啥招数！

过寿当天，阿P和小兰刚到楼下，老肥带着大姐也来了，他看了看阿P带的一箱酒，说："每年我给咱爸茅台，都被他送人了，今年我就不送酒了，多买了些补品。"

阿P看着老肥汽车后备厢里满满当当的礼品，撇着嘴想，不就是个经理吗？把你得意的，但一想也是，每年老头都把茅台送老友了，就爱喝自己送的二锅头。

几人上下好几趟，才把带来的礼品都提上了楼。

寿宴上大家就喝阿P带来的二锅头。阿P刚拿起酒瓶，却被老肥抢了过去："妹夫，酒是你买的，我没给咱爸带酒，倒酒的事就由我代劳吧，总不能让你又花钱又出力的，我心里过意不去。"他打开一瓶，给喝酒的人都倒上。谁料，来坐席的邻居老头福伯嘴急，尝了一口，马上叫道："这二锅头……真不赖，老伙计，你有口福了，这味道，绝了！"

老丈人一听，也端起来喝了一口，点点头："这酒，跟往常的二锅头……不太一样，好喝！"

阿P有点蒙，老头常年喝二锅头，啥味道一尝便知，今天咋了？这么给我阿P面子？

想着，他拿起杯，抿了一口，这哪是二锅头啊，很像是……茅台？

一旁的老肥意味深长地看着阿P，小声说："咋样？这二锅头，有档次吧？"

阿P一激灵，忙又喝一口细品，就是茅台！再看老肥掩饰不住的窃喜，阿P一下明白了，想起老肥打电话问自己买啥礼品，哪里是怕重样？是为了提前买同样的二锅头往里灌茅台！这瓶酒一定是老肥趁阿P下楼提东西时调包了，怪不得他把酒抢过去打开，是怕自己发现密封盖被打开过！

可为啥老肥这么下本啊？给他阿P长脸？阿P打死都不信，想到这儿，阿P的心悬了起来……

看着阿P一脸迷糊，老肥凑过来说："如果，我告诉老爷子，这里面灌的酒是我的，你说老爷子会怎么想？"

阿P没想到这是圈套，随即掏出购物小票晃了晃："我有买酒的票据！相反，你咋证明里面的酒是你的呢？"

老肥并不答话，而是拿过票据递给老丈人："爸，你看，一瓶酒才几十块，妹夫太小气了，舍不得给您花钱啊。"

老丈人瞅了一眼，并不接茬。他在乎的是心意，还真不在乎价格，况且喝了半辈子的二锅头了，就中意这个味儿。

老丈人的反应似乎在老肥的预料之中，他趁热打铁说道："爸，以前我拿茅台，您都没这么高兴过。既然您爱喝这款二锅头，那就再让阿P整两箱过来，不用您想喝酒还要跑去超市买。"说着，他掏出一千块钱拍在桌上："钱我出，让妹夫受累，帮忙买一下啦。"

阿P突然明白了，老肥刚才那一通下套，就是为了坐实酒是他阿P买的，好再让他买同样口感的"二锅头"，那可是茅台呀，上当了！

这时，福伯竟然也掏出一千块放到阿P面前："这酒不错，我老头子也跟着沾点光，帮我也买两箱送来，行吗？"

这时，老肥笑得像一朵花，他喝了口酒，咂嘴品着："为啥这次让你买酒？是因为这口感、这味道跟普通的二锅头不一样，你可别买错了。"

福伯也忙叮嘱："对，对，别的二锅头我不要，只要这种。"

老丈人一摆手："我姑爷办事你放心，绝不会买错，是吧，阿P？"

阿P如坠冰窟，老肥为了报仇竟不惜花血本坑自己，这可是整整四箱啊……

散席后，到了楼下，老肥在阿P耳边说："二锅头里面装的可是一千多一瓶的茅台，你懂的！"说完，他幸灾乐祸地走了。

回到家，阿P犯愁了，真买，半年工资没了；不买，没法跟老丈人和福伯交代……想来想去，主意来了！

早上，估摸着老肥上班去了，阿P买了四箱二锅头送到老肥家，告诉大姐，他要出差。

阿P出来就给老肥打电话，拜托他把酒送给老丈人。老肥脑瓜转得也快，立马意识到阿P出差是假，躲开是真，送去的酒根本不是昨天喝的二锅头，阿P会一口咬定是他动了手脚，他浑身长嘴都说不清了，于是大喊："不行，你不许把酒放我家……"可阿P已经挂断了。

阿P把球踢给了老肥，大大松了口气，等着老肥来求自己。

果然，老肥迫不及待地又把电话打了过来，气喘吁吁地说："好妹夫，咱俩不闹了，你等我，咱现在就去跟老爷子坦白。姐夫平时对你可不薄啊……"

被动变主动，阿P心里乐开了花，但跟老丈人坦白，确实是刻不容缓，自己要是不答应老肥，万一他破釜沉舟，真买四箱茅台灌进二锅头里……以后老丈人再让自己买这种二锅头，该咋办？

两败俱伤的事，阿P才不会干呢，他慢悠悠地说："行吧，那你快跑两步，不然我走了啊。"挂上电话，阿P得意地吹起了口哨。

（发稿编辑：王 琦）

（题图、插图：顾子易）

66

观念相左，多年好友终别离；久别重逢，兄弟情谊今安在？

晒　马

□ 顾敬堂

1. 招聘骗局

在20世纪90年代末，出生于北方小城的志丹和小勇高考失利，一对好友双双落榜。两人不甘心被小城困住，打算到南方闯荡一番，于是和家里要了盘缠，坐了几天火车，一头扎进光怪陆离的特区。

两人找了家最便宜的旅馆住下，第二天早晨便来到劳务市场，寻找就业机会。

劳务市场里徘徊着许多人，信息栏中贴的招聘广告林林总总，看得人眼花缭乱。旁边有个留短寸的年轻人见二人有些心动，好心提醒道："这里的平均工资六七百块钱，那些写月薪两三千的，都是骗钱的，我上了好几次当呢。"

正说着，一个白领模样的大背头举着某某公司直招的牌子吆喝道："五险一金，工作强度低，月薪八百，吃住免费，限招十人！"

志丹眼睛一亮，立刻凑过去递烟，对方轻蔑地推开廉价香烟，说："看你挺机灵，去公司销售部试试吧。"志丹连忙拉小勇过来，大背头仔细打量了他几眼，点点头，算是通过了。很快，大背头选出了十个人，对其他人挥手道："人招够了，别往前挤啦！"

其他人唉声叹气地散去，被选中的个个喜笑颜开。刚刚那个短寸也被选中了，谨慎地问道："进公司不用缴纳押金吧？"

大背头嗤笑道："我们公司不搞这一套。时间不早了，我先代表公司请各位吃顿大餐。"说着，他带着十个人来到一家档次很高的酒店，轻描淡写地点了十道菜，每道菜都贵得令众人咋舌。

大家狼吞虎咽地吃了起来。大背头吃饱后，说他先去前台结账，大家都吃好了，却迟迟不见大背头回来。志丹脑中闪过一个念头，喃喃道："他不会跑了吧？"

众人顿时慌了手脚，一起拥到吧台，收银小姐说："刚才那位先生在吧台拿了两条高档香烟、两瓶高档白酒，说一起结算。一共消费2390元，哪位老板埋单？"

"我的天呀，他真是骗子！"这无异于天文数字的账单让一群年轻人炸了锅，"我们哪有钱埋单呀！"

双方争执不下，最后收银小姐报了警。

警察赶到现场了解情况后说："在抓到骗子前，这钱还要你们先付掉。我帮你们和酒店协调一下，把零头抹去，大家凑一凑吧。"

年轻人身上没多少钱，但大都咬着牙掏出了两百块钱。有两个女孩儿来自偏远山村，实在拿不出钱来，急得直掉眼泪，小勇和大家商量道："咱们都是受害者，一起帮着凑凑吧。"说完，他率先掏出五十块钱来。

还不等别人说话，志丹先反对了："咱俩加起来还剩不到三百，等身无分文时谁可怜咱俩！"志丹都这么说，别人更不会响应了，事情再次陷入了僵局。

小勇沉吟一阵，对酒店老板说："叔叔，你们酒店用人不？不如留下她俩当服务员，到时候从工资里扣。"老板打量了两个女生一番，勉强地点点头同意了。

总算把事儿解决了，剩下的八个人愤愤地咒骂着骗子。志丹打头，众人纷纷掏出电话本，记下其他人的传呼号，约好要是再遇到大背头，马上通知大家，这才各自散了。

回到旅馆，小勇不停咒骂着大背头，志丹却一声不吭地想着什么，忽然道："如果我们能从中学到东西，那这个亏就没算白吃。"

小勇疑惑道："咱俩掏了四百块钱呢，你学到啥了？"

志丹欲言又止，摆摆手道："这

学问不适合你……"

小勇撇了撇嘴，翻个身独自郁闷去了。

接下来几天，两人天天去劳务市场。其实在这儿找份工作不难，比如当服务生、做保安、进工厂打螺丝，可志丹不想跑出几千公里干这个，小勇也只好听他的。

这天早晨，小勇刚睁开眼，就见志丹正用装着开水的搪瓷茶缸在桌子上熨西装。不一会儿，志丹便穿戴整齐，精神抖擞地说："小勇，你今天自己去劳务市场吧，我去别的地方转转，咱俩别在一棵树上吊死。"说完，他笑着打了个响指，

意气风发地出门了。

小勇吃了泡面，再次来到劳务市场，溜达了一上午，也没遇到什么靠谱的工作，不由得有些灰心。这时，一个熟悉的声音传来："五险一金，工作强度低，月薪八百，吃住免费，限招十人！"

小勇定睛看去，不正是大背头嘛！他想去打电话报警，可眼看着大背头轻车熟路地忽悠了十个人就要离开，他脑袋一热，抄起块砖头就冲了上去。

"骗子，可逮到你了！还钱！"小勇一声怒吼，一砖头把大背头拍得跌倒在地上。用脚踩住对方后，他将大背头的行径对着周围的人讲述一遍，顿时引起了众怒。

大背头捂着头上的包，迷茫地打量小勇半天，依稀记起来了，挤出一丝笑容说道："帅哥，有事好商量。你亏多少我补给你。"

"两千！"

大背头道："兄弟，我记得你有个朋友是一起的，我赔你俩六百，其余的人和你不相干。"

小勇不吃他这套，作势要报警，大背头只得认栽，掏出钞票递了过来："你够狠！"

"滚吧，以后别做这种事，小心被人丢到海里喂鱼！"小勇将

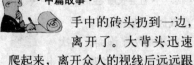

手中的砖头扔到一边，离开了。大背头迅速爬起来，离开众人的视线后远远跟上了小勇……

2. 冤家路窄

很快，大背头叫来了两个同伙，见小勇进了一家小超市，三人埋伏在门口，等待小勇出来时毒打一顿，把钱抢回来。

不料这一等就是二十多分钟，不断有人进去，却始终不见小勇出来。三人不耐烦了，气势汹汹地冲进超市，一眼看到小勇正在打公用电话，旁边还有几个人，应该是在排队。

大背头目露凶光，带着同伙直扑小勇。忽然，旁边有人猛地扯住了他的衣领："果然是你！"大背头转头一看，竟然有五个人，都是那天被骗的打工仔！

此时小勇也放下了电话，大声质问道："你想干什么？没完了？"

大背头不愧是老江湖，见形势不妙，立刻从口袋里掏出一盒好烟，谄媚地说道："我进来买点东西，正巧遇到，想过来和你打个招呼。"

"真拿我们当傻子呀！"扯住他衣领的年轻人正是身体壮硕的短寸头，劈手给了大背头一记响亮的耳光。大背头哪敢还手，捂着脸说道："我以为他会把钱独吞呢，没想到真把你们都找来了。仗义，我这巴掌挨得不冤！"小勇挥挥手道："滚吧，以后长点记性！"

三人灰溜溜地走出超市，大背头忽然回过身，指着小勇道："强龙不压地头蛇，咱们后会有期！"说罢，他一溜烟跑了。

众人笑骂了一阵，又对小勇说道："勇哥，以后你就是我们的老大，有事我们挺你！"

小勇和大家分开后，来到那天被骗的酒店，两个留下打工还钱的女孩儿见了他非常高兴。小勇把四百块钱还给老板，老板对着小勇连连竖大拇指，说道："帅哥，我有家网吧，想找个人品好的网管，你有没有兴趣？"

小勇有些为难，说自己还有个伙伴，不想和他拆帮。老板遗憾道："可惜只能用一个人，你再回去想想，随时欢迎你。"

小勇心情愉悦地回到旅馆，发现志丹也回来了。他看上去略显狼狈，原本笔挺的西装皱巴巴的，头发也有些散乱，但气色却极好，眉眼间都掩藏不住得意，桌上摆满了好吃的。

"捡到钱了？这么奢侈！"小勇惊讶地问道。

志丹摆摆手："差不多吧。别问了，赶紧吃吧！"

小勇坐下来，从口袋里掏出两百块钱，得意地拍在桌子上："勇哥赏你的！"他高兴地将事情的来龙去脉讲了一遍，不料志丹气得猛拍桌子："你脑袋坏掉了？自己拼命抢回来的钱为什么要给别人？"

小勇有些生气了："你的意思是我应该把钱自己昧下？这和大背头有什么区别！"

志丹冷笑一声："我们千里迢迢赶过来，不是来学雷锋的！"

小勇气得摔门而出，走了半晌，肚子饿了，在路边摊点了碗面，狼吞虎咽地吃了起来。

邻座有个衣着光鲜的男子也在吃面。他的手包里忽然传出大哥大的铃声，男子接起电话，毕恭毕敬叫了声"林总"，说道："还没有，好不容易才凑了十五六个人……"

电话那头的林总似乎发了火，男子唯唯诺诺地应和着，挂断电话后骂了句脏话。小勇不想惹事，低着头专心吃面，不料男子竟然凑了过来："靓仔，想不想赚点钱？"

男子自称飞哥，跟着开货运生意的林总做事。因为生意竞争，林总与另外一家货运公司的老板发生了摩擦，对方约林总明天到茶楼"晒马"。所谓晒马，就是谈判，双方比谁的人多，谁的实力强。林总说起码要带三十个人去，但飞哥之前找的职业混混最近犯事跑路了，根本凑不到人。

飞哥说晒马主要是比人头，一般不会打起来，过去站站就有一百块钱拿；要是真打起来了，动手的给两百，受伤了林总负责药费。

小勇听飞哥讲完，觉得挺不错，于是说道："我估计还能找来几个人。"

·中篇故事·

飞哥高兴坏了，立刻把大哥大递过来："现在就找，越多越好！"

小勇给一起被骗的几人打了传呼，大家都表示没问题，还能拉些乡党来助阵。飞哥心情大好，把小勇的面钱一并结了，约定完明天集合的地点和时间，就兴冲冲地走了。

小勇回到旅馆，志丹满脸堆笑地迎了上来，小勇就坡下驴，对志丹讲了明天去参与晒马的事，志丹眼睛一亮："这活儿轻巧，十天的房费出来了！"

小勇皱皱眉，他觉得这种事儿不长远，不如去工厂找个活，就算苦点累点，心里也踏实。但他和志丹刚和好，不想再闹得不开心，就没开口说下去。

第二天中午，小勇和他喊来的人一起在约定的地方等着，很快，飞哥开着轿车拉着林总，后面跟着四台面包车行驶过来。

众人上车，来到了约好的茶楼。对方已经等在那里，人数和这边差不多。飞哥远远观察，对林总说，对方队伍也是临时拼凑来的，您尽管硬气点谈。

两位老板冷着脸进了里间，双方马仔在大厅里怒目相向，做戏给东家看。

志丹忽然脸色微变，对小勇低声道："一会儿恐怕要打起来。"小勇正纳闷呢，从对方阵营猛地冲出四个人，揪着躲在人群里的志丹就打。

小勇不能看着自己兄弟吃亏，立刻加入了战斗。见小勇动手了，他找来的人也参与进来。对方四人招架不住，向外逃了出去。志丹打得兴起，竟然带着众人冲到对方阵营，逮到谁打谁。对方也都是花钱雇来的，不想拼命，于是跟着先前的四个人一起逃走了。

志丹又带头冲进了里间，气势汹汹地站在林总身后。林总的气势足了，顺利赢下谈判，按约定给每人发了两百块钱，并嘱咐四台面包车把众人送回去。

3. 走上邪路

志丹抢先坐在第一台面包车的副驾驶位置上，等车开到一个城中村旁时，他对司机说道："大哥，麻烦你等我几分钟，我去办点事，马上回来。"

说罢，他冲小勇使了个眼色，率先开门下车，对着后面几台车喊道："兄弟们，下来抽支烟等会儿。"

小勇满头雾水地跟着他，志丹

72

低声道："来的时候我就注意到前面有个小市场，应该是自发形成的，趁着咱们人多，试试能不能收点保护费……"

没等小勇反应过来，志丹已经站到了摊位前，满脸凶相地说："从今天起，这个市场由我管理，每个摊位每天交五元管理费。"

小贩们看着两人，又望向他们身后几十个抽烟的年轻人，纷纷掏出五块钱递过来。

志丹盛气凌人地说道："有人来找你们麻烦，你们就告诉他这里是'子弹哥'罩的，我会替你们出头！"他志得意满地往回走，小勇低声说道："你从哪儿学的这些歪门邪道？"

志丹指指脑袋："受林总的启发。他要晒马，而我将他的剩余价值利用起来，钱这不就来了嘛！"

参与晒马的众人只见到志丹挨个摊位收钱，却不清楚怎么回事。好几个人围着志丹套近乎，说想跟着志丹混，志丹笑着拍了拍他们的肩膀。小勇冷眼旁观，暗自摇头。

众人分开后，小勇才开了口："志丹，你这意思是打算捞偏门了？"

志丹意气风发地说："牛羊吃草，狼吃牛羊。你是想做牛羊还是想做狼？"

小勇正想说话，两人身后忽然停下一辆三轮车，从车上跳下四个人来，二话不说就对着志丹拳打脚踢，嘴里骂道："打死你这个骗子，把钱还回来！"

小勇仔细一看，正是刚才晒马时对方率先动手的四人，连忙上前想拉架，可惜对方人多势众。志丹脸上挂了彩，被打倒在地。四人这才停了手，愤愤地骂道："这个浑蛋冒充公司招聘，骗了我们四百块钱中介费，等我们发现不对劲的时候，他已经跑了！"

小勇一听，厉声喝道："志丹，你怎么能这么干？把钱还给人家！"

志丹抹了把鼻血站起来，把手伸进口袋，却掏出一把弹簧刀来，面目狰狞地吼道："想要钱？看你们有没有命拿！"

四人吓得后退几步，小勇气得说不出话来，伸手从怀里掏出四百块钱递给他们："对不起大家了，这钱我替他还。"志丹丝毫不领情，怒吼道："你到底是哪伙的？"小勇扭头就走，志丹抛下四人，追了过去。

回到旅馆，小勇一言不发地收拾好行李，转身出门。志丹在后面

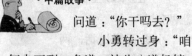

问道:"你干吗去?"

小勇转过身:"咱俩走不到一条道,就此分道扬镳,希望你好自为之。"

志丹想拦他却拦不住,红着眼圈,歇斯底里地喊道:"我对别人玩心眼,可从来没对不起你!想走你就走吧,有过不去的坎记得找我!"

小勇的脚步停顿了一下,终于还是决然地离开了。他来到被骗时的酒店,找到老板,说自己同意做网管。老板喜出望外,立刻把他带去了网吧。

小勇的生活暂时安定下来,在网吧里,他见到了数不清的年轻人,其中有许多和自己一样,初来乍到,陷入迷茫。于是小勇利用网吧便利的条件,经常浏览同城招聘信息,并在休息时亲自跑过去摸底。他将甄别过的信息发在论坛,揭露了很多黑中介,也介绍了很多靠谱的招聘单位,帮助打工仔们找到合适的工作。

4.再次晒马

一年后,小勇成

了论坛里的"大牛",经他认证的单位在招聘员工时都特别顺利;但他的行为也触犯了很多黑中介的利益,经常有人在论坛里对他进行辱骂和恐吓,小勇都没有当回事。

一天半夜,小勇正在网吧里值班,忽然冲进来七八个杀气腾腾的年轻人,用砍刀指着小勇问道:"你是不是'光明之路'?"

小勇见势不妙,连忙否认道:"'光明之路'是白天的网管,我的网名叫'夜色阑珊'。"

带头的混混一把推开小勇,点开他的QQ,指着那网名冷笑道:"差点让你蒙混过去!"他举起砍刀,恶狠狠地说道:"有人让我给你提个醒,以后不要在网上胡说八道,断人财路如同杀人父母!"

眼见着砍刀就要抡下来,小勇绝望地闭上了眼睛,网吧里忽然传

来一声怒吼："住手，看你们谁敢动勇哥！"

三个总来上网的年轻人拎着酒瓶、凳子冲了过来，和混混们对峙，其中一个骂道："老子是跟子弹哥的，勇哥是子弹哥的好兄弟，你们敢动他一指头试试！"

带头的混混愣了愣，撇着嘴说道："什么子弹哥，带三四十个小弟就敢装老大，我倒要看看砍了他兄弟能怎样！"

这时，小勇却趁机靠向吧台，偷偷扳下一个开关，网吧内七十多台电脑顿时黑屏了，里间和楼上一片怒吼："勇哥，怎么回事？"

伴随着轰隆隆的脚步声，许多人怒气冲冲地奔了过来。混混们没搞懂其中玄机，吓得仓皇退出门外，指着小勇道："今天不动你，有种明天上午九点去大浦口晒晒马！哼，如果不来，你就等着瞧吧！"撂下狠话，他带着手下匆匆撤了。

志丹的小弟拍着胸脯，对小勇说："勇哥，别害怕，子弹哥怕你出事，安排我们轮流到你这儿上网。我这就告诉他，明天组织人和他们拼一下！"

小勇没想到志丹竟然一直暗中关注着自己，不由得有些感动，可他想了想，还是说道："谢谢你，也谢谢志丹。我们走的路不同，就不要他掺和进来了，我自己想办法。"

在这儿上网的打工仔们弄清楚事情的起因，纷纷说道："勇哥，你帮助过那么多人，大家都记在心里。不就是比人数吗？我们回去联系工友，明天和你一起去！"

第二天一早，小勇的电话就响个不停，都是通过小勇找到工作的人，说看到了同城的帖子，已经赶往大浦口。小勇急忙登录论坛，看到一篇被置顶的帖子，标题是《勇哥有难，大家帮忙》，下面跟帖无数。小勇的眼睛顿时湿润了，立刻出门向大浦口赶去。

八点半左右，偏僻的大浦口码头上，开始有大量穿着工服的人聚集，粗略看看竟然有三百多人。

九点刚过，一辆别克带着六台面包车杀气腾腾地从远处驶来，却在距离众人两百米的地方一个急刹。坐在别克副驾驶座上的胖子对司机骂道："你不是说'光明之路'就是个臭网管吗？怎么喊来这么多人？跟工人运动似的，这架还怎么打，赶紧撤！"

司机回过头，赫然是大背头，他谄媚地说道："老大，我也没想到他有这么大能耐。君子报仇十年不晚，找机会暗中收拾他！"

在打工仔们的嘲笑声中，七台车纷纷调头落荒而逃。谁也没注意，一辆出租车悄悄地跟了上去。

当天的晚报上，记者用很大篇幅报道了打工仔们自发维护小勇，反抗黑心中介的事情。网吧老板更是觉得自己没看错人，决定将一间临街门面低价租给小勇，让他自己开店，做一家良心中介。

小勇的心更加热了起来，答应下来后回到网吧，站好自己的最后一班岗。

一夜过去，小勇在网吧的椅子上醒过来，正要打扫卫生，几名警察走了进来，严肃地说道："昨晚在和田巷发生了一起恶性伤人事件，我们需要找你了解一下情况。"

警察详细询问了小勇昨晚的行踪。还好，案发时他在网吧，有证人，有监控，排除了他参与的可能。小勇这才知道，就在昨晚，一家中介的老板和几个马仔被十几个人堵在离大浦口不远的和田巷里，砍成重伤。那晚来网吧闹事的人就是这个老板指使的，其中一个马仔就是大背头，他目前还没有脱离生命危险。

警察问小勇知不知道是谁做的，小勇沉吟一阵，摇摇头道："我

在网上曝光过这家中介，他们坑了很多人，仇家一定不少。"

事情就这样过去了。小勇离开网吧自立门户，踏踏实实做起了中介生意。他凭借诚信的口碑和火爆的人气，把生意越做越大；而志丹下落不明，再也没有和小勇见过面。

5.旧患复发

十几年后，阳途公司成了全市举足轻重的企业，公司的老总正是当年的小勇——何勇。最近，市政府有一个填海工程对外招标，阳途集团参与了竞标。

在竞标的时候，忽然杀出匹黑马。一个刚成立不久的捷而迅公司投出了非常接近成本价的标书，引得众人纷纷惊叹：按照这个报价，即使中标了也没多大意思，基本赚不到钱。

何勇也很惊讶，忍不住多看了对方董事长几眼。那人戴着顶绅士帽，胖乎乎的，桌上的名牌上写着贾康。

捷而迅的报价吓退了好几家公司，但何勇并没慌张，在阐述环节对整个工程作了非常专业的论述。而轮到贾康阐述时，他却绕过工程本身不谈，只是大谈特谈情怀、企

业的社会担当这些虚头巴脑的东西，在招标团专家提问时，回答得也含糊其词。如果不出意外，阳途集团的胜出已经没有悬念了。

临出门时，何勇忽然感到有人注视，他扭头看去，只见一个满脑袋伤疤的秃头胖子正恶狠狠地盯着自己，正是捷而迅的老总贾康。他意味深长地对何勇笑了笑，戴上绅士帽钻进了车里。

没过几天，忽然有三名警察来到阳途公司，自称是市局扫黑组的，要找何总了解点情况。

落座之后，带队的邢警官开门见山道："何总，最近我们侦破了一起案件，有人组织三十多名社会闲散人员，冲击捷而迅公司。捷而迅公司老总贾康向警方反映，是你在幕后指使的。"见何勇皱起了眉头，邢警官继续说："据贾康讲，他和你在年轻时就有矛盾，还被你殴打过。"

"被我打过？我这辈子打过的架五根手指都能数得过来……"何勇猛地一拍大腿，"我说看这个贾康怎么有点眼熟呢，原来他是大背头！十多年没见，这家伙秃得寸草不生，我还真没认出来……我确实打过他，那是因为他骗了我们十个人的钱！"

何勇讲述了年轻时在劳务市场被贾康骗钱的经过，最后有些不耐烦地说："我愿意配合警方工作，可是如果单凭某个人的一句话，我实在没心情去自证。"

邢警官点点头，忽然说道："您认识一个叫徐志丹的人吗？"

何勇一愣："志丹？我们已经有十多年没来往了。我们是发小，当年一起来的南方呢。"

邢警官盯着何勇的眼睛道："带头冲击捷而迅的人正是徐志丹，目前他被羁押在看守所，提出想见见你……"

何勇沉思良久，最终还是拒绝了："虽然我们是发小，但毕竟很久没有联络了。当年我们因为价值观、道德观的冲突早已分道扬镳，我的企业一直保持着良好的社会形象，不想和他有过多瓜葛。"

这时，何勇的秘书匆匆走进来，神情有些焦急。何勇见状，扔下邢警官三人，跟着秘书回到了办公室。秘书将手机递过来道："何总，刚才宣传科转过来一个链接，有人在网上发文，称阳途公司涉黑！"

何总接过手机翻看几下，眉头渐渐皱了起来，文章的标题赫然写着《黑社会保驾护航——阳途崛起背后的秘密》。

文中提到，十七年前，何勇曾纠结了三百余人和竞争对手约架，对方事后被人追杀，重伤三人，轻伤两人。阳途公司在发展的过程中，数次遇到被江湖人士敲诈勒索的情况，但每每逢凶化吉，就是因为何勇有黑社会资源，他的发小就是道上颇有凶名的大哥"子弹"！

何勇脸色异常难看，对秘书交代了一番，随后便坐在椅子上，闭上眼叹了口气……

邢警官三人正要离开会客室，却见何勇带着一个人回来了，淡淡地说道："这是我们集团的法律顾问，我们一起去见徐志丹。"

6. 逆风翻盘

在看守所审讯室内，志丹坐在束缚椅上，白色的短发茬从布满伤疤的头皮中钻出来，阴狠中带着沧桑。一对阔别已久的老朋友久久凝视着对方，唏嘘不已。

何勇忍不住问道："你不是走了很多年吗？什么时候回来的？"

志丹笑了笑，对邢警官说："下面是我的供述，可以记录了。那天晚上在和田巷发生的聚众斗殴事件，一方有五人受伤，那是我干的。"他看了看略显紧张的何勇，继续道："那天我见小勇随随便便就喊来三百多个打工仔，觉得这些力量如果能为我所用，未必不能在这个城市呼风唤雨。可我也知道小勇为人正直，所以就想了这个办法，带人砍了大背头和他的老大，把自己和小勇绑在一起。"

"这么说何总知道这件事是你做的？"邢警官的语气严肃起来。

志丹摆摆手："他打电话问是不是我做的，我还没来得及说，他就告诉我大背头死了。我当时蒙了，

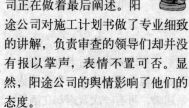

哪敢承认是我干的呀，挂断电话后立刻将手机卡扔了，跑路了。"

何勇暗暗松了口气。当年，警察来调查和田巷事件，他心里几乎立刻断定是志丹做的。出于人情，他不可能向警方揭发；但如果任志丹这么发展下去，迟早会酿成大祸。思考再三，他给志丹打去电话，吓他说大背头抢救无效死了。

志丹玩味地看着何勇："何总，当年我扔下刚刚打下的江山，跑到了东南亚，母亲病重需要用钱时都找不到我，这一切都是拜你所赐。直到半年前我遇到了大背头，才知道他根本没死，所以我又回到这里，想找个机会'报答'你。"

何勇笑了，摆摆手道："随你怎么想吧，我只求问心无愧。"邢警官插话道："你恨何总，又为什么要带人去找贾康麻烦？"志丹没有回答，看着何勇问道："填海工程的标书公示会是在三天后？"

何勇点点头，志丹意味深长地笑了："所谓找贾康麻烦，是我和他商量好的，就是为了引发阳途公司涉黑的舆论。"

何勇站起身，轻蔑地笑了笑："让我们拭目以待吧，看这舆论到底会不会影响我们公司。失陪了。"

三天时间转瞬即逝。市政大厅会议室内，投标入围的公司正在做着最后阐述。阳途公司对施工计划书做了专业细致的讲解，负责审查的领导们却并没有报以掌声，表情不置可否。显然，阳途公司的舆情影响了他们的态度。

贾康按捺不住了，跳出来主动发难："不知道大家是否留意最近网上的消息，阳途公司涉嫌有黑社会背景。如果让这样的公司中标，将是一个丑闻。"

何勇神情自若，法律顾问站起来反驳道："在发现网上恶意诽谤的言论后，我们已经报案，追查到散布消息的源头来自某东南亚国家。众所周知，那里一直是电信诈骗的重灾区，而捷而迅公司的贾总近三年一直在东南亚做生意。我们有理由怀疑，这些谣言和贾总脱不了干系。接下来，请大家听一下这段录音。"说完，法律顾问播放起一段录音，正是志丹前一天在审讯室的供词。

志丹逃亡到东南亚后，在赌场给人看场子，经过十多年的钻营，成了一方大佬。

一年前，他听闻有人租了工业园一个场地，以高薪为诱惑，从国内骗来很多年轻人，采用殴打囚禁等手段，逼迫他们从事电信诈骗活动，并向家人索要赎金。

在一次偶然的机会下，志丹结识了从事诈骗的幕后老板贾康。一开始，他并没有将贾康和大背头联系起来，可有一次贾康却在酒后提到了何勇："当年老子被这个外地小子挤出了特区，有朝一日我必报此仇！"志丹大吃一惊，这才意识到贾康正是当年的大背头，他竟然没死，而且没有认出自己！

志丹对何勇的欺骗也非常气愤，但他不敢暴露自己，于是假装和贾康同仇敌忾，谎称自己曾经与何勇是老乡，被他用毒计逼迫背井离乡，也想报复。

贾康找到了"战友"，立马说出了自己的计划。他听说市政有填海工程，打算回国参与竞争，通过低报价拿到标书，从而达到洗钱的目的，顺便报当年一箭之仇。

贾康于半年前先回国，注册了捷而迅公司。在填海工程招标会前夕，志丹按照约定回国，组织人员假意冲击捷而迅，贾康随之在网上推波助澜，污蔑阳途公司涉黑。

听完录音，贾康疑惑不已，搞不懂志丹为什么突然反水。但他自然不会承认这些供词，义愤填膺道：

"一派胡言，这只能进一步证实何勇和徐志丹穿一条裤子，串通起来诬陷我！"

这时，几名警察带着一个瘦弱的年轻人走进会议室。"就是他，把我们骗到国外！"年轻人愤怒地指着贾康，他掀起衣服，瘦弱的身体上伤痕累累，"他指使打手日夜殴打我们，是志丹哥派人把我们解救出来的！"

贾康面如死灰，被当场戴上手铐，押出了会议室。

一个月后，在看守所的学习室内，一群犯人正襟危坐地看着电视。填海工地启动仪式上，何勇和市领导们一起剪断了红绸。

志丹从怀里掏出一张照片，上面是一位老人慈祥地笑着，正是他多年未见的母亲。回国后，他费尽周折才打听到，父母早已被何勇接到了南方。十年前，母亲身患重病，是何勇花了几十万将老人从鬼门关救了回来。

电视中，何勇大手一挥，几百辆工程车浩浩荡荡地开进了工地。志丹喃喃说道："兄弟，你这才是光明正大的晒马呀，够我学一辈子的……"

（发稿编辑：赵嫒佳）

（题图、插图：杨宏富）

豆腐西施

□ 杨汉光

我妹妹有个外号，叫豆腐西施，因为她不仅人长得漂亮，还擅长做豆腐。妹妹每天都做一大盆豆腐，放在她的小杂货店卖。有了现成的豆腐，妹妹隔三岔五就做豆腐酿给父亲吃，父亲说，妹妹做的豆腐酿是全村最好的。

妹妹出嫁后，我将小杂货店转让给了别人，把父亲接到县城跟我住。在县城住下后，父亲几乎每天都向我念叨："你妹妹什么时候回来？"

我说："您是想吃豆腐酿了吧？我做给您吃。"

其实我并不会做豆腐酿，但为

了表示孝心，还是决定做一回，反正有妹妹这个现成的师父。我特意打电话给妹妹，详细请教做豆腐酿的方法，然后很认真地做给父亲吃。

没想到，父亲只吃了两口就说："比你妹妹做的差多了。"

我疑惑地问："一样的豆腐，一样的馅，做的方法也是妹妹教的，能有什么差别？"

父亲摇摇头说："反正味道不一样。"

估计是我的手艺还没学到家，于是我改从街上买豆腐酿回来给父亲吃，父亲依然说不如妹妹做的好吃。

我只好再次打电话给妹妹，说父亲想吃她做的豆腐酿。妹妹为难地说："我哪里有空回去做豆腐酿？"

我想了想说："不用回来，你在昭平县那边做好豆腐酿，托人捎来蒙山给我。"

第二天早上，妹妹真的做了豆腐酿，到昭平车站交给班车司机，请他帮忙捎来蒙山，然后约我到蒙山车站去拿。

我一接到电话，就赶到车站，从司机手里接过豆腐酿，再赶回家，立刻烧热给父亲吃。不料，父亲只吃一口，就皱起了眉头。

我关心地问："味道怎么样？这可是妹妹亲手做的。"

父亲说："馊掉了。"

我将信将疑，也尝了一口，果然有点馊味了。妹妹做的是水豆腐酿，不容易保鲜，从昭平到蒙山，翻山越岭，要走几个小时，天气又热，难怪豆腐酿变味。

此后，我再也不叫妹妹做豆腐酿了，依旧从街上买给父亲吃。可是，即使我寻找最好的豆腐酿买回家，父亲也说不如妹妹做的好吃。

我很纳闷，妹妹做的豆腐酿，真的比县城那些高手做的还好吃吗？我把自己的疑问告诉一个卖豆腐酿的老板，老板想了想，很认真地说："你父亲思念女儿了，哪怕是天下最好的豆腐酿，也不如女儿做的好吃，因为别人的豆腐酿里没有思念。"

我觉得老板说得很有道理，但妹妹有她的家，柴米油盐一堆事，一年只能回来两三次。妹妹每次回来，必定做豆腐酿给父亲吃，父亲像过节一样，高兴得满脸笑容。可惜，一年两三次，远不能解父亲的馋，更不能解他心中的思念。

妹妹没有空回来，我就开车送父亲去妹妹家。

昭平县城明明在蒙山县城的东边，我和父亲却得往南走，因为东边隔着高耸入云的蝴蝶山，又陡又险，不通公路。

我们往南先到黄村镇，拐一个大弯，再往东翻越高山。这里的山虽然比蝴蝶山稍稍平缓一些，但依然险象环生。

公路盘山而上，狭窄曲折，尤其是"九步唉"那段，陡险无比，有次我差点把车开到山沟里去。

在通公路之前，去昭平全靠双脚一步步走，据说翻越大山时，每走九步，就忍不住长叹一声"唉——"，渐渐地，人们就把这处陡险的山岭叫"九步唉"了。

比爬山更难的是父亲严重晕车，还没到黄村镇就开始呕吐了，上山后吐得更厉害，到"九步唉"时，苦胆水都要吐光了。

父亲干呕几下，连叹一声"唉"的力气都没有了，软绵绵地说："快掉头回家。"

掉头不是一件容易的事，我继续过了几个山弯，才找到一处稍微宽点的地方，掉转车头，送父亲回家。

都怪大山太高太险，把父亲和妹妹阻隔在蒙山和昭平，无法经常相见。

有一个夜晚，我做了一个奇怪的梦，梦见妹妹像孙悟空一样，钻过大山来到父亲面前，手里拿着豆腐酿，那豆腐酿还冒着热气呢。

梦醒之后，我临窗遥望远处黑魆魆的大山，暗自发笑。

没想到，居然有梦想成真的时候。有一天，我看见有人在我老家的蝴蝶山上挖出许多新土，在山下很远的地方都能看见。我好奇地爬上又陡又高的山坡，看见他们已经挖出一个大洞，洞里传出隆隆的机器声。

我想走进洞去看看，一个戴安全帽的工人师傅拦住我。工人师傅告诉我："只准在远处看，不准走近，更不准进洞。"

我指指黑乎乎的山洞，问这是干什么。师傅说："我们在挖隧道，修高速公路。"

高速公路修成通车的消息，我是从豆腐酿上知道的。

那天一大早，我家的豆腐西施如同神兵天降一样，突然来到我和父亲的面前。她手里提着一只竹篮，竹篮里装着个大海碗，海碗上盖着一张荷叶。妹妹轻轻揭开荷叶，一股热气从碗里腾空冒起，豆腐酿的香气扑鼻而来。

这不是我曾经梦见过的情景吗？妹妹是怎么做到的？难道她真的成了孙悟空？

妹妹笑了，笑够后，她才告诉我："昭平到蒙山的高速公路，今天通车了。现在从昭平县城到蒙山县城，只要二十多分钟。"

二十多分钟！我简直不敢相信自己的耳朵，那个遥远到让豆腐酿发馊的昭平，变得这样触手可及！

妹妹招呼我和父亲趁热吃豆腐酿，父亲吃得津津有味，满脸幸福地说："这才是我要的味道。"

妹妹笑着说："老爸，以后我天天做豆腐酿给您吃！"

（发稿编辑：朱　虹）

（题图：陆小弟）

这天，肖琳回到家，一脸神秘地对老公章彬说，刚刚她经过他家老宅子时，看到他爸了。

章彬一边低头刷手机，一边漫不经心地说："在老宅子那里看到我爸，不是很正常吗？"

肖琳摇摇头，似笑非笑地说："问题是你爸穿着一件粉色T恤，像20岁出头的年轻人一样，他不害臊我还害臊哩，这都多大岁数了还装嫩？"

章彬一下子就明白肖琳话里的意思了。五年前，老妈生病走了，打那以后，老爸就一个人住在城西的老宅子里，一直不肯搬过来跟章彬他们一起住，说是自己身子骨还算硬朗，不想给儿子一家添麻烦。有时想孙子了，他才到儿子家看看孙子。这五年，他就是这么过来的。今天老爸突然穿一件粉色T恤，是什么意思？

章彬心说，我可不能让你这个做儿媳的笑话公公，就说："瞧你说的，我爸穿粉色T恤有什么不妥吗？即使我爸黄昏恋了也很正常啊，老年人就没有追求幸福的权利吗？"

肖琳一撇嘴："我没说爸不可以黄昏恋啊，我的意思是爸可以找老伴，但得找个靠谱的。要知道咱那老宅子可是一等一的学区房，万一出了纰漏……听说现在社会上有人组织大妈们专骗老头，你可得当心了。"

章彬生气地说："你还越说越

老爸的 粉色T恤

□ 徐树建

离谱了！"

肖琳一点也不怯，说："老年人确实有追求幸福的权利，咱小辈问不了，但总得挑个日子吧？你知道今天是什么日子吗？"

章彬一愣，突然惊叫起来："今天是我妈生日！"肖琳点点头说："所以呢？"

老爸过分了！章彬强压心中不快："所以，我明天就去找爸谈一下。"

第二天，章彬来到老爸家。一进小区，正好碰到几个老邻居，章彬忙掏出一包好烟散了，然后顺便打听老爸的情况。老邻居们抽着烟，七嘴八舌地说："你爸一有空就跟我们下棋、打牌、聊天，很正常啊。"一个老头想了想，又说："就是有时候，他的气色看上去不太好，你最好带你爸到医院检查一下。"

章彬一听放心了，看来老爸没有黄昏恋，在这样的老小区里，黄昏恋这种惊天动地的大事，绝对瞒不了这些老邻居们。

进了家门，章彬递给老爸一盒带过来的新茶，爷俩儿一边喝茶，一边有一搭没一搭地闲聊起来。章彬说："爸，您有些瘦了，我带您到医院检查一下吧？"

老爸哈哈一乐："瘦了是因为我刻意减肥，有钱难买老来瘦嘛，一胖啥病都来了，再说你们还有房贷要还，查什么查？这不是把钱扔到水里嘛。"

章彬东拉西扯半天，好几次想问粉色T恤的事，可话到嘴边又强咽下去，这话父子间还真不太好说出口。末了，章彬只得说："爸，您有什么事尽管跟我说，千万不要闷在心里。"

老爸说："我能有什么事？这孩子，说话东一句西一句的。"

然而，仅仅过了两天，肖琳又神秘兮兮地凑过来，说："今天你爸又穿粉色T恤了。"

章彬说："你瞧见的？"

肖琳一脸的得意："我没有瞧见，但我闺密瞧见了，可把我好一顿取笑，说'肖琳，你老公公焕发第二春了，马上要给你找个小婆婆了……'"

章彬一声断喝："两个八卦婆娘！"

肖琳一脸正色道："可是，你爸是跟一个女人在公园里肩并肩坐在一起，那女人岁数虽然不小了，但挺有姿色的，还一直抹眼泪。最要命的是，我闺密恰好认得那女人，她是有丈夫的！"

章彬一下子僵住了，半晌一咬

牙说："看样子得当面锣对面鼓地挑明这事了，万一爆出丑闻来可不是小事。"

章彬不敢耽搁，火速来到老爸家。老爸显然还没来得及换衣服，身上果然穿着一件粉色T恤，分外刺眼，不过不是新的，都有些褪色了。章彬说："爸，瞧您身上这件T恤，多惹眼啊，您都多大岁数了，还穿这颜色？"老爸不以为然地说："怎么着？只允许你们时尚，就不允许我年轻一回吗？"

章彬定定神，大胆开了口："爸，听说您今天跟一位女士坐在一起，那女士还哭了，有这回事吧？"

老爸说："是啊，今天我们老同学聚会，那位女士是我以前的同桌……小子，你什么意思？"

章彬见老爸眼睛瞪起来了，心里有点打鼓，忙赔着笑说："我的意思是，您要找老伴我绝对赞成，但也得找个单身的啊……"

老爸站起身，满面怒容，大喝一声："扯淡！"父子俩不欢而散。

回到家，章彬正在心里反复检讨自个儿的话是不是说重了，突然接到一个老邻居的电话："你爸病危，送医院了！"

章彬一家三口当即跌跌撞撞地赶了过去，此时，老爸已经永远闭上了眼睛，医生说是突发脑溢血。

望着老爸清瘦的面容，章彬痛不欲生，这五年来，一直以为老爸的身体还算健康，没想到就这么突然走了，自己对老爸的关心太少了。

在收拾老宅时，章彬发现抽屉里有老爸留下的一封信，看样子老爸对自个儿的身体早有预感，所以提前做好了准备。除了交代银行卡密码及其他一些杂事外，老爸还写了这样几句话："儿子，那件粉色T恤是你妈买给我的，在你妈走后，我只穿过两回，第一回是前些时候你妈生日那天；第二回是老同学聚会时。之所以在老同学聚会时穿，是因为我知道一位女同学的家庭生活过得不顺，她对我一直有好感，我穿上这件T恤是为了告诉她，这T恤是我妻子买给我的，我一直忘不了亡妻，从而让她彻底死心……"

就在这时，只听肖琳一声尖叫，章彬抬头一看，肖琳在翻看一本家庭相册，泪流满面。章彬凑过去一看，那是一张黄黄的老照片：老爸和老妈肩并肩坐着，一脸幸福的样子，两人都穿着那年月流行的情侣衫——粉色T恤。

（发稿编辑：朱　虹）

（题图：陆小弟）

86

冰镇有学问

□ 梅星明

小明妈妈在工地旁开了间小卖铺，放暑假后，小明便来到妈妈的店里帮忙。

这天，妈妈要出去送饮料，临走前嘱咐小明："你看着点冰柜里的饮料，一旦有空缺了就赶紧往里补货，否则时间短，饮料放不凉！"

小明痛快地回答："好咧！"

可妈妈回来后，看了眼冰柜，脸一下子就变黑了："赶快把1元的矿泉水拿出来，全部换成2元的！"小明十分不解，小明妈解释说："1元的矿泉水卖1瓶赚5毛，2元的矿泉水卖1瓶赚1元，花的电费都一样，你说卖哪个划算？"

小明茅塞顿开，当然贵的东西赚钱多嘛！

很快，妈妈又去送饮料了，小明瞅瞅冰柜里冰红茶没有了，就赶紧拆了一箱放进去。

不料妈妈回来后脸又黑了："把1升的红茶拿出来，全部换成500毫升的！"小明不解地问："瓶子越大不是越值钱吗？"妈妈说："1升的红茶卖1瓶赚1元，500毫升的卖1瓶也赚1元，但是电费却相差一倍呀！"

小明恍然大悟，这买卖里的学问可真大啊！

没过多久，妈妈又送完一趟饮料回来，提醒小明："赶紧在冰柜里放些啤酒，一会儿有客人要！"小明得意地说已经放过了。妈妈去冰柜前一看，脸又黑了，这下小明不服气了："听装啤酒跟瓶装啤酒的进价和售价一样，都是赚1元，可是听装的体积小更省电，所以我就放了听装的！"

妈妈叹了口气，摇摇头说："瓶装啤酒看上去是大些，可是喝完的空瓶可以退给供货商换钱，5毛钱一个呢；而那些听装的易拉罐只能当废品卖，不值钱呀！"

（发稿编辑：朱 虹）

·幽默世界·

老胡、于三和大马都是退休赋闲的老头，自从在公园晨练相识后，便成了无话不谈的好友。三个老头谈天说地，纵论古今，自然也免不了炫耀各自的子女，而且总要压别人一头才舒畅。

于三的女儿是大学老师，于三总是说女儿又发了什么论文、多么受学生尊敬；大马的儿子开了家小公司，大马一说儿子又和哪家大客户合作、接了多少钱的订单。两人都有炫耀的资本，而老胡的儿子是个片警，老胡始终找不出儿子身上可以炫耀的事迹。

这天，老胡装作不经意地讲出一件事："有一回，我老婆身体不舒服，李建国局长看在我儿子的面子上，专门用警车给送到了医院，还亲自找医院安排床位呢。"

"你是说咱们区公安分局的李建国局长？"于三惊讶地问道。老胡点点头，大马不相信："你家小胡不就是个小片警吗，李建国局长看他的面子？开什么玩笑！"

老胡神秘地说："我有证据，明天给你们看。"

第二天一早，三人一碰头，于三和大马就嚷着要证据，只见老胡面不改色地从口袋里掏出一张发黄的报纸，举到两人面前，指着一条被红笔勾过的新闻，让他们仔细瞧瞧。

这是一张二十几年前的晚报，已经泛黄卷边了，于三和大马仔细看了那条新闻，顿时气得直翻白眼。新闻里说民警李建国春节期间在省道口执行任务，发现一个大巴车上有名孕妇临产了，便立即开着警车拉着警报紧急送到医院，而且到了医院还主动联系医生……

老胡笑嘻嘻地说："嘿，咋样，我说的没错吧？这事儿，李建国确实是看在我儿子的面子上吧？"

（发稿编辑：王　琦）

炫耀的证据 □曹景建

88

孩子结婚不收礼 □ 吴水群

小花姊妹两个，她叫小花，大姐叫大花。今天大花的小儿子结婚，小花当然得去吃酒席随礼。然而大花是出了名的人精，遇事爱算计，把小花烦死了。

临出发前，小花沉着脸对老公大宝说："今天这份子礼可不能少了，不然大姐又该没完没了地唠叨了！"

大宝是个实在人，一咬牙说："干脆随两千块钱，看她还能有啥话说！"

谁知两人到了婚礼现场，发现竟然找不到礼桌。

小花和其他亲戚疑惑不解，正要找管事的询问，大花来了，当着亲戚朋友众人的面，郑重地宣布道："今天大家只管喝酒吃菜，俺不收礼……"大宝一下子惊呆了："大姐，你……你看这……这哪有结婚不收礼的？"

大花非常豪爽地一挥手说："规矩都是人立的！大姐我今天就开个头，以后孩子结婚不收礼！现在这礼也太多了，儿子结婚得随礼，女儿出嫁得随礼，买个房子搬家得随礼，孩子上了大学得随礼，生孩子得随礼……随礼就随礼吧，还越随越大，这样下去，谁受得了啊！所以我决定，从我这儿开始，以后孩子结婚吃席面，一律不收礼……"

大花的宽宏大度、高风亮节把大宝感动坏了，参加完婚礼，他一回到家就说小花："你总说大姐不地道、贼精，看看今天这事，她做得多大气……"

小花哭笑不得，一把拧住大宝的耳朵："你呀，就是个猪脑袋！你也不想想，大姐有五个孩子，四个孩子都已经结过婚了，今天这是最后一个办事的；可我们四个孩子才办了一个，还有三个没办事呢！"

（发稿编辑：赵娓佳）

不能唱的生日歌

□ 马凤文

为了给父亲过六十大寿，儿子在一家酒楼订了一桌酒席，全家十多口人，围在一起其乐融融。

可儿子发现，母亲从洗手间返回后，变得闷闷不乐，他担心地低声问："妈，你哪里不舒服吗？"母亲哼了一声说："心里不舒服。"

儿子吓了一跳，忙问怎么了，母亲说："就是不痛快，没事！"儿子听罢猜到了八九分，母亲之前过寿时没这么排场，肯定是挑理了。于是，儿子说："明年您过生日，场面一定比这个还大。"

这时，蛋糕上的蜡烛已经点燃，众人还没开口，对面房间已响起《生日歌》。母亲却冷着脸说："咱不唱这首，换一首。"

大家都觉得奇怪，过生日不唱《生日歌》唱什么呀？儿子想了想说："那就唱《今天是个好日子》吧。"哪知母亲边摇头边说："这就不是个好日子！"

大家被母亲的怪异举动搞糊涂了，又不敢反驳。儿子挠挠头说："那就唱《健康歌》，祝大家都身体健康。"母亲这才没有反对。于是，几个孩子又蹦又跳，唱起了《健康歌》。

宴会结束，回到家，儿子试探地问："妈，今天是怎么了？爸过生日是高兴的事，你怎么不让唱《生日歌》呢？"母亲气呼呼地说："我去洗手间路过对面房间，发现你爸的初恋也在过生日，你没看到你爸的眼神吗？老往外面瞟！"

儿子听罢哈哈大笑，说："妈，他这么大年纪了，看就看几眼呗。再说，这和唱歌有什么关系？"

母亲更激动了，生气地说："你是不知道，因为两人同一天生日，他们就把《生日歌》当定情歌，说这样能记住彼此一辈子！"

（发稿编辑：王 琦）

火辣的身材

□ 胶牟儿

苗苗自诩身材好，经常打扮得时尚性感。男朋友大春很是不爽，没好气地说："你就不能好好穿衣服嘛，非得穿得这么暴露不可？"

苗苗拽了拽抹胸小短裙，笑道："你是小心眼吗？"

大春叹了口气："也没看出你身材哪里好，人家前凸后翘的都不这样穿！"

苗苗回了他一句："你懂什么，这叫时尚，人家辣妹都这样穿！"大春对苗苗自以为是的想法无可奈何，只能叹口气作罢。

这天傍晚，苗苗给大春打去电话，说几个同事约着去吃饭，大春不用等她了。

大春随口问了一句："去哪儿吃啊？"

苗苗笑嘻嘻地说："公司旁边新开了家川蜀辣火锅，是一人一锅的，据说味道挺正宗。老刘不是升主管了吗？他请客！"

大春本以为苗苗吃完饭回到家，一定很高兴，没想到苗苗一进屋就把自己关在房间里，一个晚上也没搭理他。大春莫名其妙，又不敢吱声，两人安安静静地度过了一晚。

第二天一早，大春正准备出门，却见苗苗穿了套朴素的连衣裙走出房间。大春愣了愣："你今天咋穿得这么……保守？"

苗苗叹了口气："还不是昨晚那火锅吃的，人家背地里都笑掉大牙了！"

大春满脑子问号："这和吃火锅有啥关系？"

苗苗白了他一眼："上餐前我去了趟卫生间，等回来时，就听到几个男同事在取笑老刘，说他这火锅看着没我的身材火辣。"

大春哈哈一笑："那不是在夸你嘛！你不是就想当辣妹吗？那川蜀辣火锅可够辣呀！"

苗苗没好气地回道："可我凑过去一看，老刘那锅里只甩了几滴辣椒油！"

（发稿编辑：赵嫒佳）

出名的作家

□ 玉 米

艾普顿是个作家，他写的书畅销国内外。他觉得自己很出名了，为此，他洋洋自得，开始不思进取起来。

这天，艾普顿的朋友约翰看了看他最近写的小说，不禁皱了皱眉，说道："朋友，你最近的小说质量下滑得厉害啊，情节不如以前精彩了，你可要好好努力啊。"

艾普顿听后，却没当一回事，坐在沙发上懒洋洋地说道："有我的名声在，还怕没人买我的书吗？读者买书可不是为了读小说，而是冲着我的名字才去买的。"

看着骄傲的艾普顿，约翰叹了口气，无言以对。

过了一阵子，艾普顿要去中国旅游，毕竟他以前学过汉语，一直想去中国看看。就在艾普顿旅游期间，约翰发现，他的小说销量直线下滑。约翰不禁为他捏把汗，想着等艾普顿回来后，无论如何也要好好劝劝他才行。

可自打艾普顿从中国旅游回来后，就像变了个人似的，天天努力创作作品。约翰好奇地问："你是不是看到销量下滑了，才想到要加把劲的呀？"

艾普顿摇摇头说："不，我没关注这些，我是去中国旅游后，发现自己还不够出名，才想着得继续努力才行。"约翰好奇地问："你是怎么发现的啊？"

艾普顿拿出在中国买的几本书，说道："你瞧，这些书的译者翻译我的名字时，有的叫'爱普顿'，有的叫'艾普敦'，还有的叫'哀蒲盾'，一点都不统一。你看历史上哪位大作家在中国的名字不是统一的，像'莎士比亚''巴尔扎克'……所以为了能有个统一的译名，我要更努力才行！"

（发稿编辑：朱 虹）

爱…艾…哀…顿…敦…盾…

阿周是个程序员，在一家科技公司上班，每天的工作就是负责编程。这份工作并不好做，阿周经常遇到疑难问题，凭他自己的能力要想解决，需要费很大的功夫。阿周因此经常要加班，工作效率却不高。

阿周的朋友小李知道了，便给他出主意："我加了几个微信群，群里有很多编程大神，我拉你进群，你有问题可以在群里提问。"阿周听后很高兴。

几天后，小李打电话询问阿周进展如何，阿周在电话里叹了口气："别提了，群里的大神一个比一个'高冷'，我问了几个问题，根本没人理我。"小李无奈地说："你还想让人家免费帮你？这年头雷锋可没几个。"阿周叹了口气说："我明白了，看来得出点血。"

于是接下来，阿周每在群里问一个问题，就会发一个大额红包。这么一来效果有了，有人愿意解答了，但次数一多，阿周又肉疼了，付费问答代价太昂贵，他承担不起。他想找一个更划算的方法，小李知道后直摇头，说阿周想得太美了。

过了一段时间，这天小李来找阿周玩，顺便问起阿周最近的工作，阿周得意地说："多亏了群友的帮助，我现在的工作很顺利，不管遇到什么问题，他们都会很快回复我，而且，还是免费回答！"

小李有点惊讶地问："是吗？我最近有点忙，没空看那几个群。你是怎么办到的？"

阿周眨了眨眼，得意地说道："方法很简单，我注册了几个小号，然后把小号也拉进群。每次我把问题发到群里，就会用小号回复一个错得离谱的答案，然后其他人就会抢着告诉我正确答案。你看，人们都忍不住要纠正别人，这招比红包还有用！"

（发稿编辑：王 琦）

咨询有高招

□ 范祺敬

汉斯夫妇买了新房后，想将旧房出手。卖房子不难，里面的家具也都能打包出售，只有汉斯为妻子买的钢琴成了大麻烦。半年前买钢琴时，四个男人才把它抬进门，汉斯回想着钢琴的重量，仍心有余悸：上楼难，下楼更难，这可怎么办呀？妻子却不以为然："这钢琴值三万多元呢，肯定能找到愿意接手的买家。"

说着容易，做起来难。买家们对房子的价格能接受，但听说还要连带买下钢琴，纷纷打起退堂鼓。这也难怪，不是人人都会弹钢琴，谁愿意多花三万块买不中用的东西？

房子迟迟卖不出去，汉斯跟妻子商量一番，忍痛决定将钢琴免费送出，但妻子提出一个条件：钢琴可以免费相送，但买家必须为她演奏一曲，令她满意才行。

谁知连着来了几个买家，都倒在这最后一关，其中甚至有位从业十几年的钢琴老师，但他们的演奏根本无法打动汉斯妻子。

这天，又来了一位买家。进入了最后的弹琴环节，他有些局促不安："我的弹琴水平很差，请不要见笑。"买家说完，便弹起琴来。水平确实令人不敢恭维，甚至还弹错很多音符，糟蹋了一首好曲子。汉斯差点就要笑出声，但令他惊掉下巴的是，妻子竟然喜上眉梢："好，就是你了。"

买家签完协议离开后，汉斯问妻子："他简直不会弹琴，你怎么偏偏选中了他？"

妻子冷笑一声："还不都是因为对门的史密斯？他仗着弹过几年钢琴，总对我这个新手指手画脚，还说我的琴声是噪音污染。哼，就算我搬走了，史密斯也别想耳根清静！"

（发稿编辑：赵嫒佳）

免费的条件

□ 鹰翔狼啸

· 幽默世界 ·

认 亲

□ 张 玮

这天早晨，林大生带着儿子小胖走出家门，发现街口围了好几个人。看到他走过来，有人说："大生兄弟，你家的小狗被轧死了，要不是我们把车拦下，这人早开车跑了。"

林大生这才发现，一个西装男正站在一辆小轿车旁边。他赶过去一看，自家养的小狗躺在路边，早已没了气息。小胖"哇"的一声哭出来，扑了上去，这小狗可是他的最爱。

林大生眼珠一转，对西装男说："我这狗可是名贵狗，买它就花了七千多元，你赔五千算了……"西装男反驳道："当我看不出这是条土狗？你这就是敲诈！"二人面红耳赤地争论起来。

一个老汉倒背着手在旁边听了一会儿，突然走上前来，对林大生说："大生，赶快放人家走，他是你一位远房表叔的儿子……"

林大生扭头一看老父亲来了，皱眉说："爹，怎么能就这么放他走了？他……"

西装男也有点吃惊地问："我该怎么称呼您？"林老汉说："按关系，你应该叫我表大爷……"

在农村，七拐八弯的关系多着呢，一听和西装男还有这层关系，本想发笔意外之财的林大生，只好无奈地挥挥手，放他走了。

林老汉瞅着围观的人散开，压低声音说道："其实咱根本就没有这门亲戚……"

看着林大生吃惊的样子，林老汉又解释道："你知道我为啥要这么说？就在你和西装男吵架的时候，小胖拿着一块碎玻璃，偷偷在人家轿车后面划拉起来……"

"这有啥？"林大生梗着脖子还不服气。林老汉一跺脚："你知道那车多贵吗？我到你表舅家祝寿，见过这样的车，据说，刚点漆去修补都要好多钱。我不赶快把他打发走，你还得倒赔好几万呀！"

（发稿编辑：王 琦）

一碗水端平

□ 丁凯丽

阿勇通过相亲认识了漂亮的小莉，对她展开了追求攻势。小莉则很谨慎，旁敲侧击地问阿勇有没有买房。

阿勇笑呵呵地说："如今的房价太高，幸亏我不用买房。"小莉一脸惊喜："你已经有了房子？"阿勇说："我的父母有三套房，一套他俩住，剩下两套，就给了我和弟弟住。"小莉乘胜追击："你能带我去参观一下房子吗？"阿勇很是爽快："没问题。"

很快，两人来到市中心某小区。小莉一看，哇，房子的位置很好，

面积也大，感觉住起来很舒服。阿勇得意地说："怎样，不错吧？"小莉开心地点头回答："太好了。"

看完房子，小莉终于答应成为阿勇的女朋友。两人的感情越来越好，甜蜜无比。

不知不觉过了三个月。一个周末，小莉去阿勇家找他，谁知开门的却是一个陌生的男人！陌生人得知小莉要找阿勇，一点儿也不意外，只说："你打他电话吧。"说完，他就把门关上了。

小莉想着自己一定是被阿勇给骗了，于是立马打电话过去，只听阿勇连连道歉说："对不起，刚才给你开门的那个人应该是我弟弟，我忘记和你说，我搬家了……"

这到底是怎么回事？小莉按照阿勇给的新地址找过去，想要当面跟他对质。谁知阿勇现在住在郊区的一个小公寓里，他跟小莉解释说："这也是我父母的房子，之前我弟住在这儿。"小莉左看右看，越看越不顺眼："这地方咋住啊？"

阿勇却一点儿都不在意地说："没办法。两套房一大一小，我和弟弟都想要大的，可父母没钱补偿另一个，为了一碗水端平，只好暂时让我俩轮流住。放心，半年后，我又可以回到市中心的大房子啦……"

（发稿编辑：王 琦）

（**本栏插图**：顾子易 小黑孩）